Jade Lee

Auteure d'une trentaine de livres, passionnée par la Régence, elle s'est spécialisée dans la romance historique et a également écrit des romances érotiques et paranormales. Elle a été récompensée par de nombreux prix. Elle écrit de la romance contemporaine sous le nom de plume de Kathy Lyons.

Déshonneur et liberté

Du même auteur
aux Éditions J'ai lu

Secrètes voluptés
N° 7950

LES FRAZIER

1 – Amante ou épouse
N° 10248

2 – Que serais-je sans ton amour ?
N° 10426

Jade

LEE

Déshonneur et liberté

Traduit de l'anglais (États-Unis)
par Catherine Berthet

J'ai lu

POUR elle

Si vous souhaitez être informée en avant-première
de nos parutions et tout savoir sur vos auteures préférées,
retrouvez-nous ici :

www.jailupourelle.com

Abonnez-vous à notre newsletter
et rejoignez-nous sur Facebook !

Titre original
WEDDED IN SCANDAL

Éditeur original
Berkley Sensation published by The Berkley Publishing Group,
a division of Penguin Group (USA) Inc.

1

— Vous voulez entrer là-dedans ? Mais pourquoi ?

Ignorant l'air effaré du directeur de la mine, Robert Percy, vicomte de Redhill, ôta ses gants et son manteau. Ils se trouvaient dans une cabane, devant la mine de charbon que son père avait achetée un soir de beuverie. Quand il buvait, le comte avait des idées bizarres. Il achetait des entreprises, que Robert s'efforçait alors de sauver du désastre. Et comme personne dans la famille ne connaissait quoi que ce soit aux mines de charbon, il se retrouvait avec un défi à relever.

La première chose à faire, après l'une des bringues de son père, était d'inspecter leur nouveau bien. Aussi, en dépit des objections de M. Hutchins, Robert était-il décidé à descendre dans ce puits. Il avait déjà ôté sa veste, qu'il avait pliée et posée à côté de lui. Après avoir jeté un coup d'œil aux ouvriers crasseux alignés près de l'entrée de la mine, il enleva également son gilet. Il se serait volontiers débarrassé de sa précieuse chemise en lin, mais il ne pouvait se présenter à moitié nu devant ses nouveaux employés.

— Il fait noir comme dans un four, là-dessous ! s'exclama M. Hutchins, dont les moustaches frémissaient.

Avec son long nez, l'homme ressemblait à un rat. Un rat grassouillet qui n'avait aucune envie de quitter son repaire.

— Pour autant que je sache, l'obscurité n'a jamais tué personne.

— C'est parce que « personne » n'est descendu dans la mine, ronchonna le directeur.

Avec un lourd soupir, Hutchins quitta son fauteuil.

— Je pense que vous êtes fou, monsieur le vicomte. Mais puisque vous insistez, Charlie va vous guider.

Robert marqua une pause, et enregistra plusieurs détails intéressants. Avant tout, le tour de taille de M. Hutchins, qui aurait pu convenir à un cheval de trait. Ensuite, la crasse qui régnait dans le petit bureau, et qui ne provenait pas uniquement de la poussière de charbon. La puanteur du cigare l'insupportait. Enfin, la respiration de M. Hutchins était sifflante.

— Quand êtes-vous descendu dans la mine pour la dernière fois, monsieur Hutchins ?

— Quoi ? Oh, la semaine dernière, il me semble. C'est un lieu dégoûtant, et il y règne une chaleur étouffante.

— Je suis d'avis qu'un directeur doit savoir ce qu'il dirige, vous ne croyez pas ?

— Oh, je le sais, je le sais, répondit l'homme en essuyant son front dégarni. Je descends dans ce trou chaque année, pour inspecter les nouveaux filons découverts. Si vous voulez voir quelque chose d'intéressant, je peux vous montrer les chariots. Ils sont dans un état épouvantable, monsieur...

— Vous pouvez être certain que je les inspecterai, monsieur Hutchins. Une fois que j'aurai vu la mine.

Sur ces mots, Robert sortit du bureau crasseux et se dirigea vers le trou sombre qui menait sous terre. Des hommes, des femmes et des enfants décharnés le saluèrent au passage. Il leur sourit, en songeant à son dernier séjour dans le domaine familial, en Écosse. Tous les domestiques s'étaient mis en rang de cette façon pour accueillir leur jeune maître. Mais ils étaient propres et bien nourris, ce qui n'était pas le cas de ces pauvres gens. La saleté semblait incrustée dans leur peau, leurs regards étaient vides.

Bon sang, pourquoi diable son père avait-il acheté cette mine ? Même ivre, il avait dû se rendre compte que les mineurs étaient à bout de forces. Mais il n'avait sans doute même pas regardé ce qu'il achetait. Il laissait à Robert le soin d'inspecter ses nouvelles acquisitions, une fois que tous les papiers étaient signés.

M. Hutchins se maintint à sa hauteur, malgré sa respiration de plus en plus sifflante.

— Vous êtes sûr que vous ne préférez pas examiner les livres de comptes ? Je suis un excellent comptable, vous verrez que tout est en ordre. La moindre dépense est enregistrée !

Robert hocha la tête, remarquant un enfant dont les mains étaient en sang.

— Qui est ce garçon ?
— Elle ? C'est Brenda, la sœur de Charlie.
C'était donc une fille ?
— Elle travaille à la mine ?
— Le dernier cheval de la mine est mort l'année dernière. L'air n'est pas bon pour les chevaux ici, vous comprenez. Je me suis dit qu'on pouvait le remplacer par deux ou trois gosses pour tirer les chariots. Ils sont contents d'avoir un travail et d'aider leur famille, vous voyez. Et cela nous coûte moins cher. Lord Brimley a estimé que j'avais eu une bonne idée.

Robert en était certain. Lord Brimley était pingre pour tout, sauf pour son brandy. Cela faisait de lui un compagnon de beuverie idéal pour son père.

— La mine appartient à ma famille désormais, et l'opinion de lord Brimley ne m'intéresse pas. Je veillerai à ce que l'on achète des chevaux au plus vite.

— Oh, mon Dieu, mais que vais-je dire aux parents de ces pauvres petits ?

— Que leurs enfants doivent profiter de l'air pur tant qu'ils le peuvent. Et que je les rémunérerai pour l'entretien des chevaux.

Sans se soucier de la réaction de M. Hutchins, Robert reporta son attention sur l'entrée de la mine, et passa quelques secondes à lutter contre la sensation de nausée qui l'envahissait à l'idée de pénétrer dans ce gouffre obscur.

Hutchins dut percevoir son hésitation.

— Je suis sûr que vous devriez plutôt vous intéresser aux livres de comptes.

Robert serra les dents et prit son courage à deux mains. Pour l'amour du Ciel, ce n'était pas un gouffre, juste l'entrée d'une mine ! Des douzaines d'ouvriers descendaient là chaque jour. Des femmes et des enfants aussi. Il pouvait le faire, malgré la grisaille déprimante et la crasse qui imprégnaient les lieux.

— Charlie ! Viens, mon garçon, s'écria M. Hutchins. Montre le chemin à monsieur le vicomte.

Charlie n'était plus un enfant, mais il était plus jeune que Hutchins et avait un sourire chaleureux.

— Oui, monsieur. Par ici, monsieur le vicomte. Voilà la première marche.

En un clin d'œil, il disparut à l'intérieur du gouffre. Robert le suivit, ne s'arrêtant qu'un bref instant pour lancer un coup d'œil à Hutchins.

— Je ne suis pas sûr que Charlie saura me montrer les choses importantes. J'aurai besoin de quelqu'un de plus avisé, comme vous.

M. Hutchins réprima une grimace, mais le suivit, contraint et forcé. Robert fut bien obligé d'avancer, lui aussi.

Éclairés par deux vieux bouts de chandelles, ils descendirent deux échelles et passèrent devant un chariot démantelé.

— Les ossements du premier pompier mort sur le site, il y a plus de cent ans, se trouvent juste là, indiqua M. Hutchins. Visiblement, il n'a pas couru assez vite pour échapper à l'explosion.

— Mon Dieu. Pourquoi ne l'a-t-on pas remonté pour l'enterrer ?

— Oh, ce n'est pas vraiment son squelette, expliqua Charlie. En réalité ce sont les restes d'un cheval, mais on dit ça aux gamins pour leur faire peur et les obliger à prendre leur travail au sérieux. Surtout les plus petits. La mine est dangereuse, il ne faut pas qu'ils croient que c'est un jeu.

Robert se rembrunit. Quand son père avait acheté la mine, il s'était aussitôt renseigné sur l'extraction du charbon et il savait que les mineurs couraient de terribles dangers. Il n'imaginait pas de jeunes enfants descendant dans cet horrible trou pour s'amuser.

— Pourquoi croiraient-ils que c'est un jeu ?

— Ah, vous savez comment sont les enfants, répondit Charlie avec un sourire triste. Au début ils trouvent ça dur, mais certains sont prêts à s'amuser de tout.

Robert ne sut que répondre. Il veillerait à ce que plus aucun enfant ne soit employé dans cette mine. Si cela ne tenait qu'à lui, personne ne descendrait plus dans ces terribles galeries. Mais le pays avait besoin de charbon.

— Je crois que nous sommes allés assez loin, vous ne croyez pas ? dit Hutchins.

Il faisait trop sombre pour que Robert voie son expression, mais il sentait l'odeur de sa transpiration. La chaleur était étouffante.

— Non. Montrez-moi l'endroit où vous travaillez en ce moment.

— Il faut descendre beaucoup plus profond, monsieur le vicomte, fit Charlie d'un ton hésitant. Ce n'est pas très agréable.

— Continuez, ordonna Robert, la gorge nouée.

Pour se distraire de sa propre angoisse, il se mit à poser des questions. M. Hutchins, dont la respiration était trop saccadée, ne put répondre, mais Charlie fut capable de lui expliquer précisément en quoi consistait la tâche des mineurs.

Ils arrivèrent dans une nouvelle galerie. Des hommes armés de pioches et de pelles s'activaient. L'air était lourd, et il régnait dans le tunnel un bruit infernal. Robert était trempé de sueur, ses tempes étaient douloureuses. Cependant, il salua chaque homme, le complimentant sur son travail, comme il convenait à un aristocrate. C'était son devoir et il l'accomplit de son mieux, bien qu'une force irrésistible le poussât à sortir de cet enfer.

Soudain, une question terrible lui vint aux lèvres.

— Les poutres qui soutiennent la galerie sont-elles solides ? Quelqu'un pourrait les heurter accidentellement, d'un coup de pelle. Ou bien un enfant pourrait pousser un chariot contre les montants.

— Nous faisons attention, répondit Charlie.

Robert souleva sa bougie pour examiner le bois. Celui-ci lui parut mince et dévoré par les vers.

— Baissez cette bougie ! s'exclama Hutchins d'une voix étranglée. Vous voulez nous tuer ?

— Il n'y a pas de grisou, monsieur, dit Charlie d'une voix rassurante, comme s'il s'adressait à un enfant. Nous avons éliminé le gaz hier. C'est la raison pour laquelle nous travaillons ici aujourd'hui, n'est-ce pas ?

— Oui, oui, certes. Mais on n'est jamais trop prudent. Le gaz est notre principal souci, monsieur le vicomte. Il se concentre au sommet de la galerie.

Ce qui expliquait pourquoi les bougies étaient déposées sur le sol, ou dans des crevasses.

— Ce n'est pas le gaz qui m'inquiète, mais le bois, répliqua Robert. Où l'avez-vous trouvé ?

— Je l'ai acheté moi-même à bon prix, il y a quelques mois. Les poutres étaient solides et bon marché.

Robert jeta un coup d'œil aux mineurs. Ceux-ci n'avaient pas l'air d'accord, mais nul ne dit mot. Hutchins se dirigea vers la poutre principale.

— C'est robuste, je vous dis. Du bon bois.

— La poutre est trop légère, monsieur Hutchins, glissa doucement Charlie. Elle n'est pas assez résistante.

— Bien sûr que si. Il faut juste s'assurer qu'elle est bien calée. Regarde, ajouta-t-il en se baissant pour balayer la terre à la base de la poutre. Si elle est bien posée, comme ça, rien ne pourra la faire tomber.

Robert examina la base de la poutre. Cela paraissait solide, mais il n'y connaissait rien. Et comment en être sûr à la lueur de quelques chandelles ?

— Ne t'inquiète pas, Charlie, reprit M. Hutchins. C'est du bon bois, il n'y a aucun risque.

Il voulut se redresser mais, gêné par son poids, il dut agripper le mur pour s'aider. Les pierres s'effritèrent sous ses doigts et l'une d'elles renversa une bougie. M. Hutchins recula d'un bond, trébucha sur une autre pierre et perdit l'équilibre, s'affalant lourdement contre la poutre de soutènement.

Robert soupira, excédé. Cet homme aurait dû se montrer plus habile pour circuler dans la mine qu'il dirigeait. Mais les mineurs virent que les pieds de M. Hutchins avaient heurté deux traverses de renfort qui calaient la poutre. Le bois bougea, avec un bruit de frottement presque inaudible. Les hommes se mirent à courir avant même que Robert ait compris qu'ils étaient en danger.

Seul Charlie demeura près de lui, tentant de soutenir la poutre avant qu'elle ne s'effondre. Robert joignit ses efforts aux siens, mais il était trop tard. La poutre s'écroula, en entraînant une autre plus petite qui s'abattit sur les jambes de Hutchins.

C'est alors que des débris se mirent à pleuvoir dans la galerie. De grosses pierres, de minuscules galets, et une épaisse poussière. Quelque chose de lourd heurta l'épaule de Robert, sans toutefois le déséquilibrer.

— Cours ! cria-t-il à Charlie.

Mais la poussière l'étouffait. Il ne voyait presque plus rien. Quelques bougies cependant brûlaient toujours. Robert agrippa le bras de Charlie et l'éloigna de la pile de débris, avant de se baisser pour aider Hutchins, qui hurlait de douleur.

Il tâta son corps à l'aveuglette. L'homme était couvert de poussière, mais il ne trouva pas de plaie ouverte. Le directeur se mit à ramper lentement pour s'extraire de la pile de rochers. Mais, à ce rythme, il ne parviendrait jamais à s'enfuir à temps.

Robert l'attrapa sous les bras et tenta de le tirer vers lui. L'homme devait peser cent kilos ! Pourtant, à force d'efforts, il parvint à le dégager.

Charlie les attendait un peu plus loin, avec deux autres mineurs, sous les poutres les plus solides. À eux quatre, ils réussirent à remettre Hutchins sur ses pieds. Il avait cessé de hurler, mais l'air était irrespirable et ils ne purent échanger une parole.

Ils se précipitèrent tous vers les échelles, se hissant en s'aidant mutuellement pour atteindre l'air libre. M. Hutchins s'effondra juste devant l'entrée de la mine. Il respirait difficilement, mais n'avait que quelques égratignures. Ses jambes en revanche allaient le faire terriblement souffrir.

Robert les palpa lentement, cherchant le signe d'une fracture.

— Vous survivrez, monsieur Hutchins, parvint-il à articuler. D'autres blessés ? s'enquit-il en se tournant vers les mineurs.

— Non monsieur, dit Charlie. Ce n'était qu'un petit glissement de la roche, rien de grave. Et nous courons tous plus vite que M. Hutchins.

— Bien, bien, fit Robert en tombant à genoux.

Bon sang, il se sentait vidé de ses forces...

— Encore une chose, monsieur Hutchins.

— Oui, monsieur le vicomte ?

— Vous êtes renvoyé.

Helaine Talbott jeta un coup d'œil à l'immense édifice qui se dressait devant elle et eut du mal à réprimer un tremblement. Le quartier était chic et la demeure somptueuse. Cinq ans plus tôt, elle aurait gravi les marches sans arrière-pensée, sûre de l'accueil qu'elle allait recevoir. Mais cela, c'était avant que son père ne soit désigné comme le « Voleur de la bonne société ». Avant que ses amis ne lui tournent le dos, que ses clubs ne le bannissent et qu'il ne disparaisse de la circulation. Avant que sa femme et sa fille ne sombrent dans le désespoir et la pauvreté. Avant que Helaine ne découvre en elle assez de force pour surmonter les terribles épreuves que les erreurs de son père lui avaient imposées.

Tout cela appartenait maintenant au passé. Elle devait simplement se rappeler qu'elle ne se présentait pas dans cette maison pour demander la charité. Elle venait négocier un arrangement. Avec un peu de chance, et beaucoup d'habileté et de charme, elle sortirait victorieuse. Il le fallait. Car si elle échouait, elle risquait de finir à l'hospice avec les miséreux.

Elle parcourut l'allée la tête haute et agrippa fermement le heurtoir orné d'un ruban de deuil noir. Elle avait revêtu sa plus jolie robe, qui laissait entrevoir ce qu'avait été son statut dans la société, en un autre temps. Et quand le battant s'ouvrit sans bruit, elle gratifia le majordome de son sourire le plus hautain.

— Je viens voir lady Irène. Annoncez-lui simplement une de ses amies d'école. Mon nom actuel ne lui dirait rien.

Une attitude aussi cavalière ne serait pas passée dans une maison de l'aristocratie. Mais cette famille s'était enrichie dans le commerce maritime. Du point de vue de la noblesse, lady Irène avait fait une mésalliance, même si elle y avait gagné d'un point de vue matériel. Aussi, ses anciennes amies de pension devaient-elles se faire rares. Helaine le savait d'expérience, car ses amies d'enfance lui avaient battu froid dès que la déchéance de son père avait été connue.

— Vous n'avez pas de carte ? s'enquit le majordome.

— Oh ! s'exclama-t-elle en pivotant brusquement sur elle-même. Mon réticule !

Son réticule se trouvait sur la commode de sa chambre, mais elle feignit un intense désespoir.

— Je l'ai oublié dans le fiacre ! Oh, mon Dieu ! Comment vais-je faire ? J'étais partie pour mes visites, et…

La ruse fonctionna. Avec un soupir résigné, le majordome l'invita à entrer. Le reste n'était plus qu'un jeu d'enfant. Helaine sourit aimablement à la maîtresse de maison qui descendait l'escalier. C'était Mme Knopp, la belle-mère d'Irène. Elle était l'exemple même de la bourgeoise enrichie, cible de toutes les critiques de la bonne société. Elle avait une silhouette imposante, parlait trop fort, et était beaucoup trop riche.

Cinq ans plus tôt, Helaine aurait vu cela, et rien de plus. Mais elle avait changé, aussi prit-elle le temps d'observer d'autres détails. La robe de deuil de Mme Knopp, faite de la meilleure étoffe, était d'une coupe recherchée. La famille ne souffrait donc pas financièrement. En revanche, la dame avait les traits tirés, ses gestes étaient crispés. Son sourire ne parvenait pas à faire oublier la tristesse qui émanait de toute sa personne.

Elle était accablée de chagrin, bien sûr, puisqu'elle venait de perdre son fils unique. Cependant, sa voix était forte et assurée.

— Smithee ! Qui est-ce ?

— Une soi-disant amie de pension de lady Irène, répondit le majordome d'un ton dédaigneux.

— Vraiment ?

Une lueur d'intérêt brilla dans les prunelles de Mme Knopp, qui dévala les dernières marches.

— Une amie de pension ? Oh, cela fera tant de bien à Irène de vous voir ! Elle a grand besoin d'une vieille amie qui la fera sortir de sa chambre, l'emmènera faire un tour dans les boutiques, et la poussera peut-être à apparaître dans une ou deux réceptions. Cela serait parfaitement acceptable, vous savez, bien que sa période de deuil ne soit pas encore terminée. Elle pourrait participer à une soirée, avec sa chère maman à ses côtés.

La « chère maman » d'Irène ne pouvait être que Mme Knopp elle-même, car Irène avait perdu sa mère plus de dix ans auparavant. La dame nourrissait l'espoir de gravir les échelons de la bonne société grâce à sa belle-fille, tandis que le père d'Irène avait pu redorer le blason du comté grâce au sacrifice de sa fille, mariée en dessous de sa condition.

Helaine sourit aussi chaleureusement que possible, sans donner de faux espoirs à Mme Knopp.

— Je ne sors pas beaucoup ces temps-ci, madame, mais j'aimerais parler à Irène. Nous étions des amies très proches, autrefois.

Mme Knopp hocha la tête, comme si elle s'était attendue à cette réponse.

— Quoi qu'il en soit, cette visite lui fera du bien. Smithee, allez prévenir Irène et faites préparer du thé. Nous nous installerons au salon.

— Je suis là, dit une voix discrète et délicate derrière elles.

Irène traversa le hall et s'exclama :

— Helaine ! C'est bien toi ?

Helaine se détendit en entendant la voix douce et chaleureuse de son amie. Elle n'avait pas été certaine d'être bien accueillie. Après tout, Irène avait simplement épousé un nouveau riche, alors que le père de Helaine avait commis des actes beaucoup plus graves.

— Oui, Irène, c'est moi. Puis-je parler avec toi un moment ? Nos conversations me manquent.

Une expression passa dans les yeux d'Irène, et Helaine put y lire en un éclair toutes ses pensées. Le souvenir de ce qui s'était passé. La raison de leur éloignement. Toutes jeunes, leur pauvreté les avait rapprochées, car elles souffraient d'être les filles d'aristocrates perpétuellement fauchés. La chute de Helaine avait précédé celle d'Irène. Cette dernière avait été chassée de l'école peu de temps après elle, car son père ne pouvait plus payer sa pension. Elles ne s'étaient plus revues depuis.

Irène soupira et regarda ses mains croisées.

— Comme j'aimerais retourner à cette époque ! Parler de la nouvelle cuisinière...

— Et de ses épouvantables tartes aux cerises ! s'exclama Helaine, sentant un rire insouciant poindre au fond de sa gorge. Et aussi de mon incapacité à raccommoder les bas !

Un sourire éclaira le visage anguleux d'Irène.

— Tu n'étais vraiment pas douée. Et je n'ai toujours pas appris à me coiffer, ajouta-t-elle en montrant son épaisse tresse noire.

Elles se dévisagèrent un moment. Helaine aurait été tentée de prendre son amie dans ses bras, mais elle n'osa pas. Selon l'étiquette, ce geste aurait été déplacé. Irène ne semblait pas très à l'aise non plus.

Mme Knopp vint à leur secours, entraînant Helaine dans le salon.

— Entrez, entrez. Ne restons pas dans le hall. Smithee ! Du thé, s'il vous plaît. Avons-nous des tartelettes à offrir à l'amie d'Irène ?

Le majordome s'inclina, légèrement rasséréné.

— Tout de suite, madame.

Les trois femmes s'installèrent dans le luxueux salon. Mais un silence gêné s'installa. Helaine était très mal à l'aise, car elle ne pouvait aborder le sujet qui lui tenait à cœur en présence de Mme Knopp. Elle ne pouvait non plus suggérer de faire un tour dans le jardin, alors que le thé allait être servi.

Mme Knopp leur vint en aide une fois de plus. Elle les interrogea sur leur amitié à l'école, sur les fameuses tartes aux cerises, et naturellement elle voulut en savoir davantage sur la famille de Helaine. Celle-ci répondit avec franchise, ne cherchant pas à dissimuler que son père était le comte de Chelmorton. Et le miracle se produisit ! Mme Knopp ignorait tout des délits qu'il avait commis et qui lui avaient valu le titre de « Voleur de la bonne société ». Elle voulut simplement savoir si Helaine était mariée, et si la chasse au mari était ouverte à Londres, avant le début de la saison.

Helaine n'avait pas eu ce genre de conversation depuis des années, et Irène eut la gentillesse de ne pas l'interrompre. Mais le temps passait. Une visite de politesse ne pouvait se prolonger au-delà d'une heure, et Helaine devait absolument s'entretenir en tête à tête avec son amie.

— Vous avez une maison ravissante. Y a-t-il un jardin à l'arrière ? s'enquit-elle avec naturel.

— Oh, mon Dieu, non ! Je sais que cela manque à Irène, mais pas à moi. J'ai grandi à Londres, et l'air de la campagne me rend malade !

— Mais il y a un parc, fit remarquer Irène à mi-voix. J'allais partir me promener quand tu es arrivée. Veux-tu m'accompagner ?

Helaine lui sourit avec gratitude.

— J'en serais enchantée.

— Je crains de ne pouvoir me joindre à vous ! déclara Mme Knopp avec un rire un peu trop fort. Irène a beau avoir l'air fragile, elle marche d'un pas trop vif pour moi.

Tout s'arrangeait. Pendant qu'Irène allait se changer, Mme Knopp parla à Helaine des affaires de son époux. Comme la plupart des nouveaux riches, elle s'y entendait parfaitement et était très fière de leur réussite. Helaine apprit que leur société de transport maritime était florissante. Puis Irène revint, elles sortirent, et brusquement tout changea.

Irène était souffrante. Comment avait-elle pu ne pas s'en apercevoir plus tôt ? Les maisons londoniennes étaient généralement mal éclairées. Mais quand elle vit son amie à la lumière du jour, elle eut un choc. Irène était d'une maigreur inquiétante, sa peau était translucide.

— Oh, Irène, Mme Knopp est-elle méchante avec toi ? Elle m'a pourtant paru assez agréable.

— Quoi ? Oh non, elle est gentille.

— Donc, tu es heureuse de vivre ici ?

Irène haussa les épaules en détournant les yeux.

— Je ne suis pas plus malheureuse qu'ailleurs. Et bien mieux nourrie qu'en pension ! ajouta-t-elle d'un air malicieux.

— Mais est-ce que tu manges ?

— Bien sûr, répondit Irène, les yeux dans le vague.

Elles tournèrent au coin de la rue et Helaine aperçut le parc, au loin. Malgré la remarque de Mme Knopp, elle se demanda si son amie pourrait parcourir une telle distance.

— Irène, pardonne-moi, dit-elle en prenant le bras de la jeune femme. Mais est-ce que tu te sens bien ?

Irène ralentit le pas à regret.

— Je suis tout le temps fatiguée, avoua-t-elle. Et un rien me fait pleurer. Un bruit, une odeur. Je sais que c'est le chagrin, et que ce n'est pas bon pour ma santé, mais... je ne peux pas m'en empêcher.

— Le chagrin ? Pour ton père ?

Le père d'Irène était mort un peu plus d'un an auparavant, mais père et fille n'avaient jamais été très proches.

— Tu penses peut-être à ce que ta vie aurait pu être ? Je me demande souvent ce que je serais devenue si mon père n'avait pas été aussi... incroyablement idiot.

Irène sourit, mais son corps s'était raidi, comme sous l'effet de la colère, et ses mains étaient crispées.

— Irène ?

— Je pense à Jeremy, dit-elle d'une voix sèche. Je pense à mon mari, et à la vie que nous n'avons pas eue.

— Oh ! s'exclama Helaine, mortifiée de ne pas avoir compris. Mais, vos fiançailles... j'ai entendu ce qui se disait à l'époque, même si je ne faisais plus partie des cercles privilégiés. Je te demande pardon, Irène, ajouta-t-elle en se mordant les lèvres. Tu dois me trouver stupide. Je t'en prie, ne m'en veux pas.

Irène poussa un bref soupir, et se remit à marcher d'un pas vif, comme si elle voulait échapper à un quelconque démon, connu d'elle seule. Mais elle se fatigua rapidement, et Helaine put demeurer à sa hauteur.

— Je sais ce qu'on a dit de nous. Que papa avait exigé une somme exorbitante, qu'il m'avait vendue au plus offrant. Ce n'était pas vrai, vois-tu. J'ai laissé dire, pour que papa nous autorise à nous marier.

— Tu l'aimais donc ! s'écria Helaine, déconcertée.

Irène tourna son visage vers le soleil.

— Il me faisait rire. Il disait que j'étais belle, et m'apportait des friandises. Personne n'avait jamais fait cela pour moi, à part toi. Et tu n'étais plus là.

Helaine détourna les yeux.

— Oui, je l'aimais, enchaîna son amie. Mais il a fallu qu'il embarque sur ce maudit bateau. Qu'il prouve qu'il était un bon marin.

— Il n'aimait pas la mer ?

— Oh, si. Et c'était un bon capitaine. Mais cela n'empêche pas de mourir en mer. Le bateau a subi une attaque de pirates, et Jeremy a voulu aider l'équipage à les repousser. Mais il a été gravement blessé dans la bataille et une de ses plaies s'est infectée. Les chirurgiens lui ont coupé le bras dans l'espoir de le sauver, mais c'était trop tard.

— Oh, mon Dieu, chuchota Helaine. C'est horrible.

— Nous ne l'avons su que dix mois plus tard. Et il avait déjà passé trois mois en mer quand c'est arrivé. Cela faisait donc très longtemps que je ne l'avais pas vu. Plus d'une année s'était écoulée depuis qu'il m'avait prise dans ses bras pour la dernière fois. Une année…

Sa voix se brisa, et elle se précipita vers l'un des bancs du parc et s'y laissa tomber. Son regard se posa sur une nourrice qui poussait un landau.

— Oh, Irène, tu attendais un bébé ?

— Non, nous n'avons pas eu d'enfant. Je me dis parfois que c'est une bénédiction, car je n'aurais sans doute pas été capable de veiller sur lui.

— Bien sûr que si. Nous sommes toutes plus fortes que nous ne le pensons.

— Tu crois ?

— J'en suis sûre.

Cette discussion était ridicule, puisqu'il n'y avait pas eu de bébé, mais l'affirmation de Helaine parut réconforter son amie. Cependant, l'espoir de réussir dans sa mission semblait s'amenuiser. Comment présenter sa requête à une femme accablée de chagrin ?

Elles restèrent de longues minutes assises en silence. Brusquement, Irène s'extirpa de sa rêverie.

— Que voulais-tu me demander ?

— Pardon ?

— N'essaye pas de tricher avec moi, Helaine. Tu oublies que je t'ai vue quand tu as caché les bas de cette peste de Claudia ! Je sais que tu ne m'as pas rendu visite par hasard : tu avais quelque chose à me demander.

Helaine haussa les épaules.

— Je venais faire une proposition à une jeune femme malheureuse et mal mariée. Je me trompais. Je te prie de me pardonner.

— Tu ne te trompais pas complètement, puisque je suis malheureuse. Mais pas pour les raisons que tu imaginais. Dis-moi pourquoi tu es venue, et nous verrons bien.

Helaine hocha la tête. Elle n'avait pas le choix, si elle voulait éviter l'hospice. Cependant, elle avait du mal à se confier. Comment expliquer ses choix à une femme qui était tombée amoureuse et avait épousé un homme riche ?

— Allons, Helaine, cela ne peut pas être si difficile. Je sais déjà tout sur ton père.

— Mais tu ne sais rien sur moi.

Irène se contenta de hausser les sourcils. Helaine céda.

— Sais-tu ce que je suis devenue après la mort de mon père ?

2

Helaine prit une longue inspiration. Autant se jeter à l'eau tout de suite.

— Je suis commerçante, Irène. Je possède une boutique de mode... ou, du moins, la moitié d'une. Mais c'est un détail. Tout cela pour dire que je dessine les robes et que mon associée se charge des travaux de couture. Je suis une femme d'affaires et... et j'adore ça, ajouta-t-elle en soutenant le regard de son amie.

Celle-ci demeura bouche bée.

— Je pensais que tu t'étais mariée, ou quelque chose comme ça.

Helaine eut un rire contraint.

— C'est ce qui se passe en général, n'est-ce pas ? J'ai eu des propositions, mais il n'était pas question de mariage.

— Oui, je connais cela. Le genre d'homme qui vous rend visite quand il apprend qu'une femme de la noblesse a des problèmes.

— Mais toi, tu as trouvé l'amour, dit Helaine en lui prenant la main. Même si c'était pour une courte période.

— Oui, une période merveilleuse, murmura Irène avec tristesse. Mais nous parlions de toi. Tu tiens vraiment une boutique ?

— Oui. Elle s'appelle *Le Bonheur des femmes*, et elle n'est pas très loin de Bond Street. J'y suis connue sous le nom de Mme Mortimer.

— Vraiment ? Ce nom ne te va pas très bien.

— Ma mère ne cessait de se lamenter, car elle était mortifiée par ce que je faisais. Mortifiée, mortifiée, *mortifiée*. J'ai eu l'idée, pour lui clouer le bec, de prendre le nom de Mortimer. Et maintenant je suis bien obligée de le garder.

— Ah, dit Irène en croisant les mains. Tu es venue me demander de fréquenter ta boutique, n'est-ce pas ? Je le ferais volontiers, car tu as toujours eu d'excellentes idées, même à l'école. Mais ma belle-mère tient absolument à se fournir chez une couturière à la mode. Une idiote, d'après moi. Mais elle serait bouleversée si je la quittais pour…

— Je ne te demande pas de devenir ma cliente, Irène ! s'exclama Helaine, protestant avec plus de véhémence qu'elle ne l'aurait voulu.

L'idée de venir mendier chez ses anciennes amies était humiliante.

— Nous avons déjà une belle clientèle, précisa-t-elle.

C'était un mensonge, et Irène le comprit. Elle avait toujours deviné quand elle mentait.

— Vraiment, Helaine ?

— Oui, dit celle-ci en soupirant. Pour le moment. Mais cela ne durera pas longtemps, à moins…

Les mots moururent sur ses lèvres. Sa démarche était inutile. Irène n'avait aucune raison de lui faire plaisir. Mais elle ne pouvait plus se taire, à présent.

— Comme je te l'ai dit, je croyais que tu étais terriblement malheureuse et que tu saisirais l'occasion de t'échapper. Je suis venue te proposer un emploi, Irène.

— Quoi ?

— Nous ne parvenons pas à obtenir les étoffes nécessaires à nos créations. Mais ton beau-père est dans les transports maritimes. Ses cargaisons viennent du monde entier. Et je sais que tu es très forte pour repérer les bonnes affaires. Tu avais le chic autrefois pour dénicher des tissus extraordinaires, qui coûtaient trois fois rien.

— Je ne pouvais pas faire autrement.

— Certes. C'était aussi le cas pour moi, mais tu étais excellente.

— Il n'y a pas de quoi être fière.

— Au contraire ! Je cherche désespérément quelqu'un qui soit capable de faire des achats pour nous. Trouver de la soie et de la dentelle abordables, des rubans, des colifichets. Quand je vois une femme entrer dans la boutique, je devine tout de suite ce qui lui ira. Wendy sait faire tous les vêtements dont je rêve. Mais aucune de nous deux n'est en mesure de trouver les coupons de tissus nécessaires. Et certainement pas à bon prix.

— Donc, tu voudrais que je les achète pour toi ?

— Tu as perdu ton mari, tu vis dans l'aisance matérielle, et notre amitié remonte à une époque lointaine. Malgré tout, je te demande de devenir mon associée. Tu ne peux pas savoir le sentiment de liberté que tu éprouves, quand tu gagnes ton argent. La première fois que cela m'est arrivé, j'ai dansé de joie dans l'atelier. Nous avons dépensé tout notre bénéfice en bouteilles de vin et en victuailles pour célébrer ce succès. Je ne l'ai jamais regretté une seconde.

Irène sourit.

— Je n'arrive pas à t'imaginer en train de danser dans un atelier de couture.

— Pourtant, je l'ai fait, affirma Helaine avec une pointe de fierté. C'est moi qui nous fais vivre, maman et moi. Le travail m'a donné une raison de vivre.

Irène ne semblait plus écouter. Son regard demeurait lointain. Le cœur de Helaine sombra.

— Tu connais peut-être quelqu'un d'autre ? demanda-t-elle d'un ton hésitant. Une personne en situation difficile ? Une veuve, qui aurait assez d'aplomb pour discuter avec un marchand ou le capitaine d'un navire ?

— Une femme qui chercherait une raison de se lever le matin ? suggéra Irène. Une femme sans enfant et sans espoir.

— Oui, j'offre de l'espoir. Beaucoup d'espoir. Parfois, j'ai l'impression que c'est même tout ce que je possède.

Irène hocha la tête. Elle réfléchissait. Dans un instant, elle lui donnerait sa réponse, comme lorsqu'elles étaient enfants et cherchaient la solution d'un problème de mathématiques. Helaine pria pour qu'elle trouve un nom à lui proposer. Une femme capable de sauver sa petite boutique, son coin de paradis.

— Très bien ! déclara brusquement Irène en se levant.

— Tu connais quelqu'un ?

— Hmm ? Bien sûr. Moi ! Et j'ai entendu parler d'une cargaison de dentelle qui arrivera dans quelques semaines.

— Vraiment ? Ce serait merveilleux !

Helaine connaissait au moins trois dames qui sauteraient sur l'occasion d'avoir une robe garnie de dentelle.

— Je sais même comment en obtenir trois rouleaux pour presque rien, précisa Irène en souriant.

— Trois rouleaux ? Mais comment ? Par qui ?

Irène serra son amie dans ses bras.

— Fais-moi confiance, dit-elle simplement en la relâchant. Écoute, ma chère, je te ferai envoyer la dentelle, et tu me donneras comme rémunération vingt pour cent de la somme qu'elle t'aura coûté.

— Nous n'avons pas d'argent d'avance...

— Aucune importance. Dis-moi simplement ce que tu veux, et combien tu peux payer. Je te trouverai ce dont tu as besoin, et je ferai un petit bénéfice.

Helaine demeura muette de stupeur. Son amie n'avait pas mis longtemps à se découvrir la bosse du commerce.

— Tu crois que je n'ai rien appris en dînant chaque soir à la table de mon beau-père ? reprit Irène. Il ne parle que de ses affaires. J'ai enfin l'occasion de mettre en pratique ce que j'ai entendu. Merci, mon amie.

— Merci de quoi ? s'exclama Helaine en riant. C'est moi qui dois te remercier !

— Penses-tu ! Tu m'as donné ce qui me manquait depuis un an. Une raison de me lever le matin, Helaine ! Et maintenant, ajouta-t-elle en gloussant comme une écolière, je vais m'efforcer de nous rendre riches, très riches !

Helaine gloussa aussi, avec un peu moins d'enthousiasme. Elle avait réussi. Contre toute attente, Irène acceptait de devenir leur acheteuse. Avec l'aide de Dieu, elle se révélerait douée pour ce travail.

Mais le plus difficile restait à faire. Il fallait que *Le Bonheur des femmes* survive jusqu'à la livraison de la dentelle, que des commandes soient passées par les clientes, que les factures soient honorées.

Après quelques minutes de discussion, Helaine prit congé. Irène lui promit de la contacter dès qu'elle aurait des nouvelles de la cargaison de dentelle. Et Helaine s'engagea à revenir quelques jours plus tard avec la liste des tissus dont elle avait besoin.

Puis elle monta dans un fiacre. Elle avait une autre démarche à accomplir, plus secrète que la première.

— À Grosvenor Square, chez le vicomte de Redhill, ordonna-t-elle au cocher.

Robert avait déjà un flacon de brandy à la main, quand on frappa à la porte de la bibliothèque. Il n'était que trois heures de l'après-midi, mais après une matinée pareille, seul le brandy pourrait l'aider à lutter contre le mal de tête qui commençait à marteler ses tempes.

— Monsieur ? lança Dribbs en ouvrant la porte sans y être invité.

— Non, Dribbs.

— Oui, monsieur, vous avez une visite.

— Non, Dribbs, pas de visite.

— Mais cette dame insiste.

— Non, Dribbs, je n'attends pas de visite.

Pour bien souligner ses paroles, il ne prit pas le temps de verser l'alcool dans un verre et but directement au goulot. De toute façon, il n'en restait presque plus.

— Pourtant, vous en avez une, monsieur le vicomte.

— Non, Dribbs, c'est impossible. Mon père est déjà passé aujourd'hui. Il n'a pas pu acheter une autre mine, ni un gisement d'or en Antarctique. Il n'a pas eu le temps non plus de découvrir le secret permettant de fourrer des génies dans des bouteilles afin qu'ils lui accordent tous ses caprices.

— Non, monsieur, ce n'est pas monsieur le comte.

— Grâce au Ciel…

— C'est une femme.

— Non, Dribbs, ce n'est sûrement pas une femme. Vous voyez, j'ai parlé avec Gwen ce matin même, au sujet de ses noces. Ma mère est couchée, comme tous les jours à cette heure-ci. Quant aux dames de notre future belle-famille qui ont loué la maison voisine, je viens juste de les apercevoir dans le salon du premier. La baronne et sa sœur étaient occupées à arranger les figurines en porcelaine de ma mère, en se demandant si les rayons de soleil n'étaient pas mauvais pour la bergère. Des porcelaines, Dribbs ! Quelle personne raisonnable irait se soucier du teint d'une figurine en porcelaine ?

Robert avala une autre goulée de brandy. Quelle vie ridicule !

— En effet, monsieur, c'est très étrange. Mais la personne qui souhaite vous voir ne fait pas partie de votre future belle-famille.

— Grâce au Ciel.

Robert s'assit à son bureau, poussa une montagne de papiers pour pouvoir poser sa bouteille, puis fixa un regard égaré sur le majordome, qui demeurait à la porte.

— Vous pouvez vous retirer, Dribbs.

— Non, monsieur, je ne peux pas.

— Vous n'avez qu'à faire un pas en arrière et fermer la porte.

— Je pourrais faire cela, monsieur. Mais vous me voueriez aux gémonies dès demain matin. Peut-être même plus tôt.

— Peut-être. Mais enfin, vous ne seriez pas damné sur-le-champ.

— Excellente remarque, monsieur. Mais voyez-vous, la visiteuse en question est une certaine Mme Mortimer. Et elle voudrait discuter avec vous d'une question insignifiante.

Robert ricana. Tous les sujets auxquels s'intéressaient les femmes étaient insignifiants. Cela ne les empêchait pas de le harceler jour et nuit avec leurs sottises. Cependant, ce nom lui disait vaguement quelque chose. Il le connaissait. Mais d'où ?

— C'est la couturière qui s'occupe du trousseau de votre sœur, glissa le majordome.

Ah ! C'était donc cela ! Gwen lui avait vanté les talents de cette femme le matin même. Elle avait fait ceci, cela, replié un ruban, découpé quelque chose. Et c'est alors que Gwen s'était empourprée. Oui, l'image du visage rose de sa sœur était gravée dans son esprit. La robe la rendait plus attirante. Plus sensuelle. Bon sang, il ne voulait pas savoir que sa petite sœur était sexuellement attrayante !

Il porta une nouvelle fois le goulot à ses lèvres et s'aperçut que le flacon était vide.

— Je vais chercher une nouvelle bouteille, monsieur le vicomte.

— Dribbs, vous êtes un brave type.

— Mais il faut d'abord que vous parliez à Mme Mortimer.

— Non, Dribbs.

— Sinon, elle dira à votre sœur que vous avez refusé de la recevoir. Alors votre sœur pleurera dans sa chambre car elle tient beaucoup à ce mariage, et vous l'entendrez pleurer, ou bien vous remarquerez ses yeux rougis. Et quand vous connaîtrez la raison de son chagrin, vous vous en voudrez d'être un si méchant frère. Et ensuite, monsieur, vous me donnerez des instructions très strictes et m'interdirez formellement de refuser l'entrée à un visiteur.

— Je ne ferai jamais une chose pareille ! protesta Robert, indigné.

— Vous l'avez fait la semaine dernière, quand votre mère a été si bouleversée au sujet d'une livraison de parfums qui s'est perdue.

Bon sang, c'était vrai.

— Diable.

— Il vaut mieux se débarrasser de cette légère corvée et ne plus y penser, monsieur. Il n'y aura pas de larmes, et vous aurez votre brandy dès que ce sera fini.

Robert soupira lourdement.

— Enfer et damnation, Dribbs. J'hésite entre vous mettre à la porte ou doubler vos gages.

— Doublez mes gages, monsieur. C'est la promesse que vous m'avez faite la semaine dernière.

— Certainement pas ! Je m'en souviendrais.

Dribbs observa un silence éloquent, puis pencha la tête de côté.

— En êtes-vous sûr, monsieur ? Êtes-vous absolument sûr que vous vous en souviendriez ?

— Tout à fait.

— J'en conviens, monsieur, déclara Dribbs avec un soupir exagéré.

L'homme se redressa de toute sa hauteur et recula afin d'ouvrir la porte de la bibliothèque.

— Mme Mortimer désire vous voir, monsieur. Elle n'en a que pour dix minutes.

Il accompagna ces mots d'un regard sévère en direction de la jeune femme. Celle-ci hocha docilement la tête, mais Robert surprit une lueur décidée dans son regard. Il remarqua également son décolleté, ses hanches arrondies, et ses lèvres d'un rouge profond qui appelaient les baisers.

Seigneur, où avait-il la tête ? Cette femme était couturière. Embrasser une couturière ? Et pourquoi pas le cireur de chaussures ? Cependant, il était très tenté de la prendre dans ses bras.

— Monsieur le vicomte ?

Robert tressaillit.

— Je vous demande pardon ?

— Non, c'est moi qui vous demande pardon. J'ai cru que vous étiez en train de vous étouffer.

— Non, non, je... je regrettais juste que ma bouteille de brandy soit vide.

Il brandit le flacon et le secoua, comme pour apporter la preuve qu'il disait vrai. Puis il le reposa, un peu piteux. On ne discutait pas de ce genre de choses avec une couturière.

— Vous vouliez me demander quelque chose ?

— Oui, monsieur. Je crains de devoir être payée.

— Vous le *craignez* ? Si cela vous pose problème, pourquoi vous donner la peine de me rendre visite ?

La jeune femme observa une seconde de silence, haussant les sourcils. Puis l'ombre d'un sourire effleura ses lèvres.

— Euh... non, monsieur. Je suis désolée, je me suis mal exprimée. Je n'ai aucune crainte, et je me présente chez vous pour demander d'être payée. S'il vous plaît.

Robert soupira. Dribbs avait raison. Autant s'en débarrasser au plus vite. Le problème, c'était qu'entre les récents investissements de son père et le prochain mariage de sa sœur, sa bourse était dégarnie. Les réparations à la mine avaient vidé les comptes, au point que toute la famille se trouvait forcée de faire des économies. Ajoutez à cela un trousseau de mariage. Il ne savait pas où il allait trouver les sommes nécessaires.

— Madame Mortimer, vous n'avez pas besoin de venir me voir. D'ordinaire, quelqu'un de mon personnel me présente les factures, et...

— J'ai déjà parlé à M. Starkweather. Il m'a conseillé de m'adresser directement à vous.

Robert se rembrunit.

— Diable. Je ne vois pas comment Starkweather a pu vous dire une chose pareille. Il est généralement très pointilleux en ce qui concerne ses fonctions. Il veut m'épargner d'affronter les voyous en tout genre. C'est un brave homme.

Robert sourit en regardant la bouteille de brandy vide, et se demanda si les dix minutes s'étaient écoulées. Néanmoins, il aimait bien contempler la poitrine pulpeuse de Mme Mortimer, surtout à travers le verre de la bouteille qui l'amplifiait exagérément.

Rêvait-il, ou la jeune femme venait-elle de s'empourprer ? Mais oui ! Extraordinaire. Elle devait pourtant avoir l'habitude d'être admirée, avec une silhouette pareille !

Il fronça les sourcils, avec l'impression désagréable que quelque chose lui échappait. Mais quoi ? Il se redressa dans son fauteuil, malgré la douleur que le mouvement fit surgir au niveau de ses tempes.

— J'ai eu une matinée très éprouvante, madame Mortimer. Dites-moi pourquoi je devrais parler avec vous, plutôt qu'avec M. Starkweather ?

— Parce que je ne suis pas un voyou, monsieur, déclara-t-elle d'un ton sec.

Robert cligna les paupières. Avait-il dit qu'elle appartenait au monde des voyous ? Oh, certes, il avait dû le sous-entendre. Cependant, un démon intérieur le poussa à lui clouer le bec.

— Oh, vous n'avez pas l'air d'une fille des rues, madame Mortimer, mais vous n'en êtes pas moins une créancière tentant d'éviter d'affronter mon comptable. Cela me porte à croire que vous appartenez à la canaille.

Cette remarque la fit blêmir. Ses yeux s'élargirent.

— Je vois que vous aimez le ridicule, monsieur.

— Eh bien, il est vrai que j'aime ma famille. Et si cela, ce n'est pas ridicule, alors je n'y comprends plus rien.

La jeune femme ne trouva rien à répondre. Et c'était tant mieux, car il n'aurait jamais dû dire ce genre de choses à une inconnue.

Il se renversa dans son fauteuil. Que devait-il faire de cette visiteuse ? N'importe quel autre jour, il l'aurait payée sur-le-champ, juste pour être débarrassé d'elle. Mais il continuait de la dévisager avec un sourire béat. Elle était ravissante, et restait assise là d'un air modeste, tandis que toutes sortes de pensées incongrues lui passaient par la tête. C'était très drôle. Du moins jusqu'à ce qu'elle prît la parole, d'une voix calme et mesurée.

— Savez-vous combien il est humiliant de venir réclamer un paiement, monsieur ? De se présenter devant un comptable assis sur un tabouret haut qui me toise avec mépris, sous prétexte que ma naissance n'est pas aussi prestigieuse que la vôtre ?

Robert cligna les paupières, décontenancé.

— Starkweather ne s'assoit pas sur un tabouret haut.

Il se renfrogna aussitôt. Ce n'était pas ce qu'il voulait dire. D'après lui, Starkweather était un honnête homme, mais il était possible qu'il toise de haut les commerçants. Tout ce qu'il savait, c'est qu'il était assis derrière un bureau, comme une personne normale. Naturellement, la jeune femme prit sa remarque au pied de la lettre.

— C'était une métaphore, monsieur.

— N'empêche, je me demande si vous parlez bien de Starkweather.

Elle détourna les yeux, et une rougeur envahit son décolleté. Très belle. Et très troublante, songea-t-il.

Par chance, un coup frappé à la porte mit un terme à cette entrevue. Les dix minutes étant écoulées, Dribbs ouvrit le battant.

— Pardonnez-moi de vous interrompre, monsieur, mais un nouveau visiteur vient d'arriver, dit-il en brandissant une bouteille de brandy.

— Parfait, répondit Robert, tout sourires. Je suis désolé, madame Mortimer, mais je vais devoir confier le règlement de cette facture à M. Starkweather.

La jeune femme se leva.

— Non, monsieur, répondit-elle en allant se pencher au-dessus du bureau. Vous croyez que je ne vois pas cette bouteille de brandy ?

Robert haussa les sourcils. Elle était assise dos à la porte. Comment avait-elle pu voir ce que Dribbs tenait à la main ?

— Le miroir, monsieur, expliqua-t-elle en désignant avec un ricanement moqueur la cheminée de marbre noir, face à elle.

— Ah. Je vois.

— Il ne vous faudra qu'un instant pour me faire un chèque, monsieur. J'insiste. À moins que vous ne préfériez que toute la ville sache que le vicomte de Redhill ne paye pas ses dettes ?

— Vous ne ferez pas courir ce bruit, madame Mortimer. Je ruinerais votre réputation en moins de temps qu'il n'en faut pour le dire. Je paye toujours mes dettes.

— Dans ce cas, payez celle-ci.

Elle déposa une feuille sur son bureau. C'était une facture, présentée proprement. Robert la prit et l'examina. Cela concernait probablement le trousseau de sa sœur. Des robes, des rubans, de la lingerie. Il vérifia deux fois l'addition et dut convenir qu'elle était juste. Mais la somme était exorbitante !

— Cela ne se peut pas, marmonna-t-il.

— Je vous assure que si. Voulez-vous demander à votre sœur de vérifier cette note ?

Seigneur, non. Pas question de s'engager dans une nouvelle discussion avec Gwen au sujet de ses toilettes. À en juger par le regard de triomphe que lui lança Mme Mortimer, celle-ci avait deviné sa réticence. Elle choisit ce moment pour lui adresser son plus charmant sourire. De joli, son visage devint ensorceleur.

— Allons, monsieur le vicomte. Écrivez donc ce chèque, et je vous servirai moi-même un verre de brandy. M. Dribbs doit avoir mal au bras, à force de cacher cette lourde bouteille dans son dos.

Sacrebleu, quelle volonté chez cette femme ! Il tendait déjà la main vers son carnet de chèques, lorsque quelque chose l'arrêta. Starkweather n'aurait jamais refusé de régler une facture en bonne et due forme. Et cette femme usait de toutes les ruses pour lui soutirer une somme astronomique.

Il fixa le document, cherchant ce qui clochait.

— Monsieur ? dit-elle d'une voix mélodieuse, comme un chant de sirène. Votre brandy attend.

— Décrivez-moi cette robe, ordonna-t-il pour gagner du temps. Comment est-elle ?

Il désigna l'objet le plus cher de la liste, une robe de bal garnie de boutons de nacre.

— Vous voulez vraiment le savoir ? Je ne comprends pas pourquoi cela vous...

— Faites-moi plaisir, dit-il en croisant les bras.

Comme le bras du pauvre Dribbs tremblait visiblement, il désigna la desserte.

— Posez cela ici, Dribbs. Je dois encore discuter avec Mme Mortimer.

Dribbs obéit, et Robert reporta son attention sur la couturière.

— Que savez-vous sur mon père, madame Mortimer ?

La jeune femme hocha la tête. Une mèche couleur de miel s'échappa de son chignon et vint caresser son petit menton volontaire. Elle était adorable.

— Je ne connais pas le comte de Willington, dit-elle.

— Eh bien, c'est un homme charmant. Il aime le brandy, les cigares, ses amis. Certains disent que je lui ressemble. J'ai pris ses cheveux bruns, son front haut, et nous sommes de la même taille.

Elle fit un signe de tête, ne comprenant pas où il voulait en venir.

— Votre père doit donc être bel homme.

Robert avait l'habitude des compliments. Toute sa famille avait été gâtée par la nature.

— Oui, il est aussi connu pour autre chose.

Il attendit un moment qu'elle pose la question attendue, ce qu'elle fit avec un brin d'agacement.

— Je suis impatiente de savoir quoi, monsieur.

— C'est le plus grand naïf que la terre ait porté. N'importe quel attardé mental pourrait le rouler dans la farine. Je crois même que c'est arrivé, pas plus tard que l'année dernière. Il a acheté une étoffe magique, en croyant qu'elle allait l'aider à faire fortune.

— Un morceau de tissu ? dit Mme Mortimer avec une soudaine lueur d'intérêt.

— Oui. Je pense que c'était un vieux bout de toile qui avait servi à envelopper du fromage.

— Vous n'êtes pas sérieux ?

— Je ne plaisante pas. Mon père l'a acquis pour un shilling, ajouta-t-il en soupirant. D'après moi, le gamin qui le lui a vendu, un petit cireur de chaussures, avait dû le frotter au cirage noir pour qu'il paraisse authentique…

La jeune femme réprima un petit rire qui ressemblait à un éternuement.

— Je ne vous crois pas.

— Je vous assure que c'est vrai.

Elle pencha la tête de côté, les yeux pétillants de malice.

— Ce n'est pas juste, monsieur. Vous mentez, et je le prouverai.

— Vraiment ? Et comment cela ?

— Je vais faire un pari avec vous, monsieur. Si je parviens à prouver que vous mentez, vous me réglerez ma facture. Dans le cas contraire, je partirai sans faire d'histoire.

Il n'était pas sûr de vouloir la voir partir aussi vite, mais en bon gentleman il accepta sa proposition.

— Très bien. Si votre facture est honnête, vous serez payée rubis sur l'ongle.

Elle acquiesça d'un lent signe de tête.

— D'accord, monsieur. Vous dites que les choses se sont passées exactement comme vous me l'avez raconté ?

— Tout à fait.

— Dans ce cas, je prétends que le garçon n'était pas un attardé mental, puisqu'il a réussi à rouler un comte. Ou bien que le comte, conscient du peu de valeur de ce bout de tissu, entendait simplement venir en aide à un pauvre garçon.

Robert fronça les sourcils. Laquelle de ces deux versions était la bonne ? Son père avait été si fier de son achat que le cireur était vraisemblablement moins idiot qu'il n'en avait l'air. Par chance, il ne lui incombait pas de surveiller le personnel de son père, puisque ce dernier louait un appartement à son club. Tant qu'il restait dans les limites de sa pension trimestrielle, il pouvait acheter autant de chiffons magiques qu'il en avait envie, Robert s'en moquait.

— Ai-je gagné le pari, monsieur ?

— Je suppose que oui, admit-il en souriant.

— Parfait. Dans ce cas, si vous voulez bien…

— J'ai dit : à condition que la facture soit honnête, madame Mortimer. Il faut encore que vous me décriviez cette fameuse robe de bal. À moins que, pour une raison quelconque, vous ne refusiez.

— Ne soyez pas ridicule. Je vais le faire, naturellement.

— Je suis impatient.

La jeune femme fronça le nez, ce qui la rendit encore plus ravissante.

— Elle est bleue, monsieur, avec un corsage garni de dentelle. Les épaules sont nues, puisque votre sœur sera mariée quand elle la portera et pourra dévoiler une plus grande partie de son corps. Un châle de tulle préservera cependant sa pudeur, si elle le souhaite, ou pourra être posé sur les épaules de façon à attirer le regard sur son décolleté.

Robert battit des paupières. Comme s'il avait envie d'entendre parler du décolleté de sa sœur !

— Vous parlez de ma jeune sœur, déclara-t-il, irrité. Je l'ai connue avec des couettes et des taches d'encre sur le nez.

— Non, monsieur, je parle de votre sœur qui est devenue une femme et qui sera mariée d'ici un mois. Il est fort possible qu'elle attende ensuite un bébé.

Robert frémit à cette idée. Sa petite sœur, avec un bébé ? Il savait que c'était possible, et même probable. Toutes les femmes qui se mariaient voulaient un bébé, n'est-ce pas ? Mais, pour lui, elle était encore beaucoup trop jeune.

— C'est la vie, vous savez. Les petites filles grandissent, et fondent une famille.

Mme Mortimer fit alors quelque chose de tout à fait inattendu. Elle se dirigea vers la carafe de brandy, lui en servit un verre et fit tournoyer le liquide pour l'aérer avant de le lui apporter. Elle le lui plaça dans la main et s'assit sur le sol à côté de lui, le regardant comme le faisait sa petite sœur lorsqu'elle n'était encore qu'un garçon manqué qui courait dans toute la maison.

Elle sourit.

— Les changements sont difficiles à accepter, surtout quand ils sont inévitables. Mais vous devriez être fier d'elle, monsieur le vicomte, au lieu de l'empêcher de constituer son trousseau.

Robert déglutit. Elle avait raison.

— Madame Mortimer, dit-il en lui caressant la joue comme il le faisait autrefois avec Gwen. Je ne vous crois pas.

— Quoi ?

— Gwen n'a pas de robe de bal correspondant à cette description, vous ne l'avez pas confectionnée et cette facture est un faux.

Elle voulut se lever, mais il abattit une main sur son épaule pour l'en empêcher.

— Restez où vous êtes, madame. Il ne faudra que quelques minutes au constable pour arriver.

3

— Non, non, attendez ! cria Helaine en essayant désespérément de se dégager. Je ne mens pas !

Mais il la tenait d'une poigne de fer. Il posa sur elle un regard sombre.

— Savez-vous pourquoi je vous ai raconté l'histoire de mon père et de ce petit cireur ?

Elle secoua la tête. Elle n'en avait pas la moindre idée. Mais cette anecdote l'avait poussée à flirter avec cet homme. Flirter ! Comme si elle était encore la fille respectable d'un comte !

— Monsieur...

Il ne la laissa pas poursuivre.

— Parce que dans ce domaine, madame Mortimer, je ne ressemble absolument pas à mon père. Je ne me laisse pas rouler, même si le voleur est charmant. Apparemment, ma chère, vous êtes une fieffée menteuse.

— C'est faux ! s'insurgea-t-elle, si horrifiée que des larmes surgirent sous ses paupières.

En quelques secondes, elle se trouvait transportée cinq ans en arrière, à l'époque où elle avait en vain clamé son innocence. Elle avait pourtant été honnête toute sa vie. Mais il avait suffi que son père commette une erreur stupide, sous l'emprise de l'alcool, pour qu'on lui attribue les mêmes vices qu'à lui. Ce souvenir humiliant la secoua, lui donnant une force qu'elle n'avait pas en temps normal. Elle parvint à se libérer et recula en trébuchant.

— Appelez votre sœur !

Puis, sans attendre qu'il réagisse, elle se tourna vers la porte et lança :

— Dribbs ! Demandez à lady Gwen de descendre, tout de suite !

Lord Redhill demeura interdit. Dribbs ouvrit la porte, abasourdi.

— Monsieur ?

— Appelez lady Gwen, ordonna-t-elle, répondant à la place du vicomte.

— Lady Gwen est sortie avec les dames. Elles sont parties acheter des moutons de porcelaine pour la bergère.

Helaine mit quelques secondes à comprendre le sens de cette phrase. Gwen n'était pas là pour lui venir en aide.

Lord Redhill interpréta cela comme une preuve supplémentaire de sa perfidie.

— Comme c'est commode, dit-il d'un ton doucereux. Je suis sûr que vous l'avez vue partir, avant de venir frapper à ma porte.

— Ce n'est pas commode du tout, et vous êtes un hypocrite !

Le vicomte fut époustouflé. Puis la fureur prit le dessus. Ses mâchoires semblaient sculptées dans le marbre et ses yeux lançaient des éclairs.

— Prenez garde, madame Mortimer. Ma patience est à bout.

— Vous n'avez qu'à cesser d'accuser les gens de vouloir vous voler !

La voix de Helaine se brisa sur le dernier mot. Elle inspira profondément, repoussant la honte que la conduite de son père faisait peser sur elle.

— Si vous voulez bien me faire la grâce d'écouter, monsieur, je vous expliquerai tout, ajouta-t-elle plus calmement.

Le vicomte arqua les sourcils et se renfonça dans son fauteuil.

— Expliquez-vous donc, je vous prie.

Il s'efforça de prendre un air détaché, mais Helaine ne fut pas dupe. Cet homme voulait sa perte, aussi plaida-t-elle sa cause comme si sa vie était en jeu. Ce qui était peut-être le cas.

— J'adore votre sœur. C'est une femme aussi belle que douce. Une personne réellement bonne.

— Je connais les qualités de ma sœur, coupa-t-il d'un ton sec. Et, malheureusement, je la sais aussi crédule que mon père.

Cette déclaration sonnait comme une menace. Helaine le foudroya du regard.

— Je vous rappelle que c'est moi qui ai confectionné toutes les robes de votre sœur pour ses deux dernières saisons.

De toute évidence, il n'en gardait aucun souvenir.

— Et j'étais très fière de mon travail, enchaîna-t-elle. Aussi, quand elle m'a priée de lui préparer son trousseau de mariage, me suis-je empressée d'accepter.

— Naturellement.

— Je l'ai fait avec plaisir, ajouta-t-elle avec un regard noir. Mais j'ai pris le temps de lui exposer mon problème.

Le vicomte haussa les sourcils, mais se garda cette fois d'exprimer son opinion.

— Je n'ai qu'un modeste atelier, monsieur. Lady Gwen souhaite un trousseau important, et elle m'a également demandé d'habiller sa future belle-famille. Cela représente plus que ce que ma modeste boutique peut fournir *à crédit*.

Elle marqua une pause et posa sur lui un regard appuyé. Visiblement, les termes financiers de base lui étaient inconnus. Helaine trouva cela surprenant.

— Monsieur le vicomte, je n'ai pas les moyens d'acheter les tissus qu'elle désire. Je n'ai pas les espèces nécessaires. Aussi lady Gwen a-t-elle promis qu'elle me les paierait à l'avance.

Voilà, c'était dit. Pour la plupart des gens dans sa position, ses arguments seraient imparables. Mais pour un aristocrate ? Cette idée n'avait sans doute jamais traversé l'esprit du vicomte.

Elle attendit, dans un silence pesant. Finalement il se pencha en avant, joignant devant lui l'extrémité de ses doigts.

— Est-ce pour cette raison que Starkweather a refusé de vous payer ? Parce que vous n'aviez pas encore livré la marchandise ?

Helaine acquiesça d'un signe de tête.

— J'en avais discuté avec lady Gwen, qui était d'accord pour me verser une avance.

— Une fois de plus, marmonna-t-il, mes proches prennent à ma place des engagements que je suis dans l'impossibilité d'honorer.

Helaine grimaça, désolée pour son interlocuteur. Mais elle n'était pas en position de se laisser aller à la compassion.

— C'est normal, non ? C'est votre sœur, et il vous incombe à vous, ou à votre père, de payer ses factures en attendant qu'elle se marie.

— Mon père n'a pas un sou vaillant, répliqua-t-il avec un ricanement désabusé.

— Dans ce cas, c'est sur vous que cela retombe.

Il la dévisagea sans répondre, et elle fut parcourue d'un frisson glacé.

— Monsieur, si vous souhaitez changer le monde, je suis de tout cœur avec vous. Accordez à votre sœur le contrôle de ses finances, et je m'adresserai directement à elle. Je peux vous dire qu'une femme a tout intérêt à gérer elle-même ses affaires.

— Je suis certain que c'est votre opinion.

Le ton n'avait rien de condescendant, cependant elle se hérissa.

— Vous n'avez aucune raison de me juger, monsieur. Je ne suis qu'une honnête femme exerçant son métier, comme le ferait un homme.

Le vicomte ferma les yeux avec lassitude.

— Ce n'est pas une recommandation. Les hommes mentent et trichent tout le temps.

— Pas moi, affirma-t-elle.

Il ouvrit les yeux, et elle y vit un mélange de souffrance et d'épuisement, qui lui rappela ce qu'elle contemplait chaque matin dans son propre miroir.

— Très bien, dit-il. Vous m'avez convaincu.

— Vous allez me payer ?

— Certainement pas. La somme que vous réclamez est ridiculement élevée. Mais dès cet après-midi, j'ouvrirai un compte à ma sœur. Ce sera à elle de décider si elle veut vous payer ou non ces honoraires scandaleux.

Sur ces mots, il se tourna vers Dribbs qui était toujours sur le seuil.

— Allez chercher mon manteau, Dribbs. Et raccompagnez Mme Mortimer.

— Quel monstre ! Arrogant, autoritaire et ivrogne ! Il a eu le culot de laisser entendre que j'étais une voleuse ! Il était sur le point d'appeler le constable !

Blessée, humiliée, Helaine arpentait la petite boutique en laissant libre cours à sa fureur.

— Mais il ne l'a pas fait, n'est-ce pas ? répliqua Wendy.

Wendy était sa couturière, son associée, et sa meilleure amie. Elle était en train de couper leur dernier coupon de soie, afin de faire une robe à la sœur du monstre en question. Malheureusement, si elles n'étaient pas payées très vite, elles ne pourraient pas acheter les fournitures nécessaires pour le reste de la commande.

— Tu imagines, s'il avait appelé la police ? s'enquit-elle.

— Je l'en ai empêché, mais cela n'a rien changé à son attitude. Il prétend que notre facture est scandaleusement élevée !

— Ah ouais ? Quel toupet !

— On ne dit pas « ouais », gronda distraitement Helaine.

Wendy avait grandi dans un quartier pauvre. Très pauvre. Son langage trahissait parfois ses origines. Mais Helaine l'aidait à améliorer sa présentation. Elles voulaient devenir les couturières des dames chics de la bonne société, et pour cela Wendy devait avoir l'air bien éduquée.

— Oui, quel toupet, reprit celle-ci d'un ton ferme. Nos prix sont parfaitement justes.

— Non, rectifia Helaine en soupirant. Nos prix sont élevés.

— C'est normal ! Tu habilles les aristocrates.

— Seulement quelques-uns. Nous devrions peut-être revoir nos tarifs. Du moins, tant que nous ne sommes pas mieux implantées dans le milieu de l'aristocratie.

— Mais on ne peut pas ! s'écria Wendy en donnant un dernier coup de ciseau dans le tissu. Tu dis toi-même qu'ils ne viendront pas si ce n'est pas assez cher !

— Je me suis peut-être trompée. Et mes modèles ne sont peut-être pas aussi bien que…

— Oh, ça suffit ! Je ne veux plus t'entendre parler comme ça. Tes modèles sont très beaux. Tu as le chic pour les dessiner. Et maintenant tais-toi, ou je risque de gâcher cette robe.

— Tu ne gâches jamais rien, répliqua Helaine en souriant. Tu es trop douée.

— Comme toi. Et je ne veux pas que tu dises le contraire.

Helaine se pencha et prit les ciseaux dans la main de son amie.

— Très bien. Tu es une merveilleuse couturière et je suis une excellente styliste. À nous deux, nous ne pouvons pas échouer.

— Exactement !

— Mais je vais tout de même revoir nos prix…

— Aïe ! Tu recommences, comme la première année. Toujours à t'inquiéter et à te poser des questions. Je pensais que c'était fini. Et il suffit d'une discussion avec un maudit fils de comte pour que tu te tourmentes de nouveau !

Helaine déglutit. Son amie avait raison.

Cinq ans plus tôt, l'espoir et la passion animaient la jeune couturière. À dix-sept ans, Wendy était aussi forte qu'une femme qui aurait eu trois fois son âge. Apprentie chez la précédente propriétaire de l'atelier, c'était elle qui avait cousu l'unique robe de bal de Helaine. Elle avait reconnu le talent de cette dernière dans le modèle qu'elle avait elle-même dessiné pour sa robe. Quand le père de Helaine avait tout détruit, Wendy était venue la voir en lui suggérant de s'associer pour ouvrir un atelier de couture. Elle avait tout arrangé avant que Helaine ait compris ce qui se passait. C'était aussi Wendy qui avait fait sortir Helaine et sa mère de la prison pour dettes. Wendy ne lui avait jamais dit comment elle s'était débrouillée pour le faire, et c'était le seul secret qui demeurait entre elles. Elles ne devaient leur succès actuel qu'à la ténacité de Wendy. Grâce à celle-ci, elles étaient les propriétaires d'une boutique qui servait les dames de qualité.

Mais leur situation était fragile. Leur cliente la plus noble et la plus fortunée était lady

Gwendolyn, qui leur avait adressé sa future belle-famille. Elles avaient eu un coup de chance lorsque la jeune femme leur avait acheté une robe de bal pour sa première saison. Elle en avait choisi encore quelques autres lors de la saison suivante. Et maintenant, miracle des miracles, elle voulait un trousseau de mariage complet ! Si cette commande se passait bien, leur réputation était faite.

Mais si elles échouaient à cause d'un frère arrogant et autoritaire, ce serait un désastre. Elles perdraient leur clientèle chic et les commandes se feraient rares. Et comme elles subsistaient au jour le jour, le risque de finir à l'hospice les guettait.

— Arrête ! ordonna Wendy sans même lever les yeux. Je t'entends réfléchir.

— Je n'ai pas prononcé un mot, rétorqua Helaine d'un ton sec.

— Non, mais tu t'inquiètes à mort, et je ne veux pas de ça. Francine, la fille du chapelier, va passer demain. Il faut que tu lui dessines une robe pour l'aider à trouver un mari.

— Je ne suis pas sûre que quelqu'un puisse l'aider, murmura Helaine en soupirant.

Francine était grosse. Pas seulement un peu enrobée, mais franchement grosse. Et elle avait si mauvais caractère que toute tentative pour la rendre élégante était sans intérêt.

— Eh bien, si tu réussis cet exploit, notre fortune est faite.

— Wendy...

— Parle avec elle. Tu peux lui apprendre à être plus agréable.

— Mais il y a certaines choses…

— Allons, allons. On ne peut pas avoir que des clientes comme lady Gwen. Pense à cela. Apprends à cette fille à devenir plus douce, et elle trouvera un homme pour l'épouser.

Helaine s'assit devant la table et prit son carnet de croquis. Elle n'en avait pas besoin, car elle savait déjà ce qui irait le mieux à Francine.

— Il faudrait qu'elle se sente heureuse. Quand on est heureuse, on peut être gentille, et la chasse au mari devient plus facile.

— Voilà ! Explique-lui cela, et nous serons riches. Aussi facile que de faire une couture droite.

— Parle pour toi.

Les points de Helaine avaient toujours été irréguliers.

— Bien. Disons aussi facile que de tirer un trait. Et ça, je sais que tu peux le faire.

Si seulement elle pouvait trouver quelqu'un disposé à les payer pour leurs réalisations. Alors, elles seraient riches. Ou, du moins, elles ne seraient pas menacées de finir à l'hospice.

Cette crainte la poussa à travailler d'arrache-pied une bonne partie de la nuit. Quelques années auparavant, sa mère et elle avaient passé deux nuits à l'hospice. Deux nuits entassées dans un lit avec une pauvre femme décharnée, mère de trois enfants. Deux nuits pendant lesquelles elle s'était cramponnée à sa mère, alors que la pauvre femme à côté d'elles sanglotait. Par chance, le dur travail de prison qu'elles avaient dû accomplir dans la journée les avait aidées à dormir la deuxième nuit. Puis Wendy les avait secourues et hébergées, en attendant que leur affaire rapporte un peu d'argent. Ensuite, peu à peu, leur vie avait changé.

À présent, Helaine et sa mère avaient un appartement au-dessus de la boutique. Si tous les objets de valeur qu'elles possédaient avaient dû être vendus six mois après la disparition de son père, elles avaient tout de même un lit, de quoi se nourrir, et du charbon pour se chauffer. C'était plus que beaucoup de pauvres gens à Londres, et Helaine était terrifiée à l'idée de perdre ce confort.

Cette peur la tira du lit le lendemain à l'aube, pour s'installer à sa table de travail. Elle dessina également une nouvelle robe pour le mariage de lady Gwen, qui mettrait en valeur son corps exquis. Puis elle présenta six modèles à Francine, tandis que celle-ci grignotait des biscuits en laissant tomber les miettes sur le papier.

— Et mon cou ? Cela va me pincer, dit-elle en désignant le col d'une des robes.

— Oh, non. Pas avec ce tissu. Croyez-moi, Francine, ce sera superbe.

La jeune fille n'eut pas l'air convaincue. Elle se renfrogna et mordit de nouveau dans son biscuit.

— C'est trop simple. Il n'y a pas de dentelles, ni de ruché. Maman dit que les hommes remarqueront au moins les dentelles, s'ils ne me remarquent pas, moi.

Helaine cligna les paupières, choquée.

— Votre mère ne peut pas dire cela ! Comment voulez-vous attirer un homme, s'ils sont obnubilés par les fanfreluches de votre toilette ?

Sans daigner répondre, Francine fourra un nouveau morceau de biscuit dans sa bouche. Mais ses yeux s'abaissèrent sur son corps et elle se tassa dans le fauteuil, offrant l'image d'une femme déprimée. Helaine connaissait cette expression, et comprenait ce désir de disparaître dans un trou de souris. Quand son père avait été accusé de vol, elle se serait mis un sac sur la tête pour ne pas être reconnue.

— Rien ne peut cacher ce que l'on est, vous savez. Ni les volants ni les dentelles et les colifichets. Et rien ne devrait cacher votre vraie personnalité, Francine, ajouta-t-elle en soulevant le menton de la jeune fille.

— Je suis grosse, Helaine. Personne ne veut d'une grosse femme.

— Personne ne veut d'une femme méchante, Francine. En revanche, j'ai vu beaucoup de filles grosses se marier. Et même des laides. Par chance, ma chère, vous n'êtes pas laide, et pas particulièrement grosse non plus. De plus, vous avez un atout.

— Oui, l'argent de mon père, répondit Francine avec une grimace.

— Mais non, idiote ! Vous avez une couturière douée. Venez, posez ce biscuit et laissez-moi vous montrer ce que je vois quand je vous regarde.

La jeune fille obéit sans trop rechigner. Elles se rendirent dans le vestiaire, où Wendy les attendait avec les trois premières robes qu'elles avaient préparées. Helaine gardait à l'esprit l'idée qu'il fallait que ces toilettes plaisent à Francine et qu'elle les achète, sans quoi elles n'auraient pas d'argent tant que lady Gwen ne les aurait pas payées.

Souriante, Wendy brandit la première robe devant elle. C'était un moment qu'elle adorait, car les dames s'extasiaient toujours devant ses créations. Ce ne fut pas le cas de Francine. Celle-ci fronça le nez d'un air rebuté, ce qui bouleversa Wendy. Elle voulut parler, mais Helaine s'interposa :

— Wendy, ma chère, avant de passer aux essayages, veux-tu me rendre un service ? Recouvre le miroir avec ce morceau de mousseline qui traîne dans l'atelier.

Son amie la dévisagea, bouche bée.

— Couvrir... le miroir ?

— S'il te plaît, Wendy.

La jeune couturière ne chercha pas à discuter. Helaine savait s'y prendre avec les clientes, et c'était elle qui faisait tourner l'affaire. Après une brève révérence, elle alla chercher la mousseline.

— Qu'étiez-vous en train de regarder ? demanda alors Helaine en se tournant vers Francine.

— Quoi ? La robe, naturellement.

— Je ne crois pas. Je vous ai vue regarder le miroir. Vous faites cette grimace chaque fois que vous vous voyez dans la glace, n'est-ce pas ?

Francine haussa les épaules, en détournant les yeux.

— Personne n'a envie de regarder vos affreuses robes, de toute façon.

Et voilà, la méchante Francine refaisait surface. Helaine commençait à voir où était le problème. La méchante Francine apparaissait quand la jeune fille se sentait gênée, ou menacée.

— Très bien, Francine, j'aimerais que vous fassiez quelque chose pour moi. Tournez-vous et regardez-vous sous tous les angles dans ce miroir.

— Quoi ?

— Je veux que vous voyiez comment vous êtes en ce moment.

— Pourquoi ?

— Je vous en prie, ma chère, remettez-vous-en à moi quelques minutes. Ensuite, vous verrez quelque chose de spécial, je vous le promets.

La jeune fille n'était pas prête à accorder sa confiance, mais comment la blâmer ? Sa mère lui avait répété toute sa vie qu'elle était grosse et laide, ce qui bien sûr la mettait en colère. Surtout lorsque sa mère l'habillait en conséquence.

Suivant les instructions de Helaine, Francine observa son reflet. Elle portait une robe d'un marron terne, dont la multitude de volants la faisait paraître encore plus ronde. Elle avait l'air d'un gros tas de pommes de terre sur lequel on avait renversé de la sauce brune. Par chance, elle était propre et ses cheveux étaient jolis. Mais ils étaient tirés en arrière comme si quelqu'un, vraisemblablement sa mère, avait voulu tendre la peau de son visage. Cela lui donnait une expression perpétuellement crispée, et certainement aussi un fort mal de tête.

Francine se regarda donc dans le miroir, et ses yeux s'emplirent de larmes. Elle se rassit sans un mot, l'air abattu, cherchant des yeux un autre biscuit.

— Je vois bien que vous vous sentez très malheureuse, dit Helaine. Ah, voici Wendy.

Wendy recouvrit le miroir d'un mouvement vif. Tout le monde poussa un soupir de soulagement.

— Francine, levez-vous, nous allons vous aider à enfiler votre nouvelle robe.

Francine ne protesta pas, elle n'en avait visiblement pas la force. Mais une lueur d'espoir apparut dans ses prunelles. Helaine en fut émue. Tout n'était pas encore perdu pour cette jeune fille.

— Tout d'abord, nous allons changer votre coiffure, déclara-t-elle en ôtant les épingles qui retenaient ses cheveux.

Une masse de jolies boucles brunes tomba sur les épaules de Francine, qui soupira de soulagement.

— Ces épingles vous font mal, n'est-ce pas ?

— Terriblement. Mais maman dit que...

— Pour le moment, je ne veux pas savoir ce que dit votre mère. Elle est peut-être la meilleure des mamans, mais elle ne sait pas vous habiller.

Francine la regarda, bouche ouverte. C'était la première fois que quelqu'un contredisait sa mère, qui n'était selon Helaine qu'un tyran à l'esprit étroit. Cette femme n'était pas vraiment cruelle, elle aimait sincèrement sa fille. Mais, comme beaucoup de mères, elle ne voyait que ses défauts et ignorait sa beauté. C'est pourquoi Helaine s'était arrangée pour voir Francine seule, à un moment où sa mère était occupée ailleurs.

— Aujourd'hui, ma chère Francine, il ne sera question que de vous. Et de ce qui vous va.

La jeune fille acquiesça d'un hochement de tête, trop choquée pour articuler un mot. Personne n'avait jamais osé critiquer sa mère.

— Il faut absolument que vous enleviez ces affreuses bottines. Vous devriez essayer des mules en soie, ajouta Helaine en lui tendant une paire de mules d'un rose pâle et délicat.

Francine considéra ses lourdes bottines, qui auraient mieux convenu à un éleveur de cochons qu'à une jeune fille à marier.

— Mais maman dit…

Elle s'interrompit en voyant Helaine hausser les sourcils, et murmura dans un soupir :

— Les mules s'usent tellement vite…

— Les bottines iraient très bien pour arpenter les rues de Londres, ma chère. Mais nous vous habillons pour une réception. Allons, M. Shoemaker fabrique de superbes mules. Si elles vous plaisent, sa fille Penny vous montrera quelques modèles.

Helaine ne précisa pas que ces mules-ci n'avaient pas été confectionnées par M. Shoemaker. Sa boutique était trop chère pour qu'elle se procure chez lui des modèles destinés aux essayages. Mais si Francine voulait changer de chaussures, elle pouvait s'offrir ce qu'il y avait de mieux. Elle enleva en grimaçant les bottines qui semblaient beaucoup trop grandes pour elle.

— À qui sont-elles ?

— Mon cousin me les a données quand elles sont devenues trop petites pour lui. Papa dit qu'il aurait été ridicule de jeter des bottes en si bon état.

Helaine étouffa une exclamation de contrariété. Il était évident que les pieds de Francine étaient blessés par les chaussures trop grandes.

— Nous ferons porter à votre père des bottes au-dessus de sa taille, et nous verrons s'il a envie de danser avec !

— Je ne les aime pas, car elles font du bruit quand je marche, avoua la jeune fille.

Ses vêtements manquaient de raffinement. De la mousseline bon marché pour sa chemise, et un corset aussi mal adapté que les bottines. Sur une inspiration, Helaine décida de tout changer. Il lui fallait une chemise de soie, et un nouveau corset. Wendy courut dans la boutique la plus proche, pour ramener un corset à la taille de Francine. Celui-ci était terriblement cher, mais le prix n'était pas un problème pour la jeune fille.

Lorsque Wendy revint à l'atelier, Helaine avait déjà recoiffé Francine. Elle n'était pas spécialement douée pour la coiffure, mais ses années de pension lui avaient appris quelques petites choses. Le soir, les filles n'avaient rien de mieux à faire que de s'exercer à coiffer leurs camarades.

Enfin, elles purent en venir aux vêtements. Wendy avait acheté une paire de bas, en plus de la chemise et du corset. La jeune fille enfila la robe de soie bleu nuit.

— C'est trop foncé ! protesta-t-elle. Je croyais que les jeunes filles devaient porter des couleurs claires ?

— Oh, la tyrannie d'*Almack's* ! s'exclama Helaine. Vous avez de la chance de ne pas subir les contraintes de ces vieilles bonnes femmes, ma chère. Nous confectionnerons une robe de bal spéciale quand vous irez là-bas, mais pour l'instant soyez contente que ces vieilles harpies ne vous voient pas. Elles imposent des couleurs claires parce que cela sied à leur teint, et à personne d'autre.

Francine hocha la tête, stupéfaite que quelqu'un ose critiquer ce monument de la haute société. En vérité, en tant que fille de commerçant, Francine n'aurait jamais le droit de franchir la porte d'*Almack's*. Mais il était inutile d'insister sur ce point.

La robe était d'une grande sobriété. Un col relevé sur la nuque et un décolleté plongeant, qui révélait les formes de la jeune fille. Avec cette coupe, elle n'était plus mal fagotée, mais imposante. Ses cheveux flottant souplement sur ses épaules lui donnaient l'allure d'une reine sortant de son boudoir.

— Un dernier détail, dit Helaine en accrochant un collier d'améthystes au cou de sa jeune cliente.

C'était une imitation, bien entendu, mais il n'en fallait pas davantage pour mettre en valeur le teint de porcelaine de Francine.

— Et maintenant, le miroir.

Wendy fit la moue.

— La robe ne tombe pas bien.

C'était un mensonge, la robe tombait parfaitement. En revanche, Francine se tenait penchée en avant, regardant tristement le tissu foncé.

— Tenez-vous droite, sinon les épingles risquent de vous piquer, lui conseilla Wendy.

Francine obéit, leva le menton, et redressa les épaules. Elle était sculpturale.

— Oh, c'est absolument parfait, murmura Helaine.

Le moment de vérité était arrivé. Wendy recula, saisit la mousseline et interrompit un instant son geste en souriant. Puis elle tira brusquement sur le tissu. Helaine retint son souffle. Francine allait-elle voir le changement ? Certaines femmes, elle le savait, ne voyaient que ce qui n'allait pas. Mais Francine était jeune, et la vie ne l'avait pas encore aigrie.

À l'instant où elle découvrit son reflet, elle poussa une exclamation. Puis son regard s'attarda sur le miroir. Ses lèvres s'entrouvrirent de stupeur.

— Mais... Mais... balbutia-t-elle, sous le choc.

— Vous voyez ? dit Helaine. Vous êtes belle ! Votre teint est crémeux et sans défaut. La couleur sombre de la robe fait ressortir votre beauté. Il ne faut pas que vous portiez du rose, Francine.

— Maman adore le rose.

Helaine ne dit rien. La jeune fille avait déjà compris que sa mère avait tort.

— Vous rappelez-vous que vous n'aimiez pas les cols relevés ? Vous voyez maintenant que cela met votre long cou en valeur. Est-ce qu'il vous fait mal ?

— Non, c'est parfait, dit Francine en tournant la tête à droite et à gauche.

— C'est parce qu'il n'y a pas de dentelle amidonnée. Certains vous diront peut-être que le décolleté est trop échancré, qu'il aurait dû être carré. Ne les écoutez pas. Les hommes ne verront que cela.

Elle désigna du doigt la rondeur de ses seins.

— Et ils vous désireront.

— Oh, madame Mortimer ! s'exclama la jeune fille, faussement outrée.

En réalité, Helaine devinait que cette idée l'enchantait. De toute évidence, elle n'avait jamais pensé pouvoir inspirer du désir à un homme.

— Et ce n'est pas tout, reprit Helaine. Marchez un peu. Vous voyez les mules apparaître à chacun de vos pas ? Les hommes auront le regard attiré par vos chevilles, qui sont divines, ma chère.

— Vraiment ?

— Bien sûr ! Regardez.

Francine obéit, soulevant la jupe pour observer ses chevilles dans le miroir. Avec un gloussement, elle fit tourner son pied gauche afin de regarder sa cheville sous tous les angles. Le bonheur s'inscrivit sur ses traits, ses joues se colorèrent et elle se redressa. Tout son être parut soudain prendre vie.

Wendy croisa les bras en souriant.

— Je vous le disais bien que tout ce qui vous manquait, c'était une bonne couturière ! déclara-t-elle, les yeux fixés sur Helaine.

Le style de la robe, sa réalisation parfaite, les mules, le collier, tout cela donnait une impression de beauté et surtout de bonheur.

— Regardez-vous, Francine, dit Helaine. Vous êtes heureuse. Vous êtes belle. Les hommes seront attirés par vous comme les insectes par la flamme.

— Vous croyez ? dit la jeune fille, les yeux brillants d'espoir.

— Bien sûr. Si vous ne me croyez pas, il y a un homme de l'autre côté de ce rideau. Je l'ai entendu entrer il y a quelques minutes. C'est notre comptable, il s'appelle Anthony et il aime les chiffres. Vous connaissez ce genre d'hommes, je suppose ? Votre père est comme lui.

Francine fronça le nez.

— Oui. Il ne mentira jamais, même si la situation l'exige.

— Exactement. C'est tout à fait Anthony. Il vous dira ce qu'il pense. Et surtout, regardez ses yeux, ajouta-t-elle à mi-voix. Je parie que son regard se posera sur votre décolleté. S'il rougit, vous saurez qu'il a des pensées lascives.

Francine gloussa, excitée à cette idée. Helaine attendit quelques secondes, avant de lancer :

— Anthony, voulez-vous venir, s'il vous plaît ? J'ai quelque chose à vous demander.

Il y eut un bruit de chaise glissant sur le sol. Elle savait que le jeune homme était assis à son bureau pour examiner les livres de comptes.

N'obtenant pas de réponse, elle appela de nouveau :

— Anthony ?

Avec un clin d'œil à Francine, elle tira le rideau.

Et là, assis au beau milieu de l'atelier, se trouvait non pas Anthony, mais lord Redhill en personne.

4

Robert ne savait pas à quoi s'attendre quand le rideau s'ouvrit. Il avait entendu les voix des femmes, naturellement, et savait même que l'une d'elles était Mme Mortimer. Mais il fut totalement déconcerté lorsqu'il se retrouva nez à nez avec une jeune fille à la silhouette particulièrement pulpeuse.

Il bondit sur ses pieds en même temps qu'Anthony et Mme Mortimer poussa un petit cri.

— Lord Redhill ! Que faites-vous ici ?

Robert détacha à grand-peine les yeux de la jeune personne transformée en nymphe. Non pas une nymphe anémique comme on en voyait dans les livres d'enfants, mais une de ces femmes représentées sur les anciennes poteries grecques.

— Seigneur, qu'avez-vous fait à cette jeune fille ?

— Je suis désolée, répliqua Mme Mortimer avec raideur, mais vous n'avez rien à faire ici.

— Ah, vraiment ? Mais ce n'est pas non plus un lieu pour une honnête femme ! Est-ce ainsi que vous voulez transformer ma sœur ?

La jeune femme arqua les sourcils, mais il vit ses poings se crisper sur ses hanches. Bouillant de rage, elle tentait de se contrôler.

— Lord Redhill, vous oubliez vos bonnes manières !

— Certainement pas ! Je ne vous laisserai pas faire cela à ma sœur !

Mme Mortimer était sur le point de répliquer, mais la jeune fille ne lui en laissa pas le temps. Elle lui agrippa le bras et la poussa en arrière. Le visage enflammé, elle considéra lord Redhill d'un air de défi.

— Que m'a-t-elle fait ?

Robert posa les yeux sur elle. Dieu lui pardonne, il ne put empêcher son regard de s'égarer sur sa poitrine. Après tout, il n'était qu'un homme.

La jeune fille tapa du pied, ce qui eut pour effet de faire trembler ses seins de façon absolument exquise.

— Dites-moi ! Qu'a-t-elle fait ?

Il s'efforça de faire remonter son regard sur son visage et de maîtriser sa voix.

— Vous semblez être une jeune fille honnête, mais cette femme vous a habillée comme… comme une…

— Comme une traînée ? suggéra Francine d'une voix tremblante.

— Oui. Enfin, pas tout à fait. Vous avez plus de classe que cela. Mais je crains qu'aucun homme ne puisse vous regarder sans penser à… à…

Il sentit son visage s'empourprer. Désespéré, il se tourna vers Anthony pour chercher de l'aide. Malheureusement, le pauvre garçon avait viré au cramoisi, et ses yeux étaient rivés exactement là où il ne fallait pas.

— Oh, bon sang, marmonna Robert. Eh bien, vous voyez ce qui arrive quand vous êtes habillée de cette façon.

Ravalant un juron, il alla se camper devant le comptable.

— Anthony, je prendrais bien une tasse de thé, dit-il pour le tirer de sa contemplation.

Sa tentative échoua. Le garçon était fasciné.

— Anthony ! cria-t-il en claquant des doigts. Le thé !

Le jeune homme cligna les paupières.

— Oh… oui, monsieur. Bien sûr. Le thé. Tout de suite…

Reculant à contrecœur, Anthony fit le tour de l'atelier pour gagner la cuisine, sans lâcher Francine des yeux. Par bonheur, Mme Mortimer n'avait pas complètement perdu le sens des convenances.

— Demandez à ma mère de vous aider, Anthony, suggéra-t-elle. Dans la cuisine du premier.

Anthony hocha la tête, et disparut dans l'escalier qui menait à l'étage. Robert se retourna vers la jeune fille.

— Vous voyez bien. Il n'est pas du tout convenable de s'habiller ainsi. Que dirait madame votre mère ?

C'était la phrase à ne pas prononcer. Il le comprit, au moment même où les mots franchirent ses lèvres. La fille écarquilla les yeux. Tout d'abord elle fut horrifiée, puis très vite l'horreur laissa la place à la joie.

— Maman va détester cette robe ! s'exclama-t-elle en sautant au cou de Mme Mortimer.

La jeune femme vacilla, mais se mit à rire.

— Oh, Francine, je suis heureuse pour vous !

— Je veux trois autres robes comme celle-ci. Non, dix ! Vous allez refaire toute ma garde-robe à votre idée.

Robert ne put s'empêcher d'émettre un grognement de protestation.

— Vous ne devriez pas faire cela.

La jeune fille se tourna vers lui, les yeux pétillants.

— Monsieur, déclara-t-elle avec hauteur, je crois que vous vous entendriez très bien avec ma mère. Sa couturière se trouve dans Bond Street, où se trouvent tous ces vieillards ennuyeux à mourir. Je vous suggère de vous rendre là-bas avec elle, et de laisser la jeune génération s'habiller à sa guise.

Robert demeura cloué de stupeur. Non seulement elle s'adressait à lui, un pair du royaume, avec mépris, mais en plus elle le traitait de vieillard ? Vieux, lui ? Bonté divine !

Mme Mortimer intervint avant qu'il ait pu trouver les mots pour remettre cette gamine à sa place.

— Eh bien oui, je pense que vous avez bien décrit les goûts de lord Redhill. Venez, monsieur. Cette salle est réservée aux dames. Je pense que le thé est servi dans le salon de devant.

Elle le prit par le bras pour l'entraîner dans la pièce voisine, alors que les mots insultants de la jeune fille tournaient encore dans sa tête. Était-ce vrai ? Était-il devenu vieux sans s'en rendre compte ?

Il se laissa guider vers le canapé, et Anthony apparut avec le plateau sur lequel la porcelaine s'entrechoquait.

— Merci, Anthony, dit Mme Mortimer en lui prenant le plateau des mains avant qu'il ne l'ait renversé. À l'avenir, il vaut mieux que les messieurs attendent dans ce salon, et non dans l'atelier.

Le jeune homme s'empourpra de nouveau et baissa les yeux.

— Oui, madame. C'est juste que…

— J'ai un peu insisté pour entrer, dit Robert, volant au secours du pauvre jeune homme. J'ai poussé la première porte qui se présentait.

En réalité, il s'était arrangé pour entrer directement dans l'atelier. On en apprenait toujours beaucoup sur une affaire en voyant l'arrière-boutique.

Mme Mortimer darda sur lui un regard noir.

— Vous vous êtes introduit de force dans mon atelier ?

— Euh… oui.

Elle étrécit les yeux. Mal à l'aise, il s'attendit à se faire sévèrement remonter les bretelles. Mais ce ne fut pas le cas. Mme Mortimer se tourna vers Anthony, et il fut stupéfié par le ton glacial de sa voix.

— Toutes sortes de gens peu recommandables essaieront de s'introduire dans l'atelier, Anthony.

Si vous n'êtes pas capable de les arrêter, vous ne m'êtes d'aucune utilité.

Anthony rougit, mais leva le menton.

— Je suis un excellent comptable, madame Mortimer. Et je vous suis très utile dans ce domaine.

— Pas si vous laissez des indésirables s'introduire chez moi. Seigneur, Anthony, je reçois des dames dans mon atelier ! Des clientes, et leur famille. Sans parler de Wendy et de moi-même. Vous imaginez ce qui pourrait arriver ?

Robert faillit lever les yeux au ciel.

— Vous peignez un tableau un peu trop sombre, vous ne croyez pas ? Je ne pense pas vous faire courir un quelconque danger.

— Vraiment ? Et que diriez-vous si votre valet me laissait entrer dans votre chambre, monsieur ?

Elle avait mal choisi son exemple. D'autant plus qu'il ne pouvait s'empêcher de la trouver magnifique. Ses vêtements parfaits mettaient en valeur sa taille et sa poitrine ronde. Mais ce qui l'attendrissait le plus, c'étaient ses joues roses, et la trace de poussière sur son front. Elle était à la fois sculpturale et infiniment humaine. Ce qui faisait d'elle une vraie femme, follement attirante.

Son expression dut traduire ses pensées, car elle le foudroya du regard. Ce qui, par un effet pervers, la rendit encore plus séduisante.

— Très bien, monsieur. Je me souviendrai que vous trouvez tout à fait normal que quelqu'un bouscule votre personnel, entre dans votre bibliothèque et fouille dans vos papiers personnels.

— Ce ne serait pas raisonnable, dit-il d'un ton maussade.

— C'est pourtant ce que vous avez tenté de faire chez moi.

Robert haussa les sourcils, l'air indigné. Mais l'honnêteté l'obligea à garder le silence. C'était exactement ce qu'il avait voulu faire. Il avait envie de savoir quel genre de femme elle était.

— Anthony s'est montré fort discret, déclara-t-il avec raideur. Et il ne m'a pas laissé seul une minute.

Elle haussa les épaules, et rétorqua :

— C'est la seule raison pour laquelle je ne l'ai pas renvoyé sur-le-champ.

Le jeune homme tressaillit comme sous le coup d'une gifle. À vrai dire, aucun comptable ne pouvait rester en poste s'il n'observait pas une totale discrétion. Mais Robert se garda de le dire.

Anthony salua et se retira. Puis Robert attendit que Mme Mortimer lui ait servi une tasse de thé refroidi.

— Peu de jeunes gens sont capables de tenir tête à un pair du royaume, vous savez, dit-il avec douceur.

— Et je suis sûre que vous ne l'avez pas ménagé. Ce qui ne fait pas pencher mon opinion en votre faveur, ajouta-t-elle en levant le menton.

Cette remarque amusa Robert. En règle générale, les commerçants essayaient plutôt d'entrer dans ses bonnes grâces. Il trouvait l'attitude de Mme Mortimer absolument délicieuse.

— Votre façon d'habiller les dames est déplorable, rétorqua-t-il néanmoins.

— Je suis d'accord avec Francine. Vous devriez vous habiller à Bond Street et laisser les jeunes entre eux.

— Dois-je comprendre que vous me trouvez vieux, madame Mortimer ?

— Vieux et ennuyeux.

— Seigneur. Vous allez sans doute me conseiller un remède pour mes rhumatismes ?

— Je crois que ma mère en a un, acquiesça-t-elle en penchant la tête de côté. Voulez-vous que j'aille la chercher ?

Il refusa d'un signe de tête, étonné lui-même de sentir un sourire apparaître sur ses lèvres.

— Je crois qu'il y a déjà suffisamment de femmes dans ma vie.

Il surprit une lueur amusée dans ses prunelles, et s'aperçut qu'il était lui-même de bien meilleure humeur. Mais elle était si contrariante qu'elle gâcha aussitôt ce moment de légèreté.

— J'habille mes clientes comme elles le souhaitent, monsieur. Francine avait besoin de se sentir désirable.

— Vous ne ferez pas cela avec ma sœur ! s'exclama-t-il malgré lui.

— Votre sœur est sur le point de se marier. C'est une femme adulte, qui peut choisir comment elle veut s'habiller. De toute évidence, vous n'avez aucun respect pour moi, mais n'en avez-vous donc pas non plus pour votre sœur ?

— C'est le contraire, répondit-il avec raideur. J'éprouve du respect pour votre audace. Vous m'impressionnez parce que vous savez survivre dans le monde impitoyable du commerce.

Helaine posa doucement sa tasse.

— Je ne sais si je dois prendre cela comme un compliment, ou comme une insulte.

— C'est un compliment, madame Mortimer.

Elle marqua une pause. Son front se plissa un peu, ce qu'il trouva charmant.

— Cela signifie-t-il que vous allez m'accorder une avance pour le trousseau de votre sœur ?

Robert laissa échapper un rire.

— Je lui ai dit que je trouvais cette pratique ridicule, et que seuls les voleurs et les requins avaient de telles exigences.

— Cette fois, je me sens vraiment insultée, répliqua-t-elle avec froideur.

Bizarrement, elle semblait résignée. Elle devait s'attendre à ce qu'il exprime ce genre d'opinion.

— Mais j'ai tenu parole, enchaîna-t-il, et je lui ai donné accès aux fonds dont elle dispose. Elle choisira elle-même comment dépenser son argent.

Le visage de la jeune femme s'éclaira, et il en éprouva un certain plaisir.

— Vous la laisserez donc venir ici ?

— Elle ne serait pas vraiment libre, si elle n'avait pas le droit de faire de mauvais choix.

Helaine se détendit visiblement. Son front s'éclaircit, ses joues reprirent un peu de couleur, et ses lèvres esquissèrent un sourire.

— Je vous remercie de votre sagesse.

Robert battit des paupières, détournant à grand-peine son regard de ses lèvres pleines.

— Vous me donnez l'impression d'être un vieil ecclésiastique délivrant un sermon. Certaines femmes me trouvent très amusant, vous savez.

— Certaines femmes trouveraient amusant un vieux morceau de cheddar desséché.

— Vous me comparez à un morceau de fromage ? balbutia-t-il, interdit.

— Oui, monsieur. Mais ne vous inquiétez pas, ajouta-t-elle en lui touchant gentiment la main. J'aime beaucoup le cheddar.

Il la dévisagea, bouche bée. Ses yeux se posèrent d'abord sur sa main, puis sur son visage. Il n'aurait jamais cru avoir ce genre de conversation avec une femme. Encore moins avec une couturière. Mais il y avait une sorte de lien entre eux, quelque chose qui leur permettait cet échange absurde. Il était complètement sous le charme.

— Je comprends pourquoi vous plaisez autant à ma sœur.

— Je suis sûre que non, protesta-t-elle en secouant la tête.

— Vraiment ? Expliquez-moi.

— Votre sœur m'aime bien parce que je sais ce qu'elle veut, elle, et non ce que votre mère ou sa belle-famille veulent pour elle.

— Ma sœur a une forte volonté, admit-il avec un petit frémissement.

— Elle l'a perdue depuis longtemps. Vous avez tué son esprit de rébellion.

— Comment osez-vous dire cela ?

— C'est vrai. Mais n'ayez crainte. Elle apprend de nouveau à s'affirmer.

— Cela me paraît une bonne raison pour l'éloigner de vous, bougonna-t-il.

— Une bonne raison surtout pour lui laisser le contrôle de son argent et lui permettre de prendre des décisions. Il lui faudra être forte pour tenir tête à sa future belle-mère.

Le vicomte ne trouva rien à répondre. De toute façon, il ne voulait que le bien de Gwen.

— Très bien. Je reconnais que vous représentez une étape, pour elle, sur le chemin de l'indépendance.

Helaine avala posément une gorgée de thé.

— Ravie que vous ne suggériez pas une fois encore que je suis un « mauvais choix ».

— C'était implicite.

— Bien sûr. Je suis sotte de ne pas m'en être rendu compte.

— Mais si Gwen vous aime bien parce que vous l'encouragez à être indépendante… pourquoi ai-je l'impression de bien vous aimer aussi ?

— Vraiment, monsieur ? Vous m'aimez bien ?

Les mots ne décrivaient pas vraiment ce qu'il éprouvait pour cette curieuse créature. Mais il ne lui en vint pas d'autres à l'esprit.

— Vous n'êtes pas repoussante.

— Ce n'est pas très élogieux.

— Je n'entendais pas faire votre éloge.

— *Touché*. Je pense que vous éprouvez ce sentiment parce que je ne me laisse pas malmener. J'imagine que chez vous, tout le monde file doux ?

— Vous êtes très loin de la vérité…

— Cela doit être épuisant, de dire à chacun ce qu'il doit faire et de s'assurer que vos instructions sont respectées.

Robert se renfonça dans le canapé, renversant une pile de patrons.

— Je vous dis que personne ne m'écoute. Ni chez moi, ni ailleurs.

— Anthony vous a pourtant obéi. Et Francine vous a écouté.

— Mais, en fin de compte, elle n'en a fait qu'à sa tête.

La jeune femme sourit en ramassant les patrons éparpillés.

— Francine a écouté ce que vous disiez avant de prendre une décision. C'est une excellente attitude, chez une jeune personne.

— De toute évidence, nous ne connaissons pas le même genre de jeunes personnes.

— C'est drôle, vous ne trouvez pas ? dit-elle un peu tristement. D'échanger des insultes, et de discuter âprement au sujet des gens que nous fréquentons…

Robert sourit. Cela faisait des années qu'il ne s'était pas autant amusé.

— C'est pour cela que vous ne me méprisez pas, monsieur, enchaîna-t-elle. Nous n'avons aucune obligation l'un envers l'autre. Nous pouvons nous contredire, avoir des opinions divergentes, sans que cela ait la moindre conséquence.

— Je pourrais encore interdire à Gwen de fréquenter votre boutique.

— Mais vous avez promis de ne pas le faire, et vous êtes un homme de parole.

Il poussa un soupir exagéré, puis déclara d'un ton mélodramatique :

— Enfer et damnation ! Mon fameux sens de l'honneur.

Comme il l'espérait, toute tristesse disparut du regard de la jeune femme.

— Pas de conséquences, pas de relation entre nous. Même pas celle d'une couturière avec son client.

Elle inspira longuement, attirant sans le vouloir l'attention du vicomte sur ses seins superbes.

— J'avoue que c'est un soulagement pour moi aussi.

Il garda un moment le silence, le cœur léger, absorbé dans la contemplation de ses courbes, charmé par sa conversation. L'idée prit corps dans son esprit bien avant qu'il ne la formule à haute voix. À vrai dire, cette idée le poursuivait depuis leur première rencontre, bien qu'il sût qu'il y avait peu de chances que la jeune femme accepte sa proposition. C'était en fait la vraie raison pour laquelle il s'était aventuré dans l'arrière-boutique.

Il attendit encore un peu, réfléchissant. Après leur première entrevue, il avait mené une enquête discrète. Ce qu'il avait appris avait conforté son espoir. Il s'accorda encore quelques secondes de réflexion, mais l'issue était inévitable.

— Je tiens à vous présenter mes condoléances, madame Mortimer.

— Pardon ? fit-elle, déroutée.

— Pour la mort de lord Metzger. Je crois que vous étiez très… proches.

Robert savait qu'elle avait été sa maîtresse pendant plusieurs années. Mais l'homme était mort quelques mois plus tôt, et elle se retrouvait sans protecteur.

Elle déglutit.

— Lord Metzger était en effet un très bon ami, concéda-t-elle avec prudence.

— C'est ce que j'ai cru comprendre. Mais il n'est plus de ce monde, et j'aimerais…

— Pas de relation personnelle entre nous, monsieur. Avez-vous déjà oublié ce que j'ai dit ? Notre conversation deviendrait beaucoup moins plaisante si nous entamions… autre chose.

— Vraiment ? Vous croyez ?

Il se pencha en avant. Elle avait posé une main sur son genou et il n'aurait eu aucun mal à lui saisir le poignet.

— Certainement, affirma-t-elle d'une voix aiguë qui trahissait sa panique.

Helaine savait qu'il avait l'intention de l'embrasser, et cette idée l'affolait. Ou bien, elle jouait les ingénues. Quoi qu'il en soit, il était très intéressé par sa réaction, et ne souhaitait rien tant que de la voir tomber entre ses bras.

Mais il était avant tout un homme raffiné, aussi s'efforça-t-il à plus de retenue. Lui retournant la main, il déposa un baiser au creux de son poignet. Elle frissonna à son contact.

— Je crois que j'aimerais explorer quelque chose avec vous, susurra-t-il, les lèvres contre sa peau.

— J'en suis sûre, répliqua-t-elle avec insolence, en retirant prestement sa main.

Elle était loin de se douter que c'était exactement ce qu'il espérait. Il fit mine de basculer en avant, entraîné par le mouvement, et se rattrapa à l'accoudoir du fauteuil, l'emprisonnant entre ses bras.

— Monsieur, ce n'est pas convenable.

— Je ne suis pas de votre avis, dit-il en approchant son visage du sien. Une offre de protection est tout à fait ce qui convient entre nous.

— Monsieur ! Je suis couturière !

— Pas pour lord Metzger. Et pas pour moi.

Elle s'était reculée dans son fauteuil, mais n'avait pas poussé de cri. Il vit son pouls battre au creux de son cou, et sentit son souffle haletant sur sa joue. Il lui plaisait, il en était certain. Combien de temps lui résisterait-elle ? D'ordinaire, il aimait bien ce jeu du chat et de la souris. Mais là, il avait tout simplement envie de la posséder le plus vite possible.

— Non, monsieur.

Elle plaqua une main sur sa poitrine pour le tenir à distance. Elle n'avait pas beaucoup de force, mais le geste suffit à réveiller le sens de l'honneur de Robert.

— N'avez-vous pas envie de savoir si nos délicieuses conversations peuvent se poursuivre, alors que nous aurons une relation plus intime ?

Désemparée, Helaine s'humecta les lèvres. Le regard de Robert passa de sa bouche à sa poitrine rose, dévoilée par le décolleté de la robe. Ses seins étaient tendus, et il sentit son sang s'embraser. Sans réfléchir, il fit mine de caresser une pointe dure affleurant sous le tissu, mais elle le repoussa.

— Non, monsieur. Non !

D'un mouvement souple, il lui enserra de nouveau le poignet et l'amena à ses lèvres. Dix ans plus tôt, son oncle lui avait appris comment séduire une femme en n'utilisant que ses lèvres. C'était la leçon la plus utile qu'on lui avait donnée dans toute sa vie. Il en fit un ample usage, en taquinant le poignet de Helaine du bout de la langue. La jeune femme émit une exclamation étouffée et voulut dégager sa main, mais il la maintint fermement. Il la vit écarquiller les yeux, choquée. Il était clair que lord Metzger n'avait pas dû bénéficier des conseils d'un oncle libertin.

Ses lèvres pulpeuses devinrent d'un rouge sombre. Ses yeux s'adoucirent et elle frissonna. Il se pressa contre ses genoux et sentit ses jambes s'entrouvrir légèrement. Elle n'était sans doute même pas consciente de sa propre réaction. Mais il avait bien assimilé les leçons de son oncle : il savait comment troubler une femme.

Et soudain, elle se ressaisit. Ses paupières s'abaissèrent, elle se raidit, puis déclara d'un ton implacable :

— Non, monsieur. Je ne deviendrai pas votre maîtresse. Je vous prie de respecter ma volonté. Écartez-vous.

Robert leva la tête et reposa doucement le bras de la jeune femme sur l'accoudoir. Elle poussa un soupir de soulagement, croyant sans doute qu'elle avait gagné la partie. Comme un mufle qu'il était, il profita de cet instant de vulnérabilité. Avant qu'elle ait pu l'en empêcher, il réduisit la distance qui les séparait.

Il l'embrassa. Profitant de sa position de supériorité, de sa force, de son statut social, il prit possession de sa bouche.

Encore un baiser, encore un instant, et elle serait à lui.

C'est du moins ce qu'il crut… pendant environ cinq secondes.

5

Il l'embrassait ! Lord Redhill l'embrassait... et c'était merveilleux !

Bien sûr, ce n'était pas la première fois qu'on l'embrassait. Toutes sortes d'hommes avaient tenté d'abuser d'elle, quand la perfidie de son père avait été révélée au grand jour. À vrai dire, elle se doutait au fond d'elle-même que lord Redhill tomberait tôt ou tard dans cette catégorie. Il n'était pas du genre à se refuser quoi que ce soit, et naturellement il était incapable de résister à une impulsion. Ce n'était qu'un homme, après tout.

Elle s'attendait donc à ce baiser, en avait décelé les signes avant-coureurs, et s'était préparée à se défendre. Elle avait l'habitude de mettre le holà aux avances de ses admirateurs. De fait, c'était même pour cela qu'elle avait créé de toutes pièces le personnage de Mme Mortimer, maîtresse de lord Metzger. Ce dernier n'était pas plus son amant que le cocher qu'elle employait, mais l'idée répandue qu'il était son protecteur l'avait aidée à préserver sa vertu et à tenir à distance les hommes trop pressants. Puis le pauvre lord Metzger était mort. Et lord Redhill avait fait irruption dans sa vie. À présent, il l'embrassait avec une ferveur et un talent inimaginables.

Il avait commencé par presser simplement les lèvres sur les siennes puis, profitant de son cri de surprise, il s'était introduit dans la chaleur de sa bouche. Un garçon lui avait fait cela, quand elle était encore à l'école, et elle avait cru étouffer. Elle l'avait repoussé avec tant de force qu'il était tombé à la renverse.

Lord Redhill ne se montra pas aussi brutal. Il la caressa, la taquina, et la façon dont il s'y prit, alliée au délicieux parfum de sa peau, la fit vibrer. Mon Dieu, elle n'était pourtant pas du tout le genre de femme à s'enflammer !

Il posa une main sur sa nuque et fit glisser sous son menton un doigt, puis deux, pour lui renverser la tête en arrière. Elle ne put résister. La caresse de ses doigts virils fit naître un volcan sous sa peau. La sentant céder, lord Redhill affirma sa victoire. La pression de son corps et de ses lèvres se fit plus insistante.

Ce n'était pas possible. Elle ne pouvait permettre que cela arrive ! Une petite voix intérieure se mit à hurler au plus profond d'elle-même. Elle devait se réveiller, l'arrêter ! Il le fallait. Helaine dut faire appel à toute sa volonté. Ses doigts se replièrent et s'enfoncèrent dans le torse de Robert. Puis elle le mordit légèrement, l'obligeant à retirer sa langue de sa bouche.

— Faites-moi confiance… murmura-t-il, les lèvres contre sa tempe.

— Recommencez, et je vous mordrai jusqu'au sang, dit-elle en le repoussant de toutes ses forces.

Son regard s'assombrit, mais il ne recula pas d'un pouce. Pourtant, ses ongles devaient lui faire mal. Peut-être que non, à en juger par les muscles durs qu'elle sentait sous ses doigts. Il fallait qu'il lise la détermination dans son regard. Tout de suite. Car elle craignait de ne pouvoir résister longtemps. Il était si proche, et son parfum d'agrumes et de santal l'enivrait.

C'est alors que quelqu'un hurla.

Lord Redhill se rejeta en arrière. Helaine étouffa une exclamation et se leva vivement, faisant basculer son fauteuil. Quand elle se retrouva de l'autre côté de la pièce, une main plaquée contre ses lèvres pour contenir à la fois le choc et le plaisir, elle reprit enfin ses esprits.

La personne qui avait crié était lady Gwen, la sœur de lord Redhill. Elle était petite, les joues rougies par l'air vif du dehors. Folle de colère, elle marcha droit sur son frère.

— Robert ! Comment oses-tu ? Ma couturière !

— Gwen ! s'exclama lord Redhill d'une voix étranglée. Que fais-tu ici ?

— *C'est ma couturière !* répéta-t-elle. Vraiment, Robert, je pourrais comprendre un comportement aussi dépravé de la part de notre père. Mais toi ?

— Gwen, ce n'est pas du tout…

Mais lady Gwen ne l'écoutait plus. Pivotant sur ses talons, elle alla prendre les mains tremblantes de Helaine.

— Je suis vraiment désolée, madame Mortimer. J'imagine que vous avez dû vivre un moment horrible.

Helaine voulut parler. Elle ouvrit la bouche pour dire quelque chose, n'importe quoi, mais eut la présence d'esprit de retenir ses paroles. Tout son corps était encore embrasé de passion. La passion ! En elle ! Elle avait depuis longtemps abandonné tout espoir de ressentir cela pour un homme. Elle n'était pas quelqu'un de passionné. Mais le baiser de lord Redhill l'avait troublée, et elle était encore sous le coup de l'émotion, incapable de réfléchir.

— Lady Gwen... bredouilla-t-elle en essayant de mettre de l'ordre dans ses idées.

— Non, non, ne dites rien. Mon frère est une brute, mais ne vous inquiétez pas. Il m'a donné le libre accès à ma fortune, si bien que vous n'aurez plus jamais besoin de le voir.

De l'autre côté du salon, lord Redhill émit un rire de dérision.

— Gwen, tu ne peux pas croire que j'ai voulu forcer...

Elle tourbillonna sur elle-même, telle une furie.

— Ne dis rien, Robert ! Tais-toi ! Nous avons entendu d'innombrables fois Père nous conter ce genre de sornettes ! Que m'as-tu dit, déjà, quand tu l'as prié d'aller loger ailleurs ? Ah oui, que le seul fait d'appartenir à la noblesse le mettait dans une position de supériorité par rapport aux servantes. Qu'il les forçait à subir ses assauts, et que tu ne le supporterais pas plus longtemps.

Le visage de lord Redhill vira au cramoisi. Helaine aurait pu croire qu'il était furieux, mais il enfonça les mains dans ses poches d'un air embarrassé.

— Madame n'est pas une servante de la maison, Gwen, dit-il à voix basse.

Poussée par un certain sens de la justice, Helaine prit le bras de lady Gwen.

— Je vous en prie. Votre frère a entendu parler de mon passé. Il me proposait simplement de remplacer mon protecteur décédé.

Il fallut un moment à lady Gwen pour comprendre le sens de ces mots. Alors, elle rougit jusqu'à la racine des cheveux.

— Oh. Oh, mais est-ce que cela signifie que…

— J'ai refusé, dit Helaine.

Le front de lady Gwen se plissa, et son regard passa de l'un à l'autre.

— C'était donc un refus ?

Helaine soupira.

— Votre frère est comme tous les hommes. Il a du mal à admettre qu'on rejette ses avances.

— Oh, bien, dit lady Gwen en foudroyant son frère du regard. N'ayez crainte. Je lui ferai la leçon à ce sujet. Et maintenant que tu as obtenu une réponse, Robert, au revoir, ajouta-t-elle en allant ouvrir la porte d'un geste ample.

Visiblement, ses manières autoritaires irritaient lord Redhill. Mais c'est sur Helaine qu'il posa les yeux. Ceci rappela à la jeune femme tout ce qu'ils venaient de faire en l'espace de quelques secondes, et tout ce qui aurait pu se passer si sa sœur n'était pas arrivée à l'improviste. Sa gorge se noua, et elle ne put soutenir son regard intense.

Il attendit encore une longue minute avant de reprendre la parole.

— Tu as raison, Gwen. Je vais prendre congé. Mais je t'en prie, ma chère, ne laisse pas mes actes avoir une influence sur tes décisions financières. Il n'est pas dans nos habitudes de payer d'avance, et...

— Dehors ! ordonna sèchement Gwen. Tu es le crétin le plus prétentieux que je connaisse !

La frêle jeune femme agrippa le bras de son frère et le poussa énergiquement vers la sortie. Helaine fut époustouflée. Dans un sens, elle était ravie de constater que quelqu'un pouvait remettre à sa place l'arrogant lord Redhill. La porte claqua derrière lui.

— Vous êtes une femme remarquable, dit-elle. Comment puis-je vous prouver ma gratitude ?

— Quoi ? Oh, madame Mortimer, c'est à moi de vous demander pardon. Robert est une telle brute ! Mais ne vous inquiétez pas, je lui tiens tête depuis l'époque où il était encore en culottes courtes. Et je continuerai à le faire, pour vous.

Helaine laissa échapper un rire hésitant. Lady Gwen était adorable quand elle manifestait une telle indignation. Néanmoins, elle ne tenait pas à s'interposer entre le frère et la sœur.

— Je vous en prie, madame, vous me ferez le plus grand plaisir en oubliant cet incident.

— Bien sûr, bien sûr. Faites-nous servir du thé. Nous avons à parler de choses bien plus agréables que les facéties de mon frère.

Helaine acquiesça, soulagée de pouvoir discuter de robes et de la dernière mode. Elle alla chercher les esquisses qu'elle avait préparées le matin même pour le trousseau de Gwen, et fut enchantée de voir celle-ci donner son avis et embellir les toilettes à son idée.

Cependant la discussion, si longue fût-elle, ne put effacer complètement lord Redhill de sa mémoire. Son corps s'enflammait à la seule pensée de cet homme. Chaque fois qu'elle posait les yeux sur le fauteuil dans lequel il l'avait embrassée, elle croyait encore sentir ses lèvres. Ses pensées virevoltaient dans sa tête, lui faisant revivre chaque sensation qu'il avait fait surgir en elle.

En l'espace de quelques secondes, ce gredin l'avait séduite. Certes, elle ne lui avait accordé qu'un baiser, mais il avait éveillé quelque chose en elle. Impossible de le nier.

Pourtant, si elle était très attirée par lui, elle savait que la réciproque n'était pas vraie. Il voulait simplement affirmer sa domination sur elle. Francine et elle avaient ri de lui. Elles l'avaient traité comme un benêt, et cela devant Anthony. Comment un homme réagissait-il quand il se sentait humilié ? Eh bien, en exerçant une domination sexuelle sur la femme qui avait blessé son amour-propre, bien entendu. Et elle avait succombé ! Pendant quelques secondes, elle l'avait laissé prendre le dessus, comme n'importe quelle faible femme.

Quelle idiote ! Pourtant, elle n'était pas une jeune femme innocente. Sa naïveté avait disparu le jour où la réputation de son père avait été détruite. À ce moment, toutes sortes d'hommes s'étaient présentés, prêts à prendre ce que son père n'était plus en position de défendre. Aucun d'eux ne s'attendait à rencontrer chez elle une telle force de caractère. Plutôt que de céder à leurs avances, elle avait choisi de changer de nom et de devenir couturière. Elle avait assez de ressources pour éviter de tomber dans les schémas habituels en acceptant d'être la maîtresse d'un aristocrate libertin.

Ce qu'elle lui dirait, si jamais elle le revoyait. Surtout, qu'il ne s'avise pas de faire une autre tentative de ce genre ! Elle le remettrait à sa place sans ménagement.

Helaine se mordit les lèvres, s'efforçant de maîtriser sa fureur. Elle n'en voulait qu'à elle-même. Car, après tout, lord Redhill se comportait comme tous les autres hommes. En attendant, elle avait une cliente, qu'elle avait désespérément besoin de contenter.

Malheureusement, un problème se présenta. Apparemment, lady Gwen avait tenu compte des avertissements de son frère, et elle n'était pas disposée à verser un sou d'avance. À moins que Helaine n'accepte une de ses idées un peu farfelues.

— Je... je suis désolée, je ne suis pas sûre d'avoir compris, balbutia Helaine.

En réalité, elle avait très bien entendu, mais elle ne pouvait en croire ses oreilles.

— Voyez-vous, reprit lady Gwen avec un mélange d'excitation et d'embarras, mon frère est peut-être odieux, mais il m'a inculqué l'idée que gérer une fortune requérait de la réflexion et de la maturité. Il dit que...

— Oui, je sais : qu'il est ridicule de payer à l'avance. Mais les circonstances sont particulières.

— Oui, oui ! C'est pourquoi ma suggestion me semble parfaite !

— Ma chère, vous êtes une dame de qualité, répondit Helaine en soupirant. Le commerce nous met en contact avec des personnes moins raffinées.

— Mais vous êtes aussi une dame. N'essayez pas de nier. Je l'entends bien, à la façon dont vous vous exprimez.

C'était un fait. Autrefois, Helaine avait évolué dans les cercles les plus élevés de la société. Mais il y avait bien longtemps de cela.

— Lady Gwen...

— Non, non ! Ma décision est prise. Si vous voulez faire mon trousseau, vous devez m'autoriser à aller acheter les tissus avec vous. Je veux voir toutes les étapes. Je pourrai alors payer directement les marchands, et à crédit, par-dessus le marché. Et vous aurez tout ce qu'il faudra pour confectionner les vêtements.

Helaine s'agita dans son fauteuil. Lady Gwen n'avait aucune idée de ce à quoi elle s'exposait. Certains de ces marchands étaient fort peu recommandables.

— Mais puisque vous avez l'argent, vous n'avez aucune raison d'acheter à crédit, fit-elle remarquer.

Le visage de la jeune fille s'illumina.

— C'est là que vous vous trompez ! Robert m'a expliqué ce qu'étaient les intérêts. Plus vous avez de l'argent, et plus il vous rapporte ! Vous imaginez ? Vous gagnez de l'argent simplement en évitant de dépenser ! Donc, il est parfaitement sensé d'acheter à crédit. Vous aurez la possibilité d'acheter le tissu, et tout le nécessaire.

Du tissu, oui. Mais elle n'aurait pas de quoi acheter à manger pour le lendemain. Impossible d'expliquer cela à lady Gwen. En fait, en tant que femme d'affaires, Helaine savait très bien que l'argent pouvait rapporter des intérêts. Mais, naturellement, elle n'en avait jamais eu suffisamment pour le placer.

— Tout cela est bien joli, mais vous ne savez pas dans quels quartiers je dois me rendre pour faire mes achats. Et à vrai dire, je viens juste de conclure un arrangement avec une autre dame pour qu'elle achète le matériel à ma place. Elle est bien plus douée que moi pour circuler dans les quartiers pauvres ou dangereux. La dentelle, par exemple, ne peut se négocier que sur les quais.

Loin d'être découragée, lady Gwen frappa dans ses mains à cette idée.

— Oh, mon Dieu ! Ce doit être une véritable aventure !

— Pas du tout, rétorqua Helaine d'un ton sobre.

— Eh bien, ça le sera pour moi.

Helaine gagna du temps en buvant son thé à petites gorgées. Il avait refroidi depuis longtemps, mais cela ne la dérangeait pas. Il devait bien y avoir un moyen de dissuader la jeune fille de l'accompagner. Mais aucune idée ne lui vint à l'esprit. Et, à en juger par son expression déterminée, Gwen ne reculerait pas. Elle finit par poser sa tasse, avec un léger tintement de porcelaine.

— Très bien, concéda-t-elle. Mais à une seule condition. Vous n'irez nulle part sans moi. Jamais. C'est dans votre intérêt que je demande cela, lady Gwen.

— Bien sûr, bien sûr, répondit Gwen, aux anges.

— Vous vous ferez accompagner d'un valet. Choisissez-en un costaud. Peut-être même deux.

— Vous pensez que c'est dangereux à ce point ? s'étonna la jeune fille en écarquillant les yeux.

— Absolument.

— Très bien. Deux valets, donc, de haute stature.

Helaine se renversa dans son fauteuil. Son plan allait sûrement marcher. La jeune fille ne pourrait se faire accompagner de deux valets sans que son frère l'apprenne. Et lorsqu'il saurait ce qu'elle avait en tête, il ne l'autoriserait jamais à se mettre en danger. C'était terrible, mais elle ne voyait pas d'autre moyen d'empêcher lady Gwen de la suivre dans ses achats.

La jeune fille ne tenait plus en place.

— Alors ? Quand irons-nous ? Et où ?

Helaine fit mine de réfléchir.

— Eh bien... commença-t-elle en choisissant le moins recommandable de ses fournisseurs. Dès que vous serez assurée d'avoir deux gardes du corps, nous nous rendrons au magasin du capitaine Johnny Bono. Pensez à donner son adresse au majordome. Dribbs voudra certainement savoir où se rend son personnel.

Et il passerait le renseignement au vicomte.

— Excellente idée, approuva Gwen. Je m'occupe de tout dès ce soir.

Cinq heures plus tard, Helaine découvrit que toutes ses machinations avaient échoué. Elle reçut un message de lady Gwen, l'informant que celle-ci avait obtenu la protection nécessaire et qu'elle arriverait à la boutique le lendemain à midi. Mais ce qui provoqua la panique de Helaine, ce fut le post-scriptum.

Je suis désolée, mais Robert insiste pour venir aussi.

Robert ne savait pas trop à quoi s'attendre en franchissant le seuil de la boutique de Mme Mortimer. Il savait seulement qu'elle serait là. Et probablement sur ses gardes. Après tout, il avait tenté de la séduire, et très franchement cette idée continuait de le tarabuster.

En dépit des réprimandes de sa sœur, il n'avait pas l'impression de violer les règles de l'étiquette. Si Mme Mortimer n'avait été qu'une couturière, elle aurait été naturellement inaccessible. Mais elle avait été la maîtresse de lord Metzger. Celui-ci étant décédé, la jeune femme était libre, et Robert ne demandait pas mieux que de prendre une place désormais disponible.

C'est pourquoi il avait décidé d'accompagner sa sœur dans son expédition. Il voulait bien prendre le risque de s'ennuyer toute la journée, si cela lui permettait d'approcher l'exquise Mme Mortimer. Du moins, c'était ce qu'il pensait avant d'avoir vu la jeune femme ce matin-là.

Elle était tout de noir vêtue, comme une veuve, avec un chapeau et une ombrelle sombres également. La robe elle-même semblait une étude de contrastes. Le lainage était bon marché, mais la coupe superbe mettait en valeur ses courbes voluptueuses. Elle lui parut plus ronde que précédemment, et il l'observa avec attention, en fronçant les sourcils. Le renflement de ses seins paraissait naturel. Mais le reste... Sa circonférence avait augmenté d'un bon centimètre.

— Vous portez un rembourrage ?

Elle le considéra en haussant les sourcils, les joues roses de confusion.

— Ce que je porte ne vous regarde pas, monsieur.

De toute évidence, elle était embarrassée. Mais pourquoi ?

— Lady Gwen, je ne trouve toujours pas cela raisonnable, même avec la présence de votre frère. Surtout en raison de sa présence, devrais-je dire.

Gwen se rembrunit.

— Je ne comprends pas. Vous m'avez pourtant dit que vous achetiez presque toutes vos fournitures chez ce Johnny Bono ?

— En effet, lady Gwen. Et c'est à cause de lui que j'ai engagé Irène. Toutefois, celle-ci n'est pas libre ce matin. Et ce n'est pas un lieu pour...

— J'en ai par-dessus la tête que les gens me disent où j'ai le droit d'aller ou non. Si vous pouvez y aller, alors moi aussi. Surtout accompagnée de Robert et de Jack.

Jack était le valet le plus costaud de la maisonnée, et il attendait dehors, avec le cocher.

Mme Mortimer prit la main de la jeune fille et sourit largement.

— Je sais que vous êtes très courageuse, mais il faut me croire quand je vous dis qu'il y a des endroits où je n'irais jamais si je n'y étais pas obligée. J'ai passé la matinée à envoyer des messages à d'autres vendeurs, demandant qu'on vous reçoive en privé. Mais aucun n'était disponible. Ils ne veulent sans doute pas croire que j'emmène une cliente telle que vous.

— En privé ! répéta Gwen en levant les yeux au ciel. Je ne suis pas délicate, ni d'un rang exigeant un tel traitement. Mais tant pis pour eux. Je veux faire mes emplettes pour mes robes. Sur-le-champ.

Mme Mortimer finit par céder. Elle n'avait pas le choix, Gwen insistait trop. Mais Robert avait perçu la crainte dans la voix de la couturière, et il n'était pas d'un naturel aussi optimiste que sa sœur.

— Pourquoi « surtout en ma présence » ? demanda-t-il.

Mme Mortimer haussa les épaules.

— Johnny Bono est sujet à des sautes d'humeur, monsieur. S'il est dans de bonnes dispositions, tout se passe bien, il baisse ses prix et ne me donne aucune difficulté. Mais qu'un noble apparaisse, et il triplera ses tarifs. Si avec cela le noble est arrogant et autoritaire, cela le mettra de mauvaise humeur.

— Je ne suis pas toujours arrogant et autoritaire, vous savez.

— Oh, bien sûr que si, répondit Gwen du tac au tac. Mais nous l'amadouerons en lui promettant d'autres achats dans un avenir proche.

Visiblement, Mme Mortimer n'était pas enchantée par cette idée, mais elle essaya de se montrer conciliante.

— Peut-être, lady Gwen...

— Allons, j'insiste. Nous partons sur-le-champ. J'espère faire de bonnes affaires pour moi et pour ma belle-famille.

La couturière céda en hochant la tête. Mais, avant de quitter la boutique, elle prit Gwen par le bras.

— Je vous en prie, ne dites pas au marchand que nous reviendrons. Je n'aime pas l'idée d'être liée à M. Bono, fût-ce par une vague promesse.

Gwen haussa les sourcils, sur le point de discuter, mais Robert intervint.

— Excellente suggestion. Mme Mortimer connaît ce Bono mieux que nous, et nous avons intérêt à suivre ses conseils.

Mme Mortimer eut un sourire de soulagement. Robert aida sa sœur à monter dans le carrosse, et marqua une pause en tendant la main à la couturière.

— Ce quartier est-il vraiment dangereux ?

— Pas pour vous, ni pour votre sœur, monsieur, dit-elle en soupirant lourdement.

— Alors, pourquoi êtes-vous si réticente ?

— Parce que je devrai retourner là-bas lorsque vos achats seront terminés. Ou bien Irène ira à ma place. Et ce ne sera pas... sans danger.

Le vicomte se rembrunit. Il ne lui était jamais venu à l'esprit que les femmes pouvaient courir un danger à Londres, sur le sol britannique. Mais c'était ridicule de sa part. Toutes les femmes étaient vulnérables, quelle que soit leur position sociale.

Toutefois, il n'avait plus le temps de changer d'avis et, à vrai dire, il ne souhaitait pas revenir sur sa décision. Il voulait voir ce Johnny Bono afin de juger par lui-même. Il saurait tout de suite si Mme Mortimer exagérait, ou si le danger était réel.

Quinze minutes plus tard, ils arrivèrent dans un quartier abominable. Le hangar était situé près des docks, tout près du marché aux poissons. La puanteur était insupportable, d'autant que les bâtiments étaient trop proches les uns des autres pour laisser l'air circuler. Un instant auparavant, Mme Mortimer avait passé à Gwen un sachet d'herbes parfumées. Les deux dames avaient pressé le morceau de toile contre leur nez, et Robert les avait enviées.

Mais s'il croyait que l'odeur allait décourager sa sœur, il se trompait. Dès que la voiture s'arrêta, elle saisit son réticule et s'élança vers la portière. Robert et Mme Mortimer échangèrent un regard résigné.

Dès qu'il eut fait la connaissance de M. Bono, le vicomte n'eut d'autre envie que de faire remonter les deux jeunes femmes dans la voiture. L'homme se tenait sur le seuil du hangar, un sourire aux lèvres. Il était grand, beau comme un dieu, et portait des vêtements immaculés. Il avait aussi une façon de regarder les femmes qui hérissa Robert.

— Madame Mortimer ! Quel plaisir de vous revoir !

Il fit quelques pas et vint lui prendre la main pour la saluer. La couturière le laissa faire, esquissant même un sourire. Mais Robert la vit se crisper quand l'homme effleura sa main de ses lèvres.

— C'est toujours une aventure de venir vous rendre visite, répondit-elle sèchement. Permettez-moi de vous présenter lord Redhill et sa sœur, lady Gwen.

L'homme reporta aussitôt son attention sur la sœur de Robert.

— Bienvenue, madame, dit-il en pressant ses lèvres sur la main de la jeune femme.

Si celle-ci n'avait pas porté des gants, Robert n'aurait pas toléré ce geste. Ce qui était ridicule, puisque jusqu'ici le gentleman s'était comporté avec une parfaite correction.

— Monsieur, dit-il en s'inclinant poliment devant Robert.

Ce dernier le salua d'un bref signe de tête, et regarda autour de lui.

— Lequel de ces hangars vous appartient ? s'enquit-il en s'efforçant de garder une attitude polie.

— Mais tous ! s'exclama M. Bono. Mme Mortimer ne vous a pas expliqué ? On ne trouve que chez moi les tissus raffinés pour les toilettes de ces dames. Mes articles proviennent du monde entier. J'ai de véritables trésors, madame, précisa-t-il à l'intention de Gwen. Ils viennent d'Inde, de Chine, et de pays dont vous n'avez même jamais entendu le nom.

— Oh, mon Dieu ! s'exclama Gwen, soufflée. C'est vrai ?

Avant que M. Bono ait pu répondre, Mme Mortimer s'approcha de l'entrée.

— Montrez-nous vos soies. C'est ce que nous recherchons aujourd'hui.

— Excellent. Venez, je vais vous montrer ce qui est arrivé aujourd'hui même.

Ils le suivirent docilement. Jack entra derrière eux, mais le cocher ne voulut pas quitter ses chevaux. Il avait posé un pistolet sur ses genoux, par simple prudence. Les dames pénétrèrent dans le vaste hangar où régnait une semi-obscurité.

— Regardez où vous mettez les pieds ! conseilla M. Bono.

Il fit un signe à quatre de ses ouvriers. Ceux-ci avaient des visages de brutes, ils étaient sales et sentaient terriblement mauvais. Mais ils soulevèrent des lanternes pour les éclairer tandis que M. Bono les guidait entre des piles de caisses, de meubles et de cages contenant des poulets vivants.

— Je viens de les recevoir. Un fermier qui en avait trop et ne savait quoi en faire. Ce que vous voulez, mesdames, se trouve tout au fond, comme vous le savez, madame Mortimer. Nous sommes allés là-bas assez souvent ensemble, n'est-ce pas ?

À l'entendre, on aurait pu croire qu'il ne s'était pas contenté de choisir des tissus avec la couturière, mais qu'ils avaient fait bien davantage. Robert vit la jeune femme se crisper, mais elle ne dit rien. Il en déduisit que ce genre de sous-entendu était habituel chez cet homme, qui décidément lui plaisait de moins en moins.

Ils continuèrent de se faufiler entre des amoncellements d'objets divers. Les allées étaient de plus en plus étroites. Et soudain, une femme apparut à côté d'eux. Elle était propre, et avait de longues boucles brunes. Sa robe rouge foncé était largement décolletée, de sorte qu'il ne lui fallait sans doute qu'une seconde pour s'en débarrasser.

— Oh, mon gars, roucoula-t-elle en se glissant entre Robert et les deux femmes. Viens donc, il y a de plus beaux tissus par ici.

— Non merci, madame, répliqua-t-il avec raideur en essayant de la repousser.

Mais l'allée était exiguë. Il aurait fallu qu'il monte sur des caisses contenant des oignons et des navets pour l'éviter.

— Allons, nous n'irons pas très loin, milord. Juste par là.

Certains hommes auraient pu se laisser tenter. Elle sentait bon et ne manquait pas d'appas, mais Robert n'était pas du tout intéressé. En outre, les deux jeunes femmes commençaient à s'éloigner. Il fit la première chose qui lui vint à l'esprit.

Il sourit aussi chaleureusement qu'il le pouvait, s'approcha d'elle, et lui posa les mains autour de la taille. Comme il s'y attendait, elle se laissa aller vers lui. Il profita de cet instant d'abandon pour la soulever et la reposer fermement derrière lui.

— Non merci, madame.

Puis il lui tourna le dos et se hâta de rejoindre les autres. Les allées entre les rouleaux de tissus étaient si étroites qu'une seule personne pouvait y passer à la fois.

Gwen marchait en tête, examinant les tissus à la lueur des lanternes. Mme Mortimer la suivait, lui faisant remarquer les défauts dans les étoffes qui parfois avaient été abîmées par l'eau ou par la vermine. M. Bono se tenait juste derrière elle, vantant sa marchandise comme l'aurait fait n'importe quel commerçant. Tout cela paraissait parfaitement correct, mais au bout d'une minute à peine, Robert vit ce qui se passait.

M. Bono fit mine de se pencher pour leur montrer un somptueux velours, mais il en profita pour caresser du plat de la main les hanches de la jeune femme. Celle-ci n'avait absolument rien fait pour provoquer ce genre de geste. Son attitude était distante, sa tenue vestimentaire correcte. Cependant, elle supporta la caresse sans émettre d'objection.

Alors qu'il approchait, Robert la vit donner comme par inadvertance une bourrade dans les côtes du malotru. Ce dernier étouffa une exclamation de douleur et retira vivement son pied, craignant probablement qu'elle ne l'écrase de son talon. Mais Mme Mortimer n'était pas en position de force. L'allée était si étroite qu'elle n'avait aucune liberté de mouvement. Bono pouvait la toucher, et elle devait le tolérer si elle voulait acheter la marchandise.

Pendant ce temps, Gwen pérorait, totalement inconsciente de ce qui se passait derrière elle.

Robert avança prestement et agrippa le col du marchand. Du moins, il essaya. Avant qu'il ait atteint sa cible, un des hommes qui tenaient les lanternes lui assena un coup de bâton sur le poignet.

— Oh, pardon, monseigneur ! s'écria l'homme. Je voulais juste tuer une mouche !

— Oui, c'est cela, grommela Robert.

Sa main était engourdie par le coup. Il jeta un regard à la ronde, mais Bono et ses quatre porteurs de lanternes offraient l'image même de l'innocence. Seule Mme Mortimer, qui avait très bien compris ce qui se passait, s'était empourprée.

Robert lança un coup d'œil à sa sœur.

— Gwen, laissons là ce goujat. Tu vas…

— Monsieur le vicomte ! s'exclama vivement Bono. Ne vous méprenez pas, je vous prie. Mme Mortimer est habituée à mes petites plaisanteries, nous sommes les meilleurs amis du monde. Et comme vous pouvez le voir, il y a peu d'espace ici. Difficile d'éviter le contact. Mais je vois bien que vous vous faites de fausses idées.

— Monsieur Bono, je ne…

— Les soies et les velours semblent plaire à votre sœur. Vous ne trouverez pas plus beau sur les quais, et je vous ferai un bon prix. Ne vous trompez pas à notre sujet. N'est-ce pas, madame Mortimer ?

Robert ne parvenait pas à distinguer le visage de la couturière, car M. Bono se tenait juste devant elle. Mais il n'avait pas besoin de voir pour deviner ce qui se passait. L'homme la menaçait en silence, l'obligeant à se taire. Robert esquissa un demi-sourire. Connaissant la jeune femme, elle n'allait pas hésiter à remettre l'homme à sa place. Mais il fut déçu.

— Bien sûr, monsieur le vicomte, bredouilla-t-elle. M. Bono est une vieille connaissance. Entre amis, on peut se permettre quelques libertés. J'admire beaucoup la façon dont M. Bono dirige son affaire, ajouta-t-elle avec un grand sourire. Il est époustouflant.

Robert la considéra avec stupeur. Était-ce possible ? Comment avait-il pu se tromper à ce point ? La jeune femme regardait M. Bono d'un air... rêveur.

L'homme se retourna vers Robert en souriant.

— Mme Mortimer sait bien qu'après quelques plaisanteries, je lui donnerai, ainsi qu'à vous, ce que j'ai de mieux. En fait... j'ai là quelques rouleaux de tissus réservés spécialement pour elle. Pendant que vous attendez, ma petite Miriam pourra sans doute vous servir à boire ? Cela vous requinquera.

Miriam, la fille vêtue de rouge, surgit aussitôt de la pénombre, une bouteille de brandy dans une main, une de whisky dans l'autre.

— De l'alcool de la meilleure qualité, roucoula-t-elle. Et j'en ai d'autres là derrière.

Robert lui jeta à peine un regard. Il scrutait le visage de Mme Mortimer, dans l'espoir d'y déceler une allusion. À vrai dire, il était très déçu. Elle ne lui avait pas semblé du genre à accepter des avances d'un homme comme Bono. Mais l'individu la tenait visiblement sous sa coupe. Robert le comprit quand elle lui adressa un pâle sourire et se tourna vers Gwen.

— C'est à vous de décider, lady Gwen. Si vous préférez, je peux revenir plus tard et faire mon choix.

— Certainement pas ! décida Robert.

La dernière chose qu'il souhaitait, c'était que Mme Mortimer revienne ici seule. S'ils devaient acheter du tissu à ce crétin, ils allaient le faire sur-le-champ.

— Ne vous tracassez pas, ma jolie, lança Bono à Gwen. Voilà de la soie. Rien que pour vous.

Un flot de soie jaune pâle tomba en cascade sous leurs yeux. Gwen poussa une exclamation admirative. Mme Mortimer elle-même ne put s'empêcher de tendre la main pour caresser l'étoffe. Mais Robert en avait assez vu. Il ne comprenait pas très bien ce qui se passait entre Mme Mortimer et Bono, et à vrai dire il s'en moquait. Tout ce qu'il voulait, c'était en finir.

— Gwen, il faut repartir. Nous n'achèterons pas la marchandise de M. Bono.

— Mais, Robert ! protesta sa sœur.

Mme Mortimer parut également s'alarmer.

— Je vous en prie, monsieur. Je sais que cela vous paraît étrange, mais je vous avais prévenu que la situation était assez inhabituelle.

— Mme Mortimer et moi avons une relation spéciale... commença M. Bono.

Robert ne le laissa pas aller plus loin.

— Nous ne ferons pas d'affaires avec vous. Gwen, ce monsieur n'est pas un commerçant honnête, je refuse de traiter avec lui.

— Hé ! Inutile de m'insulter ! Je suis un honnête homme.

Mme Mortimer elle-même protesta d'une voix stridente.

— Ne dites pas cela, lord Redhill ! M. Bono est un parfait gentleman. Donnez-nous la soie jaune, monsieur Bono. S'il vous plaît. Tout de suite.

— *Non !* Aucune transaction ne sera conclue aujourd'hui, décréta Robert en tendant la main à Gwen.

Cette dernière se renfrogna, mais Robert la foudroya du regard. La jeune fille haussa les épaules avec agacement.

— Tu es le pire frère qui existe, tu sais ? Généreux un instant, et odieux tout de suite après.

Robert ne se donna pas la peine de répondre. Gwen savait qu'il était inutile de discuter. Elle lui prit donc la main et s'apprêta à partir.

Mme Mortimer demeura sur place, visiblement paniquée.

— Je veux la soie jaune ! lança-t-elle sèchement. Je vais devoir l'acheter à crédit, mais je vous rembourserai dès que…

M. Bono étrécit les yeux.

— J'espère bien, madame Mortimer. Car ce n'est pas la peine d'amener ici des clients qui n'en sont pas et qui ne viennent que pour m'insulter.

— Je sais, monsieur Bono. Je suis désolée, ils avaient vraiment l'intention d'acheter…

— Harry ! Emballe la soie. Nous négocierons le prix quand vous reviendrez, ajouta-t-il avec un regard dur.

Helaine écarquilla les yeux.

— Oh, non, monsieur Bono. Nous allons le fixer tout de suite.

— Pas si vous achetez à crédit, ma belle.

— Dans ce cas, je ne la prends pas.

Ils étaient dans une impasse. Robert s'impatienta.

— Nous partons, madame Mortimer, grommela-t-il. J'en ai assez vu. Préférez-vous que nous partions sans vous ?

C'était une menace en l'air. Il n'avait aucune intention de l'abandonner ici, mais il ne voulait pas non plus s'attarder pendant qu'elle jouait à ce jeu bizarre avec le marchand.

Bono haussa les sourcils d'un air narquois.

— Vous voulez rester, madame Mortimer ?

Robert la vit déglutir. Elle jeta un coup d'œil nerveux à la porte, puis demanda avec froideur :

— Quel est votre prix, monsieur Bono ?

— Deux guinées.

Elle poussa une exclamation horrifiée.

— C'est scandaleux ! Vous le savez.

— C'est mon prix.

— Je ne paierai pas…

Robert articula un juron. Un coup d'œil aux porteurs de lanternes lui suffit pour comprendre qu'ils n'avaient plus le temps de fuir. Les hommes formaient un cercle autour d'eux. Si une bagarre éclatait, il ne pourrait pas se défendre, et encore moins protéger les deux femmes.

À contrecœur, il prit sa bourse dans sa poche. Jurant encore, il en sortit deux pièces qu'il posa sur une caisse.

— Voilà votre argent. Maintenant dehors, et vite ! ordonna-t-il à Gwen en saisissant le rouleau de soie.

Il leur fallut assez longtemps pour s'échapper du hangar, mais ils y parvinrent. Gwen les ralentit en arrivant à la porte, s'arrêtant pour inspirer l'air du dehors, alourdi par l'entêtante odeur de poisson. C'était toujours mieux que l'air confiné à l'intérieur du hangar.

M. Bono devait connaître un raccourci secret, car lorsqu'ils atteignirent la voiture, il leur fit la surprise de venir se camper devant eux. Plus poli que jamais, il s'inclina en prenant la main de Gwen.

— Je vois que j'ai offensé votre frère, lady Gwen. Je vous prie d'accepter mes excuses. Nous parviendrons peut-être à faire affaire, un autre jour ?

— N'y comptez pas trop, grommela Robert en tendant le rouleau de soie au cocher.

— Pas aujourd'hui, concéda Bono, sans lâcher Gwen des yeux. Mais Mme Mortimer et moi trouverons certainement un arrangement pour d'autres soieries. Un rose pâle vous irait parfaitement, n'est-ce pas ? Il serait assorti à vos joues et donnerait des idées aux hommes.

— Oh, monsieur Bono ! protesta Gwen en détournant les yeux, confuse.

— Reculez ! ordonna Robert en faisant un pas vers le marchand.

Bono recula sans discuter, et s'inclina profondément.

— Ne vous inquiétez pas, monsieur. Je sais que je dois me contenter de contempler de loin les femmes comme votre sœur. Ne soyez pas en colère contre lui, ajouta-t-il en faisant un clin d'œil à Gwen. Il est du devoir d'un homme de protéger sa sœur des gredins de mon espèce.

Robert comprit alors que Bono était plus malin qu'il ne l'avait cru. En une seule phrase, il avait attribué à Robert le rôle de grand frère surprotecteur, tandis qu'il se classait lui-même dans la catégorie du bandit séduisant. Il laissait même entendre que Gwen reviendrait sans doute sans son gêneur de frère. Enfer et damnation !

L'homme se tourna vers la couturière.

— Ce fut un plaisir, comme toujours, madame Mortimer.

— Bien sûr, monsieur Bono, répondit-elle en souriant.

Malgré ses vaillants efforts pour être aimable, Robert vit la lassitude dans ses yeux. Son sourire était contraint.

Bono cligna de l'œil en regardant Robert.

— Je ne poserai jamais la main sur votre sœur, je vous le jure. Grâce au Ciel, toutes les femmes ne sont pas hors d'atteinte.

Sur ces mots, il donna une tape sur les hanches de Mme Mortimer qui s'apprêtait à monter dans la voiture. Celle-ci laissa fuser un petit cri, mais ne dit rien. Bono rit de bon cœur.

— Je vous souhaite un agréable après-midi, déclara-t-il d'un ton moqueur en s'inclinant.

Robert se demanda comment l'homme parvenait à avoir l'air aussi insolent tout en se courbant devant eux. Il aurait volontiers fouetté ce gredin, sauf qu'on l'aurait alors pris pour un fou, protecteur à l'excès envers sa sœur. Sacrebleu.

Il grimpa dans la voiture et fit claquer la portière. Il était livide et avait envie de taper du poing contre quelque chose. Malheureusement, il n'eut pas le temps de respirer. À peine le carrosse se fut-il mis en route que Gwen se tourna vers lui.

— Vraiment, Robert, que signifie tout ceci ? Tu as insisté pour venir et ensuite, tu m'as empêchée d'acheter ! Si c'est comme cela que tu m'autorises à gérer ma fortune, je ne peux pas te prendre au sérieux. Tu as…

— Gwen, je t'en prie ! s'exclama-t-il, avant de se pencher vers Mme Mortimer, l'air soucieux. Comment vous sentez-vous ?

La jeune femme étrécit les yeux, les joues enflammées, et parut vouloir contenir sa colère. Mais elle échoua, car elle s'en prit soudain à lui.

— Je savais que je n'aurais pas dû vous laisser venir ! Je le savais ! Mais j'ai eu confiance en votre discrétion, j'ai cru que vous connaissiez les affaires. Mon Dieu, savez-vous ce que vous avez fait aujourd'hui ?

— Ce que j'ai fait ? rétorqua-t-il, sentant la moutarde lui monter au nez. À part donner deux guinées à ce brigand pour un morceau de soie, je ne vois pas !

— Ce brigand est le seul marchand disposé à me faire crédit ! Maintenant, il va multiplier ses prix par trois. Vous venez de me ruiner, monsieur, et de détruire mon affaire !

— Vous ruiner ? Mais j'ai payé cette maudite soie !

— Et combien de robes pourrai-je faire avec cela ? Une, peut-être deux. Où vais-je prendre la mousseline, la dentelle, les rubans et les boutons ? Avez-vous pensé à cela avant de me ruiner ?

— Cet homme vous a manqué de respect !

— Pas du tout !

Robert se renversa contre le dossier, repensant à ce qu'il avait vu dans le hangar.

— Alors, c'est vrai ? Vous êtes sa maîtresse.

La main de la jeune femme s'abattit sur sa joue. Il fut aussi surpris par la rapidité de son geste que par sa violence. Il n'avait pas vu le coup venir.

— Je ne suis la maîtresse de personne. Ni la sienne, ni la vôtre !

Robert ne broncha pas, malgré la douleur cuisante sur sa joue. Une colère froide l'envahit.

— Je sais ce que j'ai vu, madame Mortimer. Mais, bien sûr, ce ne sont pas mes affaires. Et d'ailleurs, nous ne vous confierons plus aucune affaire, précisa-t-il en dardant sur elle un regard dur.

Mme Mortimer blêmit, mais ne prononça pas un mot. Gwen se hérissa.

— Tu n'es qu'un arrogant, un... tyran ! lança-t-elle, crachant le mot comme une insulte. Je suis en accord total avec Mme Mortimer, Robert. Tout est de ta faute ! Tout. Dois-je comprendre que M. Bono vous a manqué de respect ? ajouta-t-elle en s'adressant à Helaine.

Celle-ci laissa échapper un soupir.

— Gwen, ma chère, ne vous inquiétez pas. Les femmes dans ma position se font constamment agresser de cette manière. Hier c'était votre frère, aujourd'hui M. Bono. C'est un jeu pour eux...

— Ne me mettez pas dans la même catégorie que ce scélérat, déclara Robert d'un ton sec.

Mme Mortimer poursuivit, comme si elle ne l'avait pas entendu :

— C'est la raison pour laquelle je porte des rembourrages quand je lui rends visite. Il aime... euh... toucher. Et si je le laisse faire, les prix sont plus bas. Je le flatte devant ses hommes, je ris avec lui, je vais jusqu'à l'aguicher un peu. Si je pouvais m'adresser à quelqu'un d'autre, je le ferais. C'est même pour cela que je vais travailler avec une dame, qui parviendra peut-être à résoudre ce problème. Mais elle vient tout juste de commencer et elle n'était pas libre aujourd'hui.

— Vous ne devriez pas être obligée de travailler de cette manière, remarqua Gwen, le front soucieux.

Mme Mortimer lui prit la main.

— Les mêmes principes ne s'appliquent pas à tout le monde. Soyez heureuse d'être protégée.

— En tout cas, il n'est pas normal que vous soyez punie à cause du manque de savoir-vivre de mon frère, déclara Gwen avec un regard de reproche pour Robert. Je crois, madame Mortimer, que je vais doubler ma commande chez vous. Et je vais vous envoyer toutes mes amies. Ce sera la condition que je leur imposerai pour assister à mon mariage. Elles devront toutes porter une robe de chez vous.

Les joues de la couturière reprirent des couleurs. Robert se renfrogna, furieux. Il avait seulement voulu la protéger, bon sang ! Elle le faisait passer pour un vaurien, et sa sœur renchérissait !

— Mon Dieu, murmura-t-il. Vous êtes la commerçante la plus habile que j'aie eu le malheur de rencontrer.

Les deux femmes se tournèrent vers lui, et la couturière le toisa en arquant les sourcils.

— Je ne suis pas si habile, monsieur. Je pense que c'est de là que viennent vos difficultés. Vous ne savez pas comment considérer une femme, dans le domaine des affaires.

— Parce qu'une femme n'a rien à y faire.

Il regretta aussitôt la stupidité de sa remarque. Ce n'était vraiment pas la chose à dire. Gwen haussa les épaules et le qualifia de quelques termes méprisants qu'il préféra ignorer. Mme Mortimer lui lança un regard de pitié. De pitié ! Alors qu'il était vicomte, et qu'elle n'était qu'une obscure petite couturière !

Son soulagement fut intense quand ils arrivèrent enfin à la boutique. Il sauta immédiatement à terre.

— Gwen, ma chère, je pars à pied. Rentre directement à la maison, et raconte à Mère ce qui s'est passé. Je suis sûr qu'elle sera ravie d'entendre tous les détails de ma conduite perfide.

Si sa mère adorait une chose, c'était de discuter de ses défauts.

Le valet était déjà descendu de son perchoir pour porter le rouleau de soie dans l'atelier. Si Robert avait eu le choix, il aurait filé sur-le-champ. Mais la bienséance l'obligeait à ouvrir la porte de la boutique à Mme Mortimer. Elle le remercia d'un sourire distant. La politesse l'obligeait, elle, à inviter Robert à entrer.

— Aimeriez-vous une tasse de thé, avant de repartir ?

Un démon intérieur poussa Robert à la regarder fixement sans répondre.

— Monsieur ?

— Nous n'en resterons pas là. Je reviendrai, dit-il.

Elle comprit ce qu'il voulait dire, et parut consternée. Mais il décela aussi une étincelle dans son regard. Il en était sûr. Une lueur d'excitation, de désir, qui chez une femme signifiait : « Revenez, provoquez-moi de nouveau. »

Il le vit dans ses yeux. Du moins voulut-il le croire.

Puis il pivota sur ses talons et disparut.

6

Robert ne rentra pas chez lui. Il ne se rendit pas non plus à son club. Il avait besoin de temps pour réfléchir et analyser ses sentiments. Aussi prit-il la direction du seul endroit où il pouvait être lui-même. Sa maison close.

Lors de son seizième anniversaire, son père l'avait convoqué dans son bureau pour lui annoncer qu'il était temps qu'il devienne un homme. Mais comme le comte faisait toujours les choses en grand, il ne s'était pas contenté de lui offrir une prostituée pour la nuit. Il lui avait donné un bordel entier, le *Chandler*. Comme toujours avec les achats de son père, la réalité était plus sordide qu'il n'y paraissait à première vue.

Son père et lui avaient donc gravi les marches de l'établissement, et attendu terriblement longtemps qu'on vienne leur ouvrir. Finalement, la seule femme encore valide était venue les accueillir. Toutes les autres étaient alitées, avec une forte fièvre.

Il régnait dans la maison une odeur si fétide que son père avait eu un vif mouvement de recul. Robert avait voulu l'imiter, mais la jeune femme s'était évanouie entre ses bras. Il n'avait donc pas eu le choix. Après avoir à moitié porté et à moitié traîné la fille vers le canapé le plus proche, il avait envoyé son père quérir un médecin. Le comte n'était pas revenu, naturellement, mais le médecin était arrivé quelques minutes plus tard. À eux deux, ils avaient alors plus travaillé que tous les comtes de Willington ne l'avaient fait au travers des âges.

Dix jours plus tard, la moitié des filles étaient encore en vie. C'est alors que Robert s'était effondré à son tour. La patronne de la maison l'avait installé dans son propre lit, le soignant comme jamais sa mère ne l'avait fait. À compter de ce jour, Robert et Chandelle étaient devenus des amis proches. Le bordel avait complètement changé, tout en gardant son ancien nom. C'était devenu une sorte d'hôpital pour les femmes qui travaillaient. Un lieu où elles pouvaient guérir ou mourir, dans la dignité. Si certaines pratiquaient toujours leur ancien métier, Robert ne voulait pas le savoir. Et naturellement, il ne prélevait pas un sou sur leurs revenus, qu'ils soient licites ou non.

En revanche, il avait gardé une chambre pour lui, à l'arrière. Là, il pouvait lire, se détendre, et se familiariser avec le métier qu'il aurait voulu exercer par-dessus tout. La médecine. Il notait les traitements qui étaient prescrits aux filles, les préparations et les potions qui les soulageaient ou non. La plupart du temps, Chandelle et lui soignaient eux-mêmes, en faisant de leur mieux, les filles qui venaient frapper à leur porte.

Il ne disait mot à personne de ces activités. Il était parfaitement acceptable, pour le fils d'un comte, de posséder une maison de rendez-vous. En revanche, il était inadmissible de loger des filles sans contrepartie, de les traiter comme des êtres humains, de leur prodiguer des soins et de veiller à ce que leurs enfants puissent mener une vie différente.

Si jamais son père découvrait que c'était pour cette raison qu'il ne disposait pas des fonds nécessaires pour rendre sa mine rentable, il y aurait du grabuge, sans aucun doute. Chandelle et ses patientes resteraient en sécurité, Robert en faisait son affaire. Mais le comte exigerait une compensation financière pour les pertes que le *Chandler* lui avait fait subir. Malheureusement, Robert ne disposait pas des fonds pour le rembourser. Aussi gardait-il soigneusement son secret.

Chandelle lui ouvrit la porte et le fit vivement entrer. Pressant un doigt sur ses lèvres, elle l'entraîna dans sa chambre. Là, trois enfants étaient assis en cercle, fascinés par le spectacle d'une chatte faisant la toilette de ses chatons nouveau-nés.

— Elle est arrivée je ne sais d'où et s'est installée au coin du feu pour faire ses petits, chuchota Chandelle. J'ai appelé les enfants pour qu'ils viennent voir, ce qui a donné quelques heures de repos à leur maman.

Robert contempla la chatte en souriant. Sa fourrure était mitée, elle n'avait qu'un œil, et sa queue semblait cassée. Mais elle était vivante et soignait ses petits avec la tendresse d'une madone.

— Elle sera sûrement très bonne pour la chasse aux souris. Tu verras, les rats n'oseront plus pointer le bout de leur nez dans la maison.

— Du moins, pas ceux à quatre pattes, commenta-t-il.

Ils avaient encore des problèmes avec certains hommes, qui venaient pour récupérer leur femme ou les enfants. C'est pourquoi Robert faisait garder la maison par deux valets costauds, qu'il payait bien. La plupart du temps, ils ne servaient qu'à faire les courses et transporter les objets lourds, mais il leur arrivait aussi de jeter la vermine à la porte.

Chandelle le fit sortir de la chambre, et il se dirigea vers l'étage supérieur où se trouvaient les malades. Elle l'accompagna, et il ralentit le pas pour lui permettre de se maintenir à sa hauteur. Chandelle avait été autrefois d'une grande beauté. C'est du moins ce qu'il avait entendu dire. À présent elle avait la cinquantaine, et la maladie avait laissé ses traces. Elle était gênée dans ses mouvements par la raideur de ses articulations, ses gestes étaient lents et mal assurés, et elle était incapable de prodiguer les soins quotidiens à leurs pensionnaires. Chandelle n'était pas faite pour le métier d'infirmière. En revanche, elle savait juger les gens, et repérait en un clin d'œil leurs qualités et leurs défauts. En tant que tenancière, elle avait été très habile pour contrôler ses clients. Maintenant qu'elle dirigeait un foyer pour femmes, elle savait qui accepter et qui rejeter sans remords.

Elle darda sur Robert un regard acéré, et fit la grimace.

— Tu transportes sur toi l'odeur des quais.

— En effet, j'ai passé une heure très désagréable dans l'établissement de Johnny Bono.

— Johnny Bono ! Ce salaud ! J'espère que tu n'es pas en affaires avec lui.

— Non, je te le jure. Mais la couturière de ma sœur, si.

Chandelle s'arrêta dans l'escalier, essoufflée, et le dévisagea.

— Sa couturière ?

— Mme Mortimer. Sa boutique se trouve...

— Je sais où elle se trouve. Je la connais.

Chandelle se mordilla les lèvres et reprit en fronçant les sourcils :

— Tu cherches tes maîtresses dans les classes inférieures, maintenant ? Tu es las de la bonne société ?

Robert envisagea un bref instant de mentir. Il pouvait prétendre que cette femme n'était rien pour lui. Mais cette maison était le seul endroit au monde où il n'avait pas besoin de dissimuler. Il opta donc pour la franchise.

— Je ne sais vraiment pas pourquoi cette couturière m'intéresse.

— Ce n'est pas la couturière qui t'intéresse, mais la femme.

Le regard de Chandelle le mit mal à l'aise, et il se détourna en haussant les épaules. Il n'avait pas envie de discuter de ses sentiments envers Mme Mortimer. Pas avant d'avoir compris quels étaient ses vrais motifs. Mais justement, il venait ici pour analyser ses pensées. C'est-à-dire pour en parler avec Chandelle.

— Elle me fait réfléchir, finit-il par avouer.

— Tu as fini par trouver, répondit la tenancière avec un sifflement admiratif.

— Trouver quoi ?

— Une femme dont l'intelligence correspond à ce que tu cherches. Mais a-t-elle autant de cœur que toi ?

— Je ne sais pas, admit-il en secouant la tête. C'est une... euh... femme d'affaires. Elle me fait penser à toi. J'admire sa force.

— Alors, elle n'est pas pour toi. La femme qu'il te faut doit avoir un cœur. Un très grand cœur.

— Je lui ai demandé d'être ma maîtresse.

— Et elle a refusé, n'est-ce pas ?

— Catégoriquement.

— Tu es donc venu ici pour panser tes plaies. Ce n'est pas une honte. Personne n'aime qu'on lui dise non, et les lords encore moins que les autres. Allons, viens, ajouta-t-elle en lui prenant le bras pour l'entraîner dans le dortoir. Il y a quelques bassins à vider par ici.

— Des bassins ? répliqua-t-il avec hauteur. Je suis noble, tu sais ?

— Le travail t'aidera à guérir ton orgueil blessé. Mais, avant tout, je voudrais que tu jettes un œil au petit Steve. C'est le bébé qui vient de naître. Il ne veut pas prendre le sein.

Trois heures plus tard, Robert dut reconnaître la sagesse de Chandelle. Le travail lui avait éclairci les idées. Il avait examiné neuf malades en tout, et n'avait fait appel au médecin que pour la mère de Steve. Le bébé semblait sentir que sa mère était mourante et il refusait de téter. Robert avait chargé Chandelle de lui trouver une nourrice. Pendant ce temps, il avait changé les draps, préparé un repas spécial pour deux des malades, et il avait même vidé les bassins. Au bout de trois heures, il avait l'impression d'avoir livré une dure bataille et d'en sortir vainqueur. La lutte recommencerait bien sûr le lendemain, et d'ici la fin de la semaine il devrait sans doute trouver une mère adoptive pour le petit Steve. Pour l'instant, il se sentait régénéré. Il quitta le *Chandler* en sifflotant, l'esprit vidé de toutes ses préoccupations.

Par malheur, d'autres tâches l'attendaient chez lui. Il lui faudrait rendre une autre visite à cette maudite mine. Puis il devrait étudier les suggestions du régisseur du domaine du comté. Et qui savait quel genre de récriminations sa mère et sa sœur déverseraient sur lui, une fois qu'il aurait franchi le seuil de la maison ? Tout cela l'amena à se dire qu'il n'était pas encore temps de rentrer, et qu'il pouvait en profiter pour aller faire la cour à une certaine couturière...

Consultant sa montre, il constata qu'il serait juste à l'heure pour le thé. Pas une seconde il ne songea qu'elle risquait d'avoir des clientes dans sa boutique. Les dames faisaient généralement leurs courses le matin. Mais il fut bousculé à la porte par une femme mince, à l'expression pincée.

— Oh, pardon monsieur ! s'exclama-t-elle en s'écartant.

Il lui prit le bras, lui évitant de trébucher dans une flaque de boue.

— C'est ma faute, dit-il, comme il convenait à un gentleman, même s'il n'y était pour rien.

— Lord Redhill ! s'exclama Mme Mortimer, qui avait raccompagné sa cliente jusqu'à la porte.

Robert lui sourit. Elle portait une robe de soie vert pâle, dont la couleur évoquait un arbuste au printemps. Sa silhouette était pulpeuse, mais son visage retenait encore l'innocence de la jeunesse. Ses courbes semblaient appeler les caresses. Il s'imagina la déshabillant lentement pour atteindre les délices cachés sous les volants de la robe.

— Monsieur… ? balbutia la cliente dont il n'avait toujours pas lâché le bras.

— Je suis désolé de vous avoir fait peur, dit-il distraitement en desserrant les doigts.

Mme Mortimer s'avança.

— Madame Richards, je vous présente le vicomte de Redhill.

Mme Richards écarquilla les yeux.

— Bon… bonjour, monsieur… je n'avais pas…

Les mots s'éteignirent sur ses lèvres, et elle dévisagea la couturière avec curiosité.

— Sa sœur, lady Gwen, est ma cliente, ajouta froidement Helaine. Il passe certainement régler un détail de sa commande.

Robert renchérit, d'une voix enjouée :

— Un problème au sujet d'une soie jaune. Je n'en ai que pour une minute.

— Bien sûr, monsieur.

Mme Richards fit une révérence.

— Je connais votre sœur. Elle est ravissante.

— Merci, murmura Robert, qui ne souhaitait pas voir la conversation se prolonger.

— Merci, madame Mortimer, dit Mme Richards. Je reviendrai mardi pour l'essayage, avec Francine.

— Tout sera prêt.

Ainsi congédiée, la cliente n'eut pas d'autre choix que de s'éloigner avec un dernier signe de tête. Mais son regard demeura fixé sur eux le plus longtemps possible. Quand elle eut disparu au coin de la rue, Helaine poussa un soupir de soulagement.

— Son opinion est faite. Je crains que vous ne l'ayez confortée dans l'idée que je suis une femme sans moralité.

— Mais pourquoi ? Je ne suis là que pour la soie jaune.

— Vous mentez très mal, déclara-t-elle avec un ricanement bref. Vous auriez dû parler d'une facture à régler, ou quelque chose dans ce genre. Elle l'aurait peut-être cru. Mais on n'a jamais vu un vicomte venir parler tissus pour le trousseau de sa sœur. Jamais !

Robert fit la moue. Impossible de la contredire.

— Et pourquoi a-t-elle déjà une mauvaise opinion de vous ?

— C'est la mère de Francine. Vous vous rappelez, la jeune fille à la silhouette enrobée ?

Robert revoyait très bien la jeune fille en question. Mais cela ne cadrait pas avec la femme brune et sèche comme un pruneau qu'il venait de croiser.

— Elle ne peut pas être sa mère !

— Francine tient de son père, rétorqua Helaine en riant.

— Il doit être…

— Attention à ce que vous dites, monsieur. Francine est mon amie.

— Bien sûr. Je voulais simplement dire que son père devait être de stature imposante,

— En effet. Grand, massif, et généreux. Sa mère est moins charitable.

— Elle n'aime pas la façon dont vous habillez sa fille, et je la comprends.

— Elle changera d'avis, répondit calmement la couturière. Elle aime sa fille, et veut la voir heureuse. De beaux vêtements l'aideront à atteindre ce but.

Robert ne chercha pas à discuter. Sur le principe, Helaine avait raison. Il acquiesça d'un signe de tête et désigna la porte.

— Puis-je entrer ? J'aimerais vous voir un moment.

— Monsieur, la journée a été longue et fatigante, répliqua-t-elle sans faire mine de s'écarter.

— Un peu de thé nous redonnera du courage.

— Monsieur...

— Je vous en prie. Je vous dois des excuses, et je préfère ne pas le faire sur le pas de la porte.

Elle ne put refuser. L'étiquette exigeait qu'elle le fasse entrer. Il la suivit d'aussi près que possible, et lui prit le bras pour la guider vers le canapé, sans lui laisser la possibilité de protester.

Les manières péremptoires de lord Redhill l'agaçaient. Il l'avait obligée à rentrer dans sa propre boutique, avait lui-même refermé la porte, et l'avait poussée dans le canapé. Puis, s'asseyant face à elle, il avait posé les mains sur ses genoux, en considérant d'un air contrarié la table qui les séparait.

— Pour commencer, permettez-moi de vous présenter des excuses. Je n'ai pas compris la situation dans le hangar, et je crains de vous avoir rendu les choses difficiles.

Helaine ne dit rien. Elle n'avait pas envie de penser au désastre qui l'attendait, si elle s'avisait un jour de retourner chez Johnny Bono. Et elle ne savait pas encore où elle allait acheter ses tissus, désormais. Irène n'avait jusque-là jamais acheté de marchandises en quantité pour une boutique. Quand lady Gwen aurait commandé des tissus dans d'autres établissements, les choses s'arrangeraient peut-être. Les marchands accepteraient de lui faire crédit. Ou bien, le paiement des robes de Francine lui permettrait de continuer à travailler, à condition que sa mère approuve ses modèles…

Les pensées s'agitaient dans sa tête alors qu'elle survolait tous les problèmes, les dangers, les possibilités.

— Dites-moi ce que je peux faire pour compenser les difficultés que je vous ai causées.

Elle n'eut pas à réfléchir longtemps. Les paroles lui vinrent d'elles-mêmes aux lèvres.

— Ne vous mêlez plus jamais de mes affaires. Ni des décisions de votre sœur.

— Compris.

Sa réponse spontanée lui arracha un rire. Elle savait qu'il était trop autoritaire pour tenir sa promesse.

— Jurez-le-moi. Jurez-le sur l'honneur de votre famille.

Il eut un haut-le-corps, surpris par sa requête. Mais Helaine était fille de comte. Elle savait que ce qu'un aristocrate plaçait au-dessus de tout, en dehors de sa bouteille de brandy, c'était la réputation de sa famille. Certes, son père avait fini par faire passer sa bouteille au premier rang, mais lord Redhill était différent. Sa promesse le lierait définitivement.

— Votre parole, monsieur. Si vous ne me la donnez pas, vous pouvez sortir sur-le-champ.

Les yeux étrécis de colère, il obéit.

— Vous avez ma parole, en tant que vicomte de Redhill, futur comte de Wellington, et homme d'honneur, que je n'interviendrai plus dans vos affaires. À moins que vous ne m'en fassiez la demande.

— Je ne vous le demanderai jamais.

— Cela reste à voir, rétorqua-t-il en haussant les sourcils. Suis-je pardonné, à présent ? Acceptez-vous mes excuses ?

— Oui, vous êtes pardonné, concéda-t-elle, soulagée. Maintenant, si vous le permettez, j'ai eu une longue journée.

Elle voulut se lever, mais il la retint par le bras.

— Nous allions prendre le thé, n'est-ce pas ?

Les épaules de la jeune femme s'affaissèrent. Ne se débarrasserait-elle donc jamais de cet homme ? Ne comprenait-il pas à quel point sa présence était pesante ?

— Le thé doit être préparé et servi, monsieur. Le ferez-vous pour moi ? Ou bien demanderez-vous d'un claquement de doigts à mon associée de laisser son travail pour nous servir ?

— Je pensais m'en charger moi-même, avoua-t-il. J'étais encore en culottes courtes quand j'ai appris à préparer du thé et à trancher une miche de pain.

Helaine se mordit les lèvres. Elle se montrait boudeuse, alors qu'il se comportait avec gentillesse. Elle aurait voulu pouvoir lui dire d'aller au diable. Mais il était le frère de lady Gwen, et elle ne devait pas se le mettre à dos. Et puis, il fallait reconnaître que son offre de préparer le thé lui plaisait. Néanmoins, elle doutait fort qu'il se lève pour le faire lui-même.

La solution à ses problèmes se trouvait peut-être là. Elle n'avait qu'à lui présenter des exigences. D'abord le thé, puis d'autres choses, plus improbables. Il finirait par se lasser du jeu et la laisser tranquille. En attendant, elle allait s'amuser à le regarder servir le thé.

Poussant un profond soupir, elle se cala dans le canapé.

— J'aimerais bien une tasse de thé, lord Redhill. Le plateau est là. Je vous en prie, préparez-nous une théière, ajouta-t-elle avec un geste paresseux en direction de la cuisine.

Il sourit, comme s'il comprenait exactement à quel jeu elle jouait. Puis il prit le plateau et disparut dans l'arrière-boutique où se trouvait la cuisine. Helaine écouta le bruit de la vaisselle qui s'entrechoquait. Que faisait-il ? Où était Wendy ? N'allaient-ils pas échanger quelques mots ? À moins que le vicomte ne refuse de parler à une pauvre couturière ? Vraiment, elle avait eu tort de l'envoyer dans la cuisine sans avoir prévenu

Wendy. Celle-ci risquait d'être effrayée en le voyant.

Ces pensées poussèrent Helaine à se lever pour aller voir quel désastre il était en train de provoquer. Elle se faufila à l'arrière en silence, ayant gardé de son enfance l'habitude de se rendre invisible. Elle le vit ainsi verser de l'eau dans la casserole après l'avoir filtrée. Ses mouvements étaient simples, efficaces, comme s'il se préparait fréquemment du thé. Comment était-ce possible ? C'était pourtant le fils d'un comte !

Il posa la bouilloire sur le feu, puis se mit à la recherche de la boîte à thé. Il trouva celui qu'elle achetait pour ses clientes, et était sur le point de le prendre lorsqu'elle pénétra dans la cuisine.

— Non, pas celui-ci. L'autre, qui se trouve derrière. C'est celui que je bois quand je suis seule.

Il fronça les sourcils et fouilla dans le placard, avisant la boîte de thé bon marché. Comme elle s'y attendait, il fronça le nez en ouvrant la boîte.

— Vous ne pouvez pas préférer celui-ci !

— C'est celui que je bois habituellement. Mais prenez celui que vous voulez.

Elle s'attendait à ce qu'il choisisse le plus cher des deux. Pas du tout. Il remit le premier à sa place, et attendit avec elle que l'eau se mette à bouillir.

Helaine jeta un coup d'œil autour d'elle. Wendy ne se trouvait pas dans l'atelier. Son travail était étalé sur la table, mais la pièce était vide. Cela ne lui ressemblait pas, d'abandonner son ouvrage alors qu'il faisait encore jour.

— Que se passe-t-il ? murmura-t-elle pour elle-même en arpentant l'atelier.

Le vicomte la suivit entre les tables. Puis elle vit une boîte ouverte, sur la chaise de Wendy. Une écharpe magnifique s'en échappait. Bleu et noir, avec des entrelacs dorés et délicats. L'étoffe brillait, chatoyante. Lord Redhill émit un sifflement admiratif.

— Votre couturière a de la chance d'avoir un amoureux aussi généreux.

Helaine pivota sur elle-même. Il fallait être un homme pour avoir de telles pensées !

— Un amoureux ? Non, non, c'est le frère de Wendy qui lui a fait cadeau de cette écharpe. Il est marin et lui rapporte des merveilles des pays qu'il visite. Cette soie doit venir de Chine.

— Ou d'Inde. Je vous assure que ce n'est pas le genre de cadeau qu'un homme fait à sa sœur.

Il prit le morceau d'étoffe et le souleva. L'écharpe était beaucoup plus grande qu'elle ne l'avait cru.

— Savez-vous à quoi pense un homme quand il voit ceci ?

Sans attendre sa réponse, il s'approcha d'elle et lui drapa l'étoffe sur les épaules.

— Nous ne devrions pas y toucher, c'est à Wendy, protesta-t-elle, tout en posant le tissu soyeux contre sa joue.

— Il imagine sa bien-aimée nue, vêtue uniquement de ce morceau de soie. Il voit le rose de sa peau sous les franges dorées, et se demande quelle partie du tissu effleurera les pointes brunes de ses seins. Il rêve d'ôter la soie, de dévoiler son corps dans l'intimité d'une chambre. Et d'allonger la jeune femme sur cette écharpe, tout en se plaçant sur elle…

— Lord Redhill ! s'exclama Helaine, rouge de confusion. Cette conversation n'est pas du tout convenable…

— Si vous acceptiez d'être ma maîtresse, je vous offrirais les plus belles soies en provenance d'Inde et de Chine. Je vous envelopperais de ces tissus et vous caresserais à loisir, j'embrasserais chaque parcelle de votre peau. Je vous couvrirais de soie, de velours, de la laine la plus douce, pour vous enivrer de folles sensations. Puis je vous coucherais dans un lit pour vous faire découvrir des plaisirs que vous ne soupçonnez pas.

Helaine le contempla, l'esprit en ébullition. Il parlait de baisers, de caresses, et son corps s'enflammait. Un liquide en fusion semblait couler au plus profond d'elle-même. Quand il lui saisit le menton, un doux frémissement s'empara d'elle.

Jamais encore les paroles d'un homme ne l'avaient autant troublée. Jamais non plus un homme ne l'avait regardée avec une telle sensualité. D'autres l'avaient désirée, mais uniquement pour leur propre plaisir, leur amusement. Lord Redhill lui promettait une pure volupté.

Alors, il se pencha pour capturer ses lèvres. Elle aurait voulu le repousser. Elle savait qu'elle aurait dû se détourner, mais c'était au-dessus de ses forces. Elle voulait ressentir le plaisir qu'il lui promettait, savoir ce qu'une femme expérimentait dans un lit quand elle avait un bon amant.

Elle lui offrit sa bouche, le laissa lui taquiner les lèvres du bout de la langue, fermant les yeux pour mieux s'abandonner aux sensations. Il la mordilla doucement, avec délicatesse. Tout d'abord, elle ne sut pas ce qu'elle devait faire. Puis, sans même en avoir conscience, elle répondit à son baiser, renversant la tête en arrière.

Sa main virile trouva la pointe d'un sein et la taquina du bout des doigts, à travers l'étoffe de son corsage. Les mouvements incessants sur le mamelon ajoutèrent encore à la flamme qui la dévorait. Ses seins se gonflèrent, sa respiration se fit haletante. C'était trop.

Poussant un petit cri, elle croisa les bras sur sa poitrine. Elle recula en trébuchant, étourdie par les sensations qui se répandaient encore dans tout son être. Il la retint pour l'empêcher de tomber à la renverse. Son regard était assombri, égaré.

À cet instant, un sifflement retentit dans la cuisine. La bouilloire. Peut-être sifflait-elle déjà depuis quelques secondes ? Helaine n'aurait su le dire. Mais le bruit la tira de sa transe. Elle se redressa pour aller la retirer du feu, mais le vicomte la devança.

Ne trouvant pas de torchon pour attraper la poignée, il se servit de la manche de son habit, et versa l'eau dans la théière. Puis il se retourna pour la regarder.

Helaine déglutit. Une femme aussi indépendante qu'elle aurait dû trouver quelque chose à dire. Mais elle n'était pas encore remise de son trouble. Les sensations commençaient à peine de se dissiper, et elle n'avait qu'une envie : qu'il la caresse de nouveau.

— Et donc, déclara-t-il lentement, vous n'avez jamais été la maîtresse de lord Metzger.

7

Helaine fut submergée par la panique.

— Si, je… j'étais la maîtresse de lord…

— Officiellement, oui. Mais en réalité, vous ne l'avez jamais été.

Helaine essaya en vain de déchiffrer son expression. Elle comprit qu'il était inutile de mentir plus longtemps.

— Comment le savez-vous ?

— Vos baisers, quoique délicieux, ne sont pas ceux d'une courtisane expérimentée.

Elle éprouva une pointe de jalousie à la pensée qu'il savait ces choses-là, alors qu'elle en ignorait tout. Combien de courtisanes avait-il embrassées ? Combien de femmes de la noblesse ?

Robert croisa les bras en l'observant.

— Pourquoi lord Metzger a-t-il menti ? Vous n'étiez donc pas capable de défendre votre réputation ? demanda-t-il d'une voix où perçait la colère.

— Non ! Non. C'était un vieil ami de la famille, et…

Comment expliquer cela sans trop en révéler ?

— Il était tellement désolé pour moi qu'un jour, il a suggéré ce subterfuge. À l'époque, c'était un homme puissant. J'ai assisté à quelques réceptions à son bras et, une fois, alors que nous étions sûrs que tout le monde nous regardait, je l'ai embrassé sous le gui.

— Mais ce n'est jamais allé plus loin.

— C'était un homme bon et honnête. Sa mort m'a attristée.

Il grimaça, et elle comprit trop tard ce que ses paroles sous-entendaient : lord Redhill ne pouvait se vanter d'avoir les mêmes qualités. Après tout, il venait juste d'essayer de la séduire.

Dans le fond, il n'avait rien fait de plus que n'importe quel homme à sa place. S'ils voyaient une femme qui leur plaisait, ils faisaient en sorte de la posséder. Cependant, il s'était arrêté quand elle l'avait repoussé. Un autre l'aurait coincée contre la table pour parvenir à ses fins.

Mais elle ne pouvait se laisser tenter, même si ses sens la poussaient dans ses bras. Cet homme n'était pas âgé comme son ancien protecteur, il n'y aurait pas de comédie entre eux. Il voudrait faire d'elle sa maîtresse. Aussi s'éloigna-t-elle prudemment, repliant l'écharpe de soie pour la replacer dans sa boîte, tout en tournant le dos à lord Redhill. Lorsqu'elle se décida enfin à lui faire face, il se tenait dans la cuisine, avec le plateau du thé. La vision était si étrange qu'elle l'observa longuement. Elle n'aurait jamais cru le voir là, tenant un plateau comme un majordome.

— Je pense que nous devrions prendre le thé dans le salon, déclara-t-il d'une voix grave qui la fit frissonner.

Elle acquiesça d'un signe de tête, incapable d'articuler un mot, et le précéda dans la pièce de devant. Là, elle se laissa tomber dans le canapé, d'un mouvement lourd manquant un peu de dignité. Robert déposa le plateau sur la table. Ses gestes étaient précis, son visage inexpressif. Il était si impassible qu'un étranger aurait pu croire qu'il avait occupé pendant des années le poste de majordome dans une grande maison.

Enfin, il s'assit et la regarda.

— Voulez-vous que je serve ?

— Oh, non ! protesta-t-elle, rassemblant ses esprits. Prenez-vous de la crème ? Du sucre ?

— Uniquement du sucre.

Elle finit de servir et lui tendit sa tasse. Il la prit sans effleurer ses doigts, ce qu'elle ne put s'empêcher de regretter. Puis elle avala une gorgée de thé fort qui la réconforta. C'était du thé anglais simple, non parfumé, et elle songea qu'elle était destinée à une vie simple. Les thés luxueux, les écharpes de soie, les draps de satin étaient les cadeaux donnés par les hommes pour obtenir ce qu'ils voulaient. Il n'y avait pas de place dans sa vie pour ces plaisirs superflus. Le prix à payer était trop élevé.

— Quel est votre prénom ? demanda-t-il, la tirant de ses réflexions.

La question était si inattendue qu'elle haussa les sourcils, déstabilisée.

— Helaine, répondit-elle, si troublée qu'elle donna son vrai nom.

— C'est un très joli nom. Je m'appelle Robert. Je m'y suis sans doute mal pris, Helaine, mais mon désir est véritable. Je voudrais que vous deveniez ma maîtresse.

— Et moi, je souhaite être une honnête couturière qui ne se fait pas sans cesse aborder par les hommes.

Ses mots étaient dénués de colère, et elle espéra qu'il comprendrait. Il approuva d'un mouvement de tête, mais ne put s'empêcher de plaider sa cause.

— Je suis un homme patient et prévenant, Helaine. Je n'ai jamais pris de maîtresse vierge, mais je ferai une exception pour vous. Je vous initierai avec tact, et je vous rétribuerai largement pour avoir le privilège de le faire.

Elle ne répondit pas, et il se pencha en avant. De toute évidence, il voulait lui prendre les mains, mais elle demeura fermement à l'écart. Il continua de parler d'une voix douce et envoûtante :

— J'accepterai tous les arrangements que vous voudrez. Tout ce que je vous demande, c'est que ma sœur n'en sache rien.

— Oh, non ! s'exclama-t-elle, horrifiée.

— Je vois que nous sommes d'accord sur ce point. Je ne serai pas très exigeant, et je louerai un logement pour nous dans le quartier. Il me faudra un peu de temps pour arranger tout cela. Mais je paierai. Pardonnez-moi d'être aussi direct, Helaine, mais êtes-vous réellement vierge ?

Les joues de la jeune femme s'enflammèrent lorsqu'elle acquiesça.

— Ne soyez pas si embarrassée. La virginité est généralement appréciée, et se paye très cher.

Il suggéra une somme, qui aurait couvert toutes ses dépenses pendant des mois. Elle aurait de quoi acheter du tissu pour une douzaine de trousseaux.

— C'est ce que je vous donnerai pour notre première nuit. Ensuite, vous aurez une pension mensuelle. Quand nous nous séparerons, vous pourrez garder cet argent, ainsi que tous les cadeaux que je vous aurai faits.

Elle le considéra avec stupeur. C'était la conversation la plus étrange qu'elle ait eue dans sa vie. Tous les hommes organisaient-ils leurs liaisons comme s'il s'agissait de contrats d'affaires ? Probablement. Il valait mieux que les choses soient claires. Pourtant, elle aurait aimé quelques jolies phrases. Être un peu courtisée.

Le vicomte dut prendre son silence pour un consentement. Il crut qu'il était parvenu à ses fins, car il lui sourit. Ce sourire le transforma. D'aristocrate distant, il devint un homme ordinaire et satisfait. Un peu comme son père après une nuit de beuveries.

— Qu'en dites-vous, Helaine ? Marché conclu ?

De toute évidence, il s'attendait à ce qu'elle réponde par l'affirmative. Mais elle secoua la tête en signe de refus.

— Je suis couturière, monsieur. Je crains de manquer de talent pour le reste.

Une étincelle passa dans les yeux du vicomte. Elle n'aurait su dire si c'était un rire ou une lueur d'impatience. Quoi qu'il en soit, c'était l'expression d'un homme content de lui.

— Je vous assure que le manque d'expérience est une chose à laquelle on s'attend, chez une vierge. Et vous avez beau être couturière, vous n'en êtes pas moins une très belle femme. Une femme qui s'est fait passer pour la maîtresse d'un lord pendant assez longtemps. Vous ne perdrez rien en le devenant réellement. Vous aurez même tout à y gagner.

— C'est-à-dire, monsieur ? De l'argent ? Un protecteur ?

— Tout cela.

— Et si je n'en veux pas ?

Il arqua un sourcil.

— Vous en avez besoin. De l'argent, comme du protecteur. Sans quoi, vous n'auriez jamais joué cette comédie avec lord Metzger.

— Mais si je n'en veux *pas* ?

— C'est faux. Vous le niez ?

Son orgueil la poussa à pincer les lèvres. Jamais elle n'admettrait qu'elle avait besoin de tout cela. Le vicomte devenait trop sûr de lui, trop sûr de sa réponse, et cela lui déplaisait. Elle se renfonça dans son siège et croisa les bras, consciente que la posture soulevait ses seins et mettait en valeur son décolleté. Naturellement, il posa les yeux sur sa poitrine.

Sous son regard intense, elle se troubla, s'enflamma, et envisagea d'accepter son offre. Aussi s'obligea-t-elle à parler avant d'avoir changé d'avis.

— Ma vie est différente, maintenant. Je ne suis plus seule, comme lorsque j'ai accepté l'aide de lord Metzger. J'ai une boutique, des amis que j'aime…

— Et Johnny Bono qui vous lutine entre un rouleau de mousseline et un cageot d'oignons. Vous n'avez qu'à dire oui pour mettre un terme aux difficultés que vous cause ce personnage.

— Je ne ferais qu'échanger un homme pour un autre. Une sorte d'abus pour un autre.

Elle avait lancé ces mots comme un défi. Robert pinça les lèvres, et un éclair de fureur passa dans ses yeux.

— Ne mettez pas cet homme sur le même plan que moi, Helaine.

Elle devait reconnaître qu'ils étaient fort différents. Mais sa fierté l'empêcha de prononcer des paroles d'excuse.

— Vos intentions sont les mêmes.

— Je ne vous forcerais jamais.

— Non, mais vous soulignez mes faiblesses, avant de proposer de me sauver.

— Les hommes sont là pour cela, non ? Ils protègent les femmes des dangers qui les menacent.

Et voilà. Il venait de prononcer la phrase qu'il fallait pour la conforter dans ses convictions et lui donner le courage de dire non. Il ne savait pas combien elle avait lutté pour conquérir son indépendance. Pour avoir une chambre à elle au-dessus de sa boutique, et une profession qui lui rapportait de l'argent. De l'argent qui n'appartenait qu'à elle. Certes, elle redoutait toujours la prison pour dettes, mais en attendant elle ne voulait troquer sa liberté contre rien au monde.

— Vous oubliez que je n'ai aucun besoin d'être secourue. Des dames de qualité se présentent chaque jour chez moi pour me demander de confectionner leurs robes. Quant à M. Bono, cela fait des années que je parviens à le tenir en respect. J'y parviendrai certainement encore dans le futur. Vous pouvez garder votre argent et votre logement. Je suis très bien comme je suis.

— Vraiment ? murmura-t-il d'une voix de velours. Et pour ce qui est du plaisir ?

— Vous savez, répliqua-t-elle en feignant un détachement qu'elle était loin d'éprouver, je crois que les hommes accordent plus d'importance que les femmes aux plaisirs de la chair. Je vous assure. Je pense que je m'en passerai très bien.

— Ce serait vraiment dommage, ma douce Helaine…

Elle ne sut que répondre à cela. Elle ne connaissait rien aux plaisirs sensuels. Combien de nuits avait-elle passées, seule dans son lit froid, à s'interroger sur le sujet ? Que savaient les femmes mariées qu'elle ignorait, elle ? Découvrirait-elle un jour ces délices secrètes ?

Apparemment non, décida-t-elle en se levant.

— Je vous remercie de votre offre, monsieur, mais elle ne m'intéresse pas.

Il se leva à son tour, trop poli pour demeurer assis devant une femme, même si celle-ci venait juste de le repousser.

— Ce n'est pas fini, Helaine. Je veux savoir comment ce Johnny Bono vous tient.

— Il ne me tient pas. C'est simplement le seul commerçant qui accepte de me faire crédit.

— Je peux au moins faire quelque chose à ce sujet. Vous n'avez qu'à nommer le meilleur marchand de tissus de Londres. Je le contacterai directement en lui expliquant que ma sœur vous a engagée pour confectionner son trousseau. Il vous accordera un crédit immédiatement.

Elle battit des cils, choquée par cette offre.

— Vous feriez cela, bien que j'aie refusé votre proposition ?

— Naturellement, répondit-il, l'air vaguement offensé. Je ne peux souffrir de voir de nouveau ma sœur ou sa couturière exposées à ce genre de scène. Quant à votre refus, disons que la question est reportée pour le moment. Je ne suis pas homme à me laisser décourager si facilement.

Un frisson courut le long du dos de la jeune femme.

— Il y a quelques années, je me serais évanouie à cette idée. J'aurais passé des nuits éveillée à me demander si vous m'inviteriez à danser, ou m'apporteriez un bouquet.

Elle soupira, et songea aux années qu'elle venait de vivre. La lutte quotidienne pour ne pas mourir de faim, le désespoir qui vous assaillait à la nuit tombée. La jeune fille d'autrefois avait disparu. Remplacée par une femme qui avait appris la prudence. Un frisson passager ne valait pas la peine de prendre des risques. Et les hommes, si charmants soient-ils, étaient tous des menteurs.

— À quoi pensez-vous, Helaine ? Vous avez l'air triste. Je vous assure que ce que je vous offre ne peut se retourner contre vous.

Elle eut un rire sans joie.

— Le plaisir a toujours un coût, monsieur. Et c'est généralement la femme qui paie.

Le vicomte eut un haut-le-corps. Puis il fit un pas vers elle, tendant la main vers sa joue.

— Il n'en va pas toujours ainsi, Helaine…

Elle lui prit la main et la repoussa. Il n'essaya pas de l'en empêcher, mais entrecroisa les doigts aux siens, lui caressant la paume du bout de son pouce.

— Je vois que j'aurai du mal à vous convaincre.

— Ma virginité n'est pas à vendre.

— Je ne parlais pas de votre virginité, Helaine, seulement de mes intentions. Je vous ai sous-estimée, je m'en rends compte à présent. Mais j'aurai plaisir à vous persuader.

— Monsieur, je…

— Donnez-moi le nom du meilleur marchand d'étoffes de Londres, madame Mortimer. Vous ne me l'avez toujours pas dit.

Elle cligna les paupières, déconcertée par le brusque changement de sujet.

— Wolferman.

— Vous aurez de leurs nouvelles dès demain matin. Et vous entendrez parler de moi le jour suivant, ajouta-t-il avec un sourire ravageur.

Puis il s'inclina devant elle et sortit. Elle aurait pu le retenir. Elle aurait eu le temps de dire quelque chose. Mais il l'avait plongée dans une totale confusion. Il l'avait tentée, presque séduite. Elle ne savait plus où elle en était.

Soudain, juste avant que la porte ne se referme sur lui, elle se ressaisit et l'appela.

— Monsieur le vicomte !

— Helaine ? dit-il en se retournant.

— Vous m'avez prise par surprise, aujourd'hui.

Elle sortit sur le pas de la porte, en plein soleil. Se redressant de toute sa hauteur, elle se remit en mémoire tout ce qu'elle avait fait depuis que son père les avait précipitées, sa mère et elle, dans la ruine. Elle était une femme forte, et personne ne pourrait lui enlever cela.

— J'étais déconcertée. Mais cela n'arrivera plus. Je ne serai plus jamais aussi malléable.

— Je n'ai jamais cru que vous l'étiez, Helaine, assura-t-il en haussant les sourcils.

— Peu importe.

— Alors, que le jeu commence, dit-il en s'inclinant avec la plus parfaite courtoisie.

8

— Du thé ! Wendy, il m'envoie du thé !

Wendy continua placidement d'enfiler son aiguille, dans la lumière déclinante du soir.

— Ah bon. Et alors ?

— Du thé *bon marché*.

Wendy se décida enfin à lever les yeux.

— Vraiment ? Mais il est vicomte. Comment peut-il savoir où s'achète ce genre de thé ?

Helaine déposa la boîte sur la table.

— Il vient de la boutique où je l'achète habituellement. Il a dû lire l'étiquette.

— Mince alors ! Comment a-t-il fait pour la trouver ? Ce n'est sûrement pas sur son chemin.

Wendy fit alors une chose extraordinaire. Elle posa son ouvrage et contourna la table pour aller regarder le paquet.

— Il y a un message.

— Oui, je sais.

— Qu'est-ce qu'il dit ? Je ne comprends pas tous les mots.

Wendy apprenait à lire avec la mère de Helaine. Elle tenait absolument à améliorer son éducation.

Helaine prit le message et lui désigna les mots un par un. Elle connaissait déjà la lettre par cœur.

— « Pour Mme Mortimer. Je crains que nous n'ayons fini tout votre thé. Je vous prie d'accepter ceci en gage de mon estime. J'ai pris votre mélange préféré, mais si vous souhaitiez quelque chose de différent, qui apporte plus de plaisir, dites-le simplement au propriétaire du magasin. Je lui ai donné pour instruction de vous fournir le mélange qui vous plaira, qu'il soit doux ou épicé. En fait, si je puis me permettre, il existe un mélange oriental que j'aime tout particulièrement et qui a le don de me surprendre chaque fois que j'en bois. Je pense qu'il vous conviendra parfaitement. »

— Que signifie la lettre R, qu'il a tracée ici ?

— C'est sa signature. R, pour Robert, son prénom.

— Oh... Tu l'appelles par son prénom, maintenant ? C'est un lord, même s'il est bizarre !

— Bizarre, et rusé comme un renard, répondit Helaine, morose, en se laissant tomber sur la chaise de son bureau.

Cette lettre était un stratagème pour éveiller sa curiosité, pour la tenter, pour l'obliger à penser à lui. Et ça marchait ! Il n'avait pas quitté ses pensées depuis qu'elle avait reçu ce maudit paquet. Que devait-elle faire ? Accepter l'horrible thé bon marché, ou retourner à la boutique pour y choisir le mélange le plus rare et le plus cher ? Comment interpréterait-il sa réaction, dans un sens ou dans l'autre ?

Comme si cela ne suffisait pas, elle se posait des douzaines de questions sur la façon dont la lettre était rédigée. Le mot « plaisir » avait suscité en elle un involontaire et délicieux frisson. Et que penser du mélange oriental qui le surprenait tant ? Pourquoi laissait-il entendre qu'il lui plairait ? Voulait-il dire que c'était elle qui le surprenait ? Ou bien qu'elle aimait être surprise ? Ce qui, soit dit en passant, était totalement faux !

Enfin, que fallait-il répondre à ce genre de lettre ? Le message était très inconvenant, bien entendu. Du moins, il l'aurait été si elle avait encore été lady Helaine. Mais elle n'était plus que Mme Mortimer, une supposée courtisane. Elle était aussi une femme qui venait, pour la première fois en cinq ans, de recevoir un cadeau d'un admirateur.

— Du thé ! s'exclama-t-elle en haussant les épaules. Que suis-je censée dire ?

— Pourquoi te poses-tu tant de questions ? répliqua Wendy, qui avait repris son ouvrage. Va chercher ce thé oriental et remercie-le gentiment. Comme cela, il t'en offrira encore.

Helaine soupira. Si les choses pouvaient être aussi simples !

— Après, il croira que je suis prête à accepter tout ce qui vient de lui. Tout ce qu'il voudra !

Wendy ne lui lança même pas un coup d'œil.

— Il veut ce qu'il veut. Comme tous les hommes. Mais il serait idiot s'il croyait qu'en acceptant un sachet de thé, tu acceptes aussi le reste.

— C'est vrai, admit Helaine.

Wendy avait l'esprit logique. Tout de même, Helaine ne pouvait s'empêcher de penser qu'elle devait faire preuve de prudence. Comment interpréterait-il le fait qu'elle aille chercher un autre thé ? Ou, pire encore, celui auquel il faisait allusion ?

— À moins que… tu ne veuilles la même chose que lui, reprit Wendy. Si c'est cela, à ta place je choisirais le thé oriental, comme il te le conseille…

— Mais c'est justement celui que j'aime ! Un thé exotique, un peu spécial. Il ne voudra jamais croire que je l'ai pris parce qu'il me plaît, et non parce que c'est lui qui l'a suggéré. Oh…

Wendy éclata de rire.

— Tu réfléchis trop. Achète ce thé, et bois-le !

— Je ne peux pas.

— Comme tu voudras. Mais moi, à ta place, j'irais chercher ce mélange oriental.

— À ma place, tu prendrais le thé noir qui plaît tant à ta mère, et tu n'y réfléchirais pas à deux fois !

Wendy avait l'esprit pratique. C'était aussi le cas de Helaine, en temps ordinaire. Mais elle perdait tous ses moyens quand il s'agissait du trop beau et trop séduisant lord Redhill.

Elle retournait encore le problème dans sa tête le lendemain, lorsque le premier messager arriva. Deux autres suivirent. Ils étaient envoyés par les trois principaux marchands de tissus de Londres. Les trois employés l'informèrent aimablement que leur établissement était prêt à la servir, à crédit. L'un d'eux ajouta même que le magasin avait mis de côté un rouleau de soie bleue pour qu'elle l'examine.

Contrairement au thé, c'était un cadeau qu'elle ne pouvait refuser. Elle fit répondre à chaque firme que son agent les contacterait rapidement, et se hâta d'envoyer un mot à Irène. Avec ce genre d'appui, son amie pourrait négocier et obtenir de très bons prix. Finalement, son petit atelier avait une chance de survivre. Il fallait qu'elle exprime sa gratitude au vicomte. Mais comment ? Sans doute en allant chez le marchand de thé.

Le propriétaire de l'herboristerie était d'excellente humeur. M. Withers était un petit homme maigrichon, à l'air perpétuellement contrarié. Il servait généralement des ouvriers pauvres, et était assiégé quotidiennement par des gens désespérés qui voulaient des remèdes miracles pour rien. La visite de lord Redhill avait été une aubaine et, à en juger par son sourire, il n'avait pas l'intention de laisser échapper un client d'un tel statut social.

— Madame Mortimer ! Je suis heureux d'avoir votre visite ! Savez-vous que j'ai confectionné un nouveau mélange ? Essayez-le, je vous en prie. Je l'ai fait en pensant à vous, vous savez. Vos visites sont un tel plaisir ! L'autre jour…

— Non, je vous remercie, le coupa-t-elle, mal à l'aise. Je suis juste venue prendre du thé.

— Oui, oui, le mélange oriental.

— Non.

L'homme grimaça, déçu.

— Il m'a prévenu que vous étiez une cliente difficile. Mais il m'a conseillé d'insister. En fait, il m'a demandé, si vous n'étiez pas venue, de vous envoyer le mélange directement à votre boutique. Ne m'obligez pas à le faire, je vous en prie, madame Mortimer. Ma pauvre Millie serait obligée de vous le livrer, et vous savez comme ses pieds lui font mal.

Sa pauvre Millie avait en effet mal aux pieds, comme tout le monde dans ce quartier de Londres.

— Monsieur Withers, je désire acheter du thé afin de l'envoyer au vicomte. Pour le remercier.

— Bien sûr, bien sûr ! Comme je vous le disais, je suis en train de préparer un mélange spécial. Destiné aux amoureux, précisa-t-il avec un clin d'œil.

— Quoi ? Non !

Elle aurait dû s'y attendre. Elle avait oublié qu'elle n'était plus la fille d'un comte, qui pouvait recevoir un cadeau d'un admirateur sans que les gens imaginent le pire.

— Monsieur le vicomte est une simple connaissance.

— Bien sûr, bien sûr. La discrétion avant tout.

Visiblement, il ignorait que la discrétion aurait dû l'obliger à la servir comme si de rien n'était.

— Revenons-en à mon achat, monsieur Withers.

— Oui, oui. Mon mélange spécial.

— Pas du tout. Je veux autre chose. Un thé noir, je pense.

— Un Earl Grey, alors ? C'est un thé très masculin.

Elle acquiesça.

— Pourriez-vous ajouter de la bergamote, pour qu'il soit plus fort ?

— Oui, oui, mais le parfum ne sera-t-il pas trop puissant ?

Exactement comme le vicomte. Trop puissant. Mais M. Withers avait une meilleure idée.

— Nous pourrions adoucir un peu le breuvage, lui donner de la légèreté en y ajoutant un fruit, ou une épice ?

Elle avait du mal à l'admettre, mais lord Redhill devait avoir un peu de légèreté en lui, puisque sa sœur l'adorait.

— De la framboise, dit-elle brusquement.

Elle n'aurait su dire pourquoi ce fruit lui semblait convenir au vicomte : l'idée lui était venue spontanément à l'esprit.

— Excellent choix !

— Combien me coûtera une petite boîte ?

— Oh, mon Dieu, vous n'allez pas prendre la plus petite ?

— Bien sûr que si, rétorqua-t-elle d'un ton ferme.

À partir de maintenant, elle allait devoir marchander. Lorsque les commerçants du quartier sauraient qu'elle recevait des cadeaux de lord Redhill, leurs prix augmenteraient considérablement.

De fait, M. Withers annonça un prix exorbitant. Elle marchanda âprement. À la fin, elle dut le menacer de se servir ailleurs pour qu'il revienne à une somme raisonnable. Malgré ses douleurs aux pieds, la « pauvre Millie » fut transportée de joie à l'idée de livrer le paquet elle-même. Helaine scella la missive qui accompagnait le présent, ajouta un mot pour Gwen, et un autre pour Dribbs. Puis elle donna ses dernières pièces à M. Withers. Elles ne manqueraient pas trop longtemps d'argent, puisqu'elles attendaient d'un jour à l'autre le paiement du père de Francine. Du moins l'espérait-elle.

Il était temps de discuter avec Gwen de ses chaussures de mariage. Une robe n'était qu'une robe, après tout. La plupart des femmes remettaient leur robe de mariée tous les dimanches, pour aller à la messe. Mais ce qu'une jeune femme adorait par-dessus tout, et exposait sur le manteau de cheminée pour que ses filles les voient plus tard, c'étaient ses chaussures. Il fallait qu'il y ait de la place sous la semelle, pour y graver le nom des deux fiancés et la date de leur union. Le tissu devait être délicat, mais assez résistant pour que les chaussures puissent être portées quotidiennement s'il en était besoin. Et la couleur devait être parfaitement assortie à la robe.

Helaine prit la direction de la boutique de M. Shoemaker. Mais elle eut un choc en constatant que le magasin était fermé. Elle était sur le point de repartir quand elle entendit les pleurs d'un bébé.

À en juger par le désespoir qui perçait dans ses cris, il devait pleurer depuis quelque temps. Impossible de pénétrer dans la boutique. Helaine gravit l'escalier et frappa à la porte du logement situé au-dessus du magasin. Personne ne répondit. Elle tourna le loquet, et la porte s'ouvrit. Pourtant, les Shoemaker ne seraient sûrement pas sortis en laissant le bébé seul…

Elle traversa en fronçant le nez le hall exigu où régnait une forte odeur. Le bébé n'avait pas été changé. Où étaient passés les parents ? De plus en plus inquiète, elle finit par découvrir l'enfant. Celui-ci ne pouvait avoir plus de huit mois. Assez grand pour se dresser dans son berceau et crier, mais pas assez pour enjamber les barreaux.

Helaine n'avait pas l'habitude des enfants, mais elle lui donna un jouet et changea ses langes souillés. Après cela, elle ne sut que faire.

— Essayons de te trouver du pain, d'accord ? murmura-t-elle en l'emmenant dans la cuisine.

Elle ne trouva rien, pas même un morceau de fromage ou de pain rassis. Que s'était-il passé dans cette maison ? Tout était en ordre, mais le logement était désert. Soudain, elle entendit un pas dans l'escalier. Un instant plus tard, Penny Shoemaker apparut, les traits creusés de fatigue. L'enfant repéra aussitôt la miche de pain noir qu'elle tenait à la main, et il s'agita en tendant les bras.

— Oh, mon Dieu ! s'écria Penny en voyant Helaine. Que faites-vous… Ah oui, oui, Tommy. Voilà ton dîner.

La jeune fille rompit le pain et enleva la croûte, pour donner la mie au petit garçon. Ce dernier fourra le morceau dans sa bouche.

— Je suis simplement allée chez le boulanger pendant qu'il dormait, dit-elle. Il n'y avait plus rien à manger.

— Mais où sont vos parents, Penny ? Que s'est-il passé ?

La jeune fille ouvrit la bouche pour répondre, mais aucun son ne franchit ses lèvres. Puis les larmes surgirent, et elle se mit à pleurer sans bruit.

— Oh, non… murmura Helaine.

Il y avait longtemps qu'elle n'était plus passée au magasin. Lady Gwen était sa première cliente fortunée, et donc la première qui avait besoin de belles chaussures.

— Oh, Penny, êtes-vous seule avec cet enfant ?

La jeune fille hocha la tête, tout en essuyant ses larmes. Helaine la serra dans ses bras. Malgré son allure frêle de lutin, Penny devait avoir une vingtaine d'années.

Agissant sur une impulsion, Helaine lui prit le pain.

— Je vais lui donner à manger. Pendant ce temps, préparez un sac avec vos affaires. Ce soir, vous dormirez à la maison. Non, ne protestez pas. Vous me rendrez service en venant. Maman s'ennuie à rester assise seule toute la journée, en pensant à tout ce qu'elle a perdu. Venez vite, avant que la nuit tombe.

Penny ne bougea pas. Ses yeux recelaient une telle souffrance que Helaine en eut le cœur serré.

— Je ne peux pas, lady Helaine. Ce ne serait pas normal.

Il y avait si longtemps qu'on ne l'avait appelée par son vrai nom qu'elle fut légèrement déconcertée, comme si elle ne le reconnaissait plus.

— Je m'appelle Mme Mortimer, à présent. Faites vos bagages, et vous me raconterez ensuite comment vous avez eu ce beau garçon.

Penny céda. Elle rangea dans un sac des vêtements pour le bébé, et quelques hardes pour elle. Puis elles prirent le chemin de l'atelier. Tout en marchant, Helaine se demanda comment elle allait loger ses protégés. Il y avait tout juste assez de place pour sa mère et elle, au-dessus de la boutique. Quant au repas, il leur restait juste un peu de soupe. Il y en avait pour deux, mais pas pour quatre. Et Helaine venait de dépenser ses derniers sous pour le thé de lord Redhill.

Elle en était là de ses réflexions quand Penny retrouva enfin la voix.

— Ce n'est pas mon fils, madame Mortimer, c'est mon cousin. La sœur de maman est morte en couches et nous ne savons pas où est le père. C'est un marin, et il se peut qu'il ne revienne jamais. Alors, nous l'avons pris chez nous. Papa a déclaré qu'il serait le fils qu'il n'avait jamais eu.

Helaine haussa les sourcils.

— Bien sûr. C'est terrible.

Elle doutait de cette histoire. Tant de filles disparaissaient et revenaient de la campagne quelques mois plus tard avec un « cousin ». Mais elle ne s'arrogeait pas le droit de juger les autres.

— Cela a dû être très dur pour votre mère.

— Maman a pleuré un peu, au début. Finalement ça s'est arrangé, et papa était heureux d'avoir un garçon à qui apprendre le métier.

— Votre père faisait de très belles chaussures. Je me souviens de celles que mon père m'avait achetées une année, pour Noël. Elles étaient parfaites.

Penny ne répondit pas, et Helaine songea qu'elle avait eu tort de lui parler de son père. Penny était l'une des rares personnes qui connaissaient son passé. Il ne fallait pas que son histoire s'ébruite. Ses clientes ignoraient son vrai nom. Elles ne voyaient pas d'inconvénient à fréquenter la boutique d'une courtisane, mais ne seraient jamais venues chez la fille du « Voleur de la bonne société ».

— Penny, reprit-elle en contenant sa panique. Penny, il faut que vous vous rappeliez une chose. Je suis Mme Mortimer, à présent. Une couturière. Le passé est mort et enterré. Vous comprenez ?

Penny la regarda, les yeux arrondis de surprise. Puis elle acquiesça.

— Ce n'était pas votre faute. Tout le monde sait cela.

— Non, ma chère, pas tout le monde.

Helaine s'arrêta. Elles se trouvaient à l'extrémité d'une ruelle, sous un érable miraculeusement préservé par la ville qui avait poussé autour de lui. Tommy avait fini son pain, et s'agitait. Helaine le confia à Penny.

— Vous savez ce que c'est de vouloir tout recommencer à zéro, Penny, dit-elle en posant sur l'enfant un regard lourd de sens. Mon autre vie est derrière moi. Il ne faut pas en parler à âme qui vive.

La jeune fille eut l'air peinée, comme si Helaine l'avait blessée.

— Je comprends, madame Mortimer. Je ne dirai rien.

Helaine poussa un soupir de soulagement. Elle ne pensait pas que la jeune fille, avec son regard grave et intelligent, était du genre à faire des commérages.

— Très bien. La boutique n'est plus très loin.

Elles se remirent en route sans un mot, accompagnées par le babillage du petit Tommy. Elles étaient presque à destination lorsque Helaine se décida à briser le silence.

— Ma mère va poser des questions. Elle n'a jamais été très discrète. Voulez-vous nous dire ce qui est arrivé à votre famille, ou préférez-vous que j'invente quelque chose ?

Penny souleva l'enfant, lui calant la tête contre son épaule, et frotta sa joue contre ses boucles, comme pour se réconforter. Quand elle parla, ce fut d'une voix claire et calme, mais emplie d'une telle colère que Helaine en fut stupéfaite.

— Mes parents ont été tués il y a presque six semaines. Les créanciers sont venus et ont pris tout ce qu'ils pouvaient. Il ne me reste plus que le logement. Je n'ai pas d'argent, et personne pour garder Tommy pendant que je cherche du travail.

Elle leva la tête et regarda Helaine droit dans les yeux.

— Alors, si vous voulez que je garde votre secret, il faudra que nous passions un marché toutes les deux. Sinon, je dirai à tout le monde qui vous êtes, et ce qu'a fait votre père.

9

Robert se renfrogna en contemplant la correspondance étalée sur son bureau. Il y avait les trois piles habituelles.

La première concernait des décisions à prendre relatives aux investissements de la famille. Cela comprenait des lettres de ses régisseurs, des rapports, des articles et diverses études scientifiques sur toutes sortes de sujets qui allaient de l'exploitation minière aux droits de la pêche. La pile était très importante et trônait au milieu de la table.

Sur la gauche, à l'endroit le plus éloigné de lui, se trouvait la pile qu'il appelait lui-même « mélancolie familiale ». Les dernières idées de son père, des rapports sur le grand tour que son frère effectuait en Europe, et les lettres du médecin à propos de la santé de sa mère. Celle-ci se plaignait de douleurs chroniques. La plupart du temps, elle restait assise dans le noir, les yeux fixés sur le feu dans la cheminée. Certains jours, elle ne quittait même pas son lit.

En dépit de tous ses efforts, Robert n'avait jamais pu changer quoi que ce soit au contenu de cette pile. Les idées de son père devenaient plus délirantes de jour en jour, son frère Jack avait visiblement l'intention de séduire toutes les femmes du Continent, et sa mère refusait de sortir de sa chambre. Aussi, chaque fois qu'il posait les yeux sur ces documents, il éprouvait une vague de tristesse et un sentiment d'impuissance.

La troisième pile n'était pas plus petite, mais plus facile à gérer. C'étaient des factures. Or sa famille recevait beaucoup de factures.

Cependant, ces trois piles de courrier n'étaient pas à l'origine de sa présente mauvaise humeur.

Deux messages étaient placés juste sous ses yeux. L'un émanait de la délicieuse Helaine, et l'autre de Charlie, le nouveau directeur de la mine. La note de Helaine retint d'abord son attention. Il sourit en contemplant le morceau de papier, l'approcha de son nez pour en humer le parfum citronné, et passa même le bout de son doigt sur les lettres rondes. L'écriture était très féminine, et curieusement raffinée pour une jeune femme de la classe moyenne. Elle avait donc reçu une bonne éducation. Si cette idée le fit sourire, il n'en alla pas de même des mots qu'elle avait tracés.

À l'attention de lord Redhill,

Trois vendeurs m'ont rendu visite ce matin en me proposant un paiement à crédit. Grâce à votre intervention, je peux espérer que mon petit atelier de couture deviendra l'un des plus courus de la bonne société. Je me permets donc de vous offrir ce modeste présent, puisque ce thé évoque pour moi votre souvenir. Croyez bien que je ferai mon possible et travaillerai sans relâche pour que votre sœur soit la plus belle mariée de Londres.

Avec mes humbles remerciements,

Mme H. Mortimer

Robert relut le message en ricanant. Il n'avait que faire de ses remerciements, et ne souhaitait pas du tout qu'elle lui exprime sa gratitude en travaillant pour Gwen. Cette idée le mettait même mal à l'aise. Il y avait quelque chose de répugnant dans l'idée que sa maîtresse serait également la couturière de sa sœur.

Et pourtant, Helaine l'attirait. Elle stimulait son esprit, faisait surgir son instinct protecteur, et enflammait ses sens. Aucune femme n'avait jamais eu cet effet-là sur lui. Il n'avait pas passé plus de deux heures en sa présence, et cependant il ne cessait de penser à elle depuis deux jours. Il voulait éveiller son intérêt, la tenter, la séduire. C'était son plan, et il passait tout son temps à se demander comment le mener à bien.

L'autre lettre était nettement moins fascinante. Après avoir renvoyé le directeur de la mine, Robert avait nommé le jeune Charlie à ce poste. Le garçon l'informait que M. Hutchins, l'ex-directeur, incitait les mineurs à la révolte. Ceux qui un mois plus tôt maudissaient son nom étaient désormais prêts à le suivre. Tout cela parce que Robert avait fermé la mine pour effectuer des réparations. Il ne laisserait plus un homme descendre dans ce maudit trou tant que sa sécurité ne serait pas assurée. D'autre part, le fait qu'il refuse dorénavant d'embaucher des enfants pour le travail de la mine avait été un coup dur pour de nombreuses familles qui avaient besoin de ces revenus supplémentaires. Si bien que la situation était devenue un baril de poudre sur le point d'exploser.

Bon sang. Il lui aurait fallu du temps et plus d'argent pour tout arranger. Et cela l'aurait obligé à s'éloigner de Londres, alors qu'il désirait rester auprès de Helaine…

Assez lambiné, se dit-il sombrement. Il était temps de passer à l'action. Ayant pris cette décision, il saisit sa plume et du papier. Deux minutes plus tard, il avait rédigé une lettre invitant la dame à prendre le thé avec lui dans un salon de thé discret. Si elle voulait lui exprimer sa gratitude, elle n'avait qu'à le faire en personne.

Puis il sonna le majordome.

— Dribbs, je voudrais que vous envoyiez un valet porter une lettre.

Cette demande fut suivie d'un silence assourdissant. Le majordome demeura sur le seuil, sans faire mine de prendre la missive. Robert fronça les sourcils.

— Dribbs ?

— Euh… pardon, monsieur, mais il s'agit peut-être d'une lettre destinée à Mme Mortimer, la couturière ?

— Ma correspondance ne vous regarde pas, Dribbs. N'importe quel majordome sait cela.

L'homme s'empourpra jusqu'à la racine des cheveux.

— Bien sûr, monsieur. Mais vous serez peut-être intéressé de savoir que j'ai reçu un message de cette dame.

— Vraiment ? Je me demande bien ce qu'il contenait.

— Eh bien, monsieur, elle me priait de vous préparer tout de suite votre nouveau thé, et…

— Allons, finissez !

Au lieu d'obéir, le majordome sortit de la bibliothèque et revint presque aussitôt avec le plateau sur lequel se trouvait une théière fumante. Le thé que Helaine lui avait envoyé. Il inspira, et sentit ses sinus se dégager. Seigneur, le parfum était puissant ! Dribbs posa le plateau, mais demeura devant le bureau. Cramoisi, l'air horriblement gêné.

— Elle a dit autre chose, n'est-ce pas ?

— Oui, monsieur. Elle a ajouté que si vous essayiez de la contacter, je devais vous donner quelque chose. Et dire quelque chose.

Robert se renversa dans son fauteuil, en proie à un mélange d'étonnement et d'amusement.

— Allez-y.

— Elle a dit qu'elle espérait que ce thé très fort vous plairait. Et que, tout en le buvant, vous aimeriez sans doute avoir de la lecture.

Dribbs brandit ce qui ressemblait à un pamphlet politique. Robert le prit, et vit que le nom de l'auteur, une femme, lui était inconnu. Mais après un bref coup d'œil au texte, il éclata de rire. Les premières phrases étaient des questions. *Pourquoi les femmes ne peuvent-elles avoir de carrières productives ? Pourquoi n'avons-nous pas d'autre choix que de devenir mères de famille ou prostituées ?* Le pamphlet se poursuivait, expliquant qu'une femme sans mari n'avait pas d'autre solution que de devenir la maîtresse d'un homme. La voie professionnelle, quelle qu'elle soit, lui était interdite. Et celles qui exerçaient de petits métiers, comme les servantes et les cuisinières, étaient exposées aux avances de leurs employeurs. Les hommes pensaient que si une femme n'avait pas de protecteur, c'était qu'elle souhaitait devenir prostituée.

Le message était clair. Ajouté à ce thé à l'arôme entêtant, il constituait une gifle bien méritée. Après tout, Helaine avait repoussé ses avances. Voyant qu'il faisait fi de son refus, elle était parvenue à dresser son propre majordome contre lui.

— Maligne, marmonna-t-il en continuant de parcourir le pamphlet.

Il connaissait bien les attitudes masculines décrites dans le texte. Les hommes de son rang, parmi lesquels figurait son père, s'imaginaient que les servantes n'étaient là que pour satisfaire leurs besoins sexuels. Jusqu'à présent, il estimait ne pas faire partie de cette catégorie.

Dribbs se balançait nerveusement d'un pied sur l'autre, redoutant la réaction de son maître.

— N'ayez crainte, Dribbs, je ne m'en prendrai pas à vous. Mais, à l'avenir, essayez de vous souvenir que vous êtes à mon service, et non à celui de Mme Mortimer.

— Bien sûr, monsieur. Voulez-vous... toujours que j'appelle un valet, pour votre lettre ?

— Non, non. Il faut que je la modifie.

Dribbs se retira. Robert avala une première gorgée de thé, et eut la surprise de le trouver délicieux. Il était fort, avec juste une pointe de douceur qui en effaçait l'âcreté. En vérité, ceci ressemblait beaucoup à Helaine.

Il continua de siroter son thé en pensant à elle, lut le pamphlet jusqu'à la dernière ligne, puis reporta son attention sur les difficultés que Charlie rencontrait à la mine. Deux heures s'écoulèrent, avant qu'il ne soit tiré de ses soucis par un visiteur tout à fait inattendu. Le fiancé de Gwen.

Le garçon était grand, dégingandé, et de tempérament calme. Il se nommait très banalement Edward. Son père ayant succombé à une fièvre quelques années auparavant, il avait hérité du titre de baron et de la charge de sa famille, constituée principalement de deux mégères. Sa mère, et une tante qui avait été une sévère préceptrice. Il avait également un jeune frère, encore à l'école, et une sœur qui marchait malheureusement sur les traces de sa mère. Cependant, ce jeune homme réservé, à l'allure aussi banale que son prénom le laissait présager, avait réussi à captiver l'enjouée lady Gwen.

Comment s'y était-il pris ? Pour Robert, c'était un mystère. Comme il n'avait rien d'autre à faire pour l'instant que de déguster son thé froid, la voix d'Edward résonnant dans le hall lui fit plaisir. Cette visite était une bénédiction. Dribbs ouvrit la porte, et Robert invita aussitôt le jeune homme à s'asseoir. Il demanda à Dribbs de leur servir quelque chose à boire. Seul un brandy bien fort pouvait rivaliser avec ce thé.

— Bonjour, Edward. Quel bon vent vous amène ?

— Je cherche à échapper à ma mère et à ma tante, naturellement, répondit le garçon en prenant place dans le fauteuil en cuir près de la cheminée. Je suis absolument désolé qu'elles aient loué la maison voisine de la vôtre. Vous n'avez pas l'habitude d'être entouré par des femmes qui jacassent sans cesse. J'ai essayé de leur dire de ne pas frapper trop souvent à votre porte, mais elles ne m'écoutent pas. Toutefois, si vous ne voulez plus les voir, je ferai en sorte qu'elles ne vous ennuient plus, ajouta-t-il en considérant Robert avec la plus grande franchise.

— Vous voudriez que j'interdise ma porte à votre mère, quelques semaines avant votre mariage avec ma sœur ?

— À ma mère, à ma tante et à ma sœur. Oui, monsieur. Et à moi aussi, si vous voulez.

— Mais vous êtes sur le point d'épouser ma sœur !

— Exactement. Je suis obligé de supporter ma famille, mais vous, non. Et je ne vois pas de raison de contrarier mon futur beau-frère, juste parce que ma mère est trop envahissante.

— A-t-elle fait quelque chose de choquant ?

— Eh bien, elle a voulu arranger des choses dans le salon de votre mère. Une bergère et ses moutons, je crois. Et elle lui a acheté du parfum.

Robert se figea, la bouteille de brandy à la main.

— Pourquoi devrais-je être offensé ?

— Parce qu'elle estimait que votre mère ne sentait pas bon. Elle l'a aussi obligée à aller se promener. À en croire ma tante et ma sœur, elles l'ont prise chacune par un bras et ne se sont arrêtées qu'à quelques rues d'ici.

Robert reposa la bouteille, sidéré.

— Elles ont obligé ma mère à sortir ?

— Oui, monsieur.

— Mais elle n'a pas mis le nez dehors… depuis trois ans.

— C'est ce que j'ai cru comprendre. C'est ce qui a fait déborder le vase, voyez-vous. Si votre mère est de constitution délicate, elle ne résistera pas aux femmes de ma famille. Elles ne sont pas faciles à vivre. Et je ne voudrais pas troubler l'ordre de votre maison. Il nous incombe de le maintenir.

— Vous pensez réussir ?

— Eh bien, je suis l'homme de la famille. C'est mon devoir.

Robert dévisagea son futur beau-frère. Celui-ci n'avait pas plus de vingt-deux ans. Il n'avait même pas encore atteint sa stature d'adulte. Il était trop maigre, tout en bras et en jambes, avec de grandes oreilles. Cependant il était là, parlant avec assurance à un futur comte de remettre sa mère dans le droit chemin et de maintenir l'ordre dans la maison.

— Sacrebleu… c'est ça qui lui a plu, murmura Robert, abasourdi.

— Pardon ?

— C'est cela qui a séduit Gwen. Vous… lui imposez de la discipline.

Edward demeura bouche bée, rougissant jusqu'à la pointe des oreilles.

— Loin de moi cette idée. Ce n'est pas du tout…

— Mais bien sûr que si ! s'exclama Robert en posant la bouteille de brandy. Dites-moi comment vous avez fait. Gwen est une jeune fille très vive, elle aime danser, et... Pardonnez-moi, Edward, mais je suis étonné qu'elle vous ait remarqué. Vous ne vous habillez pas très bien, vous ne passez même pas toute la saison à Londres, et elle m'a avoué que vous détestiez danser.

— En effet, je n'ai aucun sens du rythme. On me le dit depuis que je suis tout petit.

— Alors, au nom du Ciel, qu'avez-vous fait pour plaire à ma sœur ?

— Oh, elle m'a ignoré, monsieur, passant sans me voir à maintes reprises.

— Et comment avez-vous capté son attention ?

— Je lui ai demandé de m'aider à faire danser une jeune fille qui faisait tapisserie. Une amie de ma sœur, en fait. Une personne extrêmement timide. Comme vous dites, je ne viens pas souvent en ville et je ne connaissais pas suffisamment les autres hommes présents au bal.

— Mais ma sœur, oui. Elle connaît tout le monde. Et tous les gentlemen à marier l'ont courtisée.

— C'est exact. J'ai... euh... renversé de la limonade sur les deux demoiselles, avoua Edward, plus rouge que jamais. Et donc, je... je l'ai persuadée de venir en aide à Debra. De lui trouver un cavalier. Mais elle ne connaissait pas très bien Debra, et ne savait pas quel genre d'homme lui convenait.

— Vous le saviez, vous ?

Edward haussa les épaules.

— Debra est une amie de pension de ma sœur. Elle a passé tout un été chez nous. Elle a deux ans de plus que Connie, mais elle est d'une timidité maladive.

Robert fronça les sourcils, rassemblant ses souvenirs.

— Debra Smythe a épousé sir Henry Barnes, n'est-ce pas ? Seigneur, c'est vous qui avez arrangé ce mariage ? Gwen n'a parlé que de cela pendant des mois !

Edward fit un geste de dénégation.

— Je n'y suis pour rien ! C'est Gwen qui a tout fait. Je lui ai juste désigné la jeune fille.

Robert le regarda sans comprendre. Edward posa le verre de brandy auquel il n'avait pas encore touché, et tenta de s'expliquer.

— Dans le fond, elles ont toutes bon cœur, vous savez. Ma mère et ma tante aussi. Elles ne comprennent pas pourquoi une dame devrait rester enfermée dans sa chambre pendant des années.

— Je ne le comprends pas non plus, mais ma mère dit que c'est ce qu'elle veut, répondit Robert.

— Vous et moi, nous respectons sa décision. Mais elles, non. Elles pensent qu'au fond d'elle-même elle a très envie de sortir, et elles l'obligent à le faire.

Peut-être était-ce réellement ce dont sa mère avait besoin. Robert décida de rendre visite à sa mère un peu plus tard, pour voir si la sortie lui avait fait du bien ou non.

— Mais tout cela ne me dit pas comment vous vous êtes retrouvé fiancé avec Gwen.

— Gwen s'ennuyait, et Debra était terrifiée. Tout ce que j'ai fait, c'est de souligner le déséquilibre entre les deux.

Robert repensa à la saison passée. Il ne s'intéressait pas beaucoup à ces mondanités. Debra avait constitué le projet principal de Gwen. La jeune fille était éperdue de reconnaissance envers sa sœur, et elle avait trouvé le grand amour.

— Mais comment cela vous a-t-il rapproché de Gwen ?

— Eh bien, une fois que l'équilibre a été rétabli, elle a recouvré son bon sens. Et j'étais là, moi, qui avais été à l'origine de son succès. Nous nous entendions parfaitement, tant que je ne me mêlais pas de ce qu'elle faisait.

— « Parfaitement » ? Ce n'est pas le souvenir que j'ai gardé.

En fait, cette époque avait été assez agitée, mais avec Gwen, personne n'en était étonné. Robert se demandait parfois si leur mère n'avait pas transmis à sa jeune sœur tout son esprit de révolte.

Edward prit une gorgée de brandy, et enchaîna :

— Vous m'avez demandé comment j'avais attiré son attention. Mais pas comment je l'avais captivée.

Robert connaissait déjà la réponse à cette question. Edward était quelqu'un d'extraordinairement pondéré. Exactement ce qu'il fallait à Gwen.

— Tout ce que vous avez fait, c'est de lui donner un problème à résoudre ?

— Puis je me suis tenu en retrait. C'est primordial.

— Avec Gwen, certainement.

Cette attitude pouvait-elle être la solution à deux de ses propres problèmes ?

Ce dont il avait besoin, c'était d'une approche innovante pour faire repartir la mine et la rendre rentable. Lui-même était à court d'idées. Mais il connaissait quelqu'un qui était capable de trouver des solutions et qui aurait le courage de les appliquer.

Helaine, bien sûr. C'était elle qui avait eu le toupet incroyable d'exiger d'être payée à l'avance. Elle aussi qui avait suggéré que Gwen, une jeune fille non encore mariée, puisse disposer de son argent pour son trousseau. Suffirait-il de soumettre le problème à Helaine pour qu'elle imagine une solution ? Il n'avait rien à perdre, ayant déjà épuisé toutes les autres possibilités. Et même s'ils n'aboutissaient à aucune solution, cela les rapprocherait.

— Leur soumettre un problème... murmura-t-il.

— Et ensuite, se tenir en retrait.

— Bien sûr, fit Robert. Je ne suis pas un homme despotique...

— Euh... Gwen n'est pas de cet avis.

— Quoi ?

Edward voulut répondre, mais d'un geste, Robert lui intima le silence. Il n'avait pas envie de savoir ce que Gwen pensait de lui.

— Je ne fermerai pas ma porte à votre mère, reprit-il. Je n'ai jamais été capable d'aider ma mère, aussi, si elle peut faire quelque chose pour elle, je ne l'en empêcherai pas. Cependant, j'ai une chose à vous demander.

— Je vous en prie.

— Dites à Gwen de faire venir toutes les femmes de votre famille ici, pour faire confectionner leurs robes. Elle installera la couturière dans une chambre, à l'étage. Cela mettra de l'animation dans la maison et incitera peut-être ma mère à sortir de sa chambre pour se joindre aux autres.

Edward fronça les sourcils.

— Vous voulez vraiment voir toutes ces femmes aller et venir dans votre maison ?

Robert sourit. Il ne pensait qu'à une seule de ces créatures. À la belle couturière, qui dormirait dans une des chambres du dernier étage.

— Aucune importance. Je me réfugierai dans la bibliothèque, ou au club.

L'affaire était entendue. D'ici une semaine tout au plus, Helaine lui tomberait dans les bras.

10

— Je vous ouvre ma porte, et pour me récompenser vous me faites chanter ?

Helaine n'en revenait pas. Cependant, elle sut en voyant le visage pâle et émacié de Penny que seul le désespoir la poussait à agir ainsi. Mais cela ne rendait pas le chantage plus acceptable.

— Non, non ! s'exclama Penny, horrifiée. Je voulais juste que vous m'écoutiez ! Je... j'aimerais que quelqu'un me laisse une chance. Personne ne veut m'aider.

— Ce n'est pas étonnant, si vous essayez de faire chanter les gens...

— Je vous en prie !

Penny tremblait si fort que le petit Tommy leva les yeux vers elle.

— Écoutez-moi, supplia-t-elle. Juste un instant.

Helaine céda dans un soupir. Elle aussi avait connu ce degré de désespoir, autrefois. Elle n'avait pas de bébé, mais une mère à nourrir, ce qui revenait au même.

— Que voulez-vous ? demanda-t-elle d'une voix radoucie.

— Je sais fabriquer les chaussures. Cela fait des années que je travaille avec mon père. Ses doigts n'étaient plus aussi souples, les derniers temps, et je prenais le relais quand il n'arrivait pas à faire un travail.

Helaine se rembrunit. Où voulait-elle en venir ?

— Vous devriez chercher un emploi chez un autre cordonnier. Je suis sûre que...

— J'ai essayé. Ils ne veulent même pas me parler. Ils ont déjà des apprentis, et personne ne veut croire que des chaussures faites par une femme seront aussi solides que les autres.

— Mais vous êtes compétente. Votre père était un artiste.

— C'était mon père. Pas moi.

Penny ravala des larmes d'humiliation. Mais il fallait être honnête et reconnaître que le travail de cordonnier nécessitait parfois de la force. Helaine elle-même achèterait-elle des bottines fabriquées par une femme ? Probablement pas. Elle craindrait que ses chaussures ne soient pas assez robustes. Paradoxalement, ses propres préjugés l'aidaient à comprendre le problème de Penny.

— Vous pourriez faire des mules pour les dames ?

— Les garçons les font aussi. On confie ce travail à ceux qui ont le moins de force. J'aurais pu travailler pendant des années avec mon père sans que quiconque s'en aperçoive. C'était moi qui faisais le travail difficile ! Mais maintenant...

Sa voix se brisa dans un sanglot. Elle était une femme totalement isolée, luttant pour élever un bébé.

— Mais que puis-je faire pour vous ? s'enquit Helaine.

— Vous avez une boutique, où les dames riches viennent acheter leurs robes.

— Oui, c'est ce que... Vous voudriez vendre vos chaussures à ces femmes, c'est cela ? s'exclama-t-elle, comprenant soudain où Penny voulait en venir.

— Personne n'aura besoin de le savoir. Et même si elles découvrent que c'est moi qui fais les chaussures, je serai simplement une femme qui vend sa marchandise à d'autres femmes.

Penny souleva Tommy avec plus de force et d'énergie qu'auparavant.

— Pensez à ce que vous pourriez vendre, si je fabriquais des mules en tissu assorties aux robes.

— Mais les dames ont en général déjà des fournisseurs pour les chaussures.

— Elles doivent aller dans d'autres magasins, s'adresser à d'autres marchands. Vous pourriez leur proposer de belles chaussures dans votre propre boutique. Je travaillerais sur place.

— Mais alors, elles sauraient que vous êtes une femme.

Penny secoua la tête.

— Nous dirions que j'aide quelqu'un. Que je prends les mesures pour le cordonnier. Nous lui inventerions un nom, nous dirions que c'est le père de Tommy.

Helaine eut une légère hésitation.

— Il faudrait que ces chaussures soient d'excellente qualité. Ma réputation sera en jeu. Si les chaussures ne sont pas solides, plus personne ne viendra chez moi.

— Elles tiendront ! Je vous le promets ! Je vous en prie, lady… madame Mortimer. Vous savez ce que c'est que d'être seule et de mourir de faim. Je connais ce métier, et je suis douée. J'ai tous les outils de mon père. Je vous en supplie, aidez-moi.

L'idée d'avoir deux bouches de plus à nourrir ne plaisait pas beaucoup à Helaine. Cependant, la proposition pouvait se révéler intéressante, c'était indéniable. Si Penny était vraiment aussi douée que son père, elle ne pouvait laisser passer cette occasion d'élargir sa clientèle. En revanche, si les mules se défaisaient ou n'étaient pas belles, sa réputation en pâtirait.

— Penny, il faut que je réfléchisse. J'aimerais d'abord vous voir fabriquer une paire de chaussures. Je dois savoir si vous êtes vraiment capable de faire ce travail.

— Bien sûr, bien sûr. Je vous promets que je ne parlerai jamais de votre passé, madame Mortimer. Je voulais seulement vous obliger à m'écouter.

Helaine acquiesça, et fit signe à la jeune fille de se remettre en route. Elles ne prononcèrent plus un mot jusqu'à la boutique. Helaine était perplexe. Elle n'était pas en position d'agrandir son magasin. Et pourtant, elle était sur le point de prendre avec elle une jeune fille simplement parce que celle-ci l'avait suppliée.

— Je ne vous fais pas de promesse, déclara-t-elle en arrivant. J'ai une associée, il faut qu'elle soit d'accord. Et si votre travail est mauvais…

— Il ne l'est pas.

— … ou si vous êtes insolente avec les clientes, poursuivit Helaine, vous ne pourrez pas rester.

— J'ai servi toutes sortes de clients, toute ma vie.

Helaine savait que c'était vrai. Si le travail de Penny était aussi bon qu'elle le disait, elles trouveraient un arrangement.

Plongée dans ses réflexions, elle ne vit qu'au dernier moment l'homme qui se tenait devant la porte. Quand ses yeux bruns se posèrent sur elle et qu'elle vit une lueur de joie passer dans ses prunelles, toutes ses pensées s'évanouirent d'un seul coup.

— Bonjour, madame Mortimer, dit-il d'une voix veloutée.

— Bonjour, lord Redhill, balbutia-t-elle en s'efforçant de se ressaisir. Je ne pense pas avoir une livraison prête pour votre sœur, mais si vous voulez bien attendre un instant, je vais vérifier.

Il recula imperceptiblement pour la laisser passer, et elle devina qu'il avait envie de la prendre contre lui. Frissonnante, elle déverrouilla la porte de l'échoppe. Et soudain, elle l'entendit parler à Tommy d'un ton doux et apaisant.

— Bonjour, jeune homme. Tu as bien de la chance de te trouver en compagnie de ces deux jolies femmes.

Helaine poussa le battant et se retourna, juste au moment où l'enfant attrapait le doigt ganté du vicomte pour l'attirer vers lui. Lord Redhill et lui se livrèrent une petite bataille, puis le vicomte chatouilla le garçon sous le menton. Horrifiée, Helaine vit de la bave couler sur le gant.

Elle échangea un regard avec Penny. Lord Redhill semblait complètement absorbé par son jeu avec Tommy.

— Quel bel enfant, dit-il.

— Merci, monsieur, répliqua Penny d'un ton empreint de respect. Il s'appelle Tommy. Il fait ses dents, et je crains que votre gant…

— Ses dents ? C'est très douloureux. Que faites-vous pour le soulager ?

Ahurie, Helaine se tourna vers Penny. Un homme s'inquiétant d'un bébé ? On n'avait jamais vu cela !

— Je lui donne quelque chose de dur à mâcher. Du pain, si j'en ai. Papa lui donnait un morceau de cuir.

— Du cuir ? répéta lord Redhill, surpris.

— Mlle Shoemaker est la fille d'un cordonnier renommé. Elle et son cousin vont s'installer chez nous quelque temps.

— J'ai donc interrompu une visite, dit-il en pénétrant dans la boutique. Mais je vais tout de même vous demander de m'accorder un instant, madame Mortimer. Il faut que je discute avec vous de quelque chose.

Helaine acquiesça d'un signe de tête. Que pouvait-elle faire d'autre ? Lord Redhill était le frère de la plus fortunée de ses clientes et, à vrai dire, son humeur guillerette l'intriguait.

— Penny, suivez-moi, je vais vous accompagner au premier étage. Lord Redhill, voulez-vous lâcher la main de Tommy ?

Le vicomte regarda l'enfant en souriant.

— Eh bien, mon vieux, les femmes vont t'enlever, apparemment. Tu veux garder mes gants ? Ils sont propres, et assez résistants pour tes quenottes. C'est mieux qu'un vieux morceau de cuir, tu ne crois pas ?

Tout en parlant, il ôta ses gants, les abandonnant aux doigts du petit garçon.

— Oh, monsieur ! protesta Penny. Ils sont bien trop beaux !

— J'en ai une autre paire. Et ceux-ci ont l'air de plaire à Tommy.

Helaine secoua la tête, à la fois consternée et attendrie par cette générosité. Quel homme était capable d'un tel geste ? Soit il était trop riche pour connaître la valeur de ses gants, soit il avait un faible pour les petits enfants. À voir la façon dont il regardait Tommy, la réponse était évidente. Il aurait aimé avoir un enfant, mais craignait que cela n'arrive jamais.

Quelle pensée ridicule. Il en aurait, bien entendu, quand il aurait épousé une femme de la haute société. Helaine, en revanche, n'aurait ni mariage ni enfant, puisqu'elle était la fille d'un comte déchu. Personne dans l'aristocratie ne voudrait d'elle. Les commerçants, percevant son éducation de jeune fille noble, tenaient leurs distances. D'autre part, elle s'était elle-même fait passer pour la maîtresse de lord Metzger. Si bien qu'à présent, aucun homme honorable ne voudrait d'elle.

Sans un mot, elle se mit à gravir l'escalier. Sa mère était là, somnolant dans un fauteuil. Elle s'éveilla bien vite, les yeux brillants, lorsque

Penny lui révéla qui attendait Helaine dans la boutique. Les deux femmes incitèrent alors celle-ci à redescendre au plus vite.

Helaine marqua une pause au bas de l'escalier afin d'observer lord Redhill.

Assis dans le canapé, il feuilletait un de ses carnets de croquis. Dans l'ensemble, il avait tout de l'aristocrate à la fleur de l'âge. Un peu plus grand que la moyenne, il avait des mains solides, de larges épaules, et des vêtements qui mettaient en valeur sa silhouette puissante. Ses cheveux ondulés étaient brun foncé, et ses yeux sombres avaient la couleur du chocolat qu'elle aimait boire le matin, dans sa vie d'avant. Son teint était clair, ses dents bien alignées, et son nez n'était pas trop fort. En somme, il était normal. Rien n'expliquait le trouble qu'elle éprouvait chaque fois qu'elle le croisait.

Il leva les yeux à son approche, et son regard s'éclaira. C'était peut-être cela, l'explication. Aucun autre gentleman n'avait jamais eu l'air aussi heureux de la voir. Même pas son père, à qui il arrivait pourtant d'être agréable, pendant de brèves périodes. Apparemment, il avait envie de passer du temps avec elle.

Elle n'avait pas le courage de lui refuser ce plaisir. En revanche, elle pouvait le taquiner un peu.

— Vous cherchez du tulle, sans doute ? Je ne vous recommande pas les volants, vous êtes trop grand. Mais peut-être un peu de dentelle sur la poitrine ?

Il sourit, et de petites rides apparurent au coin de ses yeux.

— Je crains de ne pas trop aimer la dentelle. Mon valet a tendance à amidonner les cols, et je n'ose imaginer la torture que représenterait une chemise de dentelle pour la peau délicate de mon cou.

— Nous nous contenterons donc d'un ruban ou deux, répondit Helaine en riant.

— Dans les cheveux ? Alors, je veux un gros nœud en velours, pour les empêcher de retomber devant mes yeux.

— Ce sera très bien.

Lord Redhill portait des vêtements aux lignes sobres et masculines. L'idée de l'affubler de fanfreluches comme un dandy la fit sourire. C'était la première fois qu'elle pouvait plaisanter ainsi avec un gentleman, surtout aussi troublant que lui.

— Puis-je vous offrir une tasse de thé, monsieur ? J'ai un nouveau mélange. Il est apparu dans ma cuisine l'autre jour, je ne sais comment.

— Quelle chance ! Si nous passions dans la cuisine pour le préparer ?

Helaine s'enflamma à cette pensée, envahie par le souvenir de ce qui s'était passé la dernière fois. Soudain, elle redevenait aussi stupide qu'une écolière, incapable de prononcer une phrase cohérente.

— Helaine ?

— Il me semble que ma mère est en train de préparer du thé pour Penny. Elle en fera sûrement pour nous aussi. À moins que vous ne vouliez que je monte lui dire...

— Non, non ! Ne partez pas. Il faut que je vous parle. Asseyez-vous, ajouta-t-il en désignant un fauteuil face à lui.

Il l'invitait à s'asseoir dans son propre salon, mais le geste n'avait rien de choquant. Lord Redhill possédait cet air de tranquille assurance qui lui permettait de commander en n'importe quel lieu.

Elle prit place dans le fauteuil en s'efforçant de masquer sa nervosité.

— C'est étrange. Je ne vois pas de quoi vous pouvez vouloir discuter avec moi.

— En fait, Helaine, je suis venu vous demander conseil.

— Vraiment ? Je ne comprends pas.

— Je vais vous expliquer. Mon père a acheté une mine de charbon qui me cause des problèmes. J'ai dû la fermer afin d'effectuer des réparations urgentes. Vous n'imaginez pas les dangers que ces gens courent chaque jour. Je suis descendu une fois avec les mineurs, et nous avons été pris dans un éboulement. C'était horrible.

— Vous avez été pris dans un éboulement ?

— J'étais du bon côté, et j'ai eu de la chance, je n'ai pas été blessé. J'ai juste fait quelques cauchemars par la suite.

— Je l'imagine sans peine.

— J'aimerais pouvoir me vanter et vous raconter comment j'ai secouru les mineurs en risquant ma vie, mais en réalité tout est allé très vite. Lorsque la poussière est retombée, nous avons tous couru comme des fous vers la sortie. C'est seulement quand tout a été fini que j'ai eu peur, rétrospectivement. J'étais terrifié, je peux vous le dire.

— Il y avait donc des hommes avec vous ?

— L'ancien directeur, que j'ai licencié sur-le-champ. Le nouveau, qui m'a aidé à sortir.

Helaine l'observa attentivement. Il lui racontait cela comme si c'était un incident banal. Cependant, il aurait pu être tué dans l'effondrement de la mine.

— C'est horrible, chuchota-t-elle.

— Le plus horrible, ce sont les conditions de travail des mineurs. Mon problème, c'est cela.

Elle était sur le point de le questionner lorsqu'ils furent interrompus. Comme prévu, sa mère leur avait fait du thé et elle descendait avec le plateau, les yeux brillants de curiosité. Helaine se leva pour prendre le plateau, tandis que sa mère souriait à lord Redhill. La jeune femme comprit en une fraction de seconde qu'elle allait avoir un problème. Sa mère avait revêtu sa plus belle robe, et refait son chignon comme autrefois. Elle tendit la main à lord Redhill, recouvrant d'instinct l'allure impérieuse de la comtesse qu'elle avait été dans ses jeunes années.

Mais elle n'était plus comtesse, et les deux femmes avaient changé de nom afin de cacher leur identité. Néanmoins, il suffit à Helaine de lancer un seul coup d'œil à sa mère pour comprendre que celle-ci ne pourrait garder le secret très longtemps. C'était la première fois depuis des années qu'elles recevaient la visite d'un aristocrate.

— Bonjour, lord Redhill. Comme il est aimable à vous d'avoir envoyé ce thé à ma fille. J'en ai préparé pour que vous puissiez le goûter. J'avoue que c'est un excellent choix. Il est très revigorant.

Sa mère s'interrompit un bref instant, ce qui permit à Helaine de faire les présentations comme elle l'entendait.

— Lord Redhill, permettez-moi de vous présenter ma mère, Mme Appleton.

Appleton était le nom de jeune fille de sa mère, et elle espéra que celle-ci se souviendrait qu'elle n'était plus lady Chelmorton. L'ancienne comtesse s'assit en souriant dans le fauteuil que sa fille venait de libérer, l'obligeant à prendre place dans le canapé à côté de lord Redhill.

— Quelle belle journée, n'est-ce pas ? dit-elle en faisant signe à Helaine de servir le thé. L'été approche. Helaine me le faisait justement remarquer l'autre jour.

Lord Redhill s'engagea tout naturellement dans une conversation mondaine, comme il l'aurait fait avec la mère d'une débutante lors d'une réception. Helaine s'efforça de participer, faisant une ou deux remarques anodines. Elle était sur des charbons ardents, craignant à tout moment que sa mère ne commette une bévue, mais contente également que celle-ci puisse retrouver un instant ce qui avait été autrefois sa vie normale. L'espace d'un après-midi, elle redevenait comtesse, devant une tasse de thé. Lord Redhill, de son côté, ne semblait pas trouver bizarre de prendre le thé avec la mère d'une couturière.

Enfin, sa mère fit mine de regarder l'heure et se leva.

— Je suis désolée, monsieur, j'ai laissé Penny seule en haut avec ce garnement, et elle doit avoir besoin d'aide. Je vous prie de m'excuser.

Lord Redhill se leva et s'inclina.

— Ce fut un plaisir, madame Appleton. J'espère pouvoir passer plus souvent vous rendre visite.

— Bien sûr, bien sûr. Veuillez m'excuser.

Sur ce, elle s'éclipsa, laissant la porte de l'escalier entrouverte, comme l'aurait fait un chaperon s'absentant un bref instant du salon.

Helaine poussa un soupir de soulagement. Sa mère n'avait pas vendu la mèche. Mais elle tressaillit en se tournant vers lord Redhill. Elle aurait dû se douter qu'il était trop malin pour ne pas avoir compris. S'il ne savait toujours pas qui elle était, il avait deviné qu'elle était de bonne naissance.

— Monsieur… commença-t-elle, sans savoir elle-même ce qu'elle allait dire.

Il posa ses yeux bruns sur elle, et les mots moururent sur ses lèvres. Il savait. Son expression était neutre, mais une lueur brillait dans ses prunelles. Il ne dit rien, et elle non plus. Sa panique était telle qu'elle ne trouvait plus sa voix.

— Votre mère est adorable, mais elle paraît triste, commenta-t-il enfin. Comme si elle avait perdu quelqu'un. Puis-je vous demander ce qui est arrivé à votre père ?

— Il est parti, murmura-t-elle. Il y a des années de cela.

— Je suis désolé. Comment est-il mort ?

— Il n'est pas mort. Simplement parti. Nous ne savons pas où il se trouve. Il a… disparu.

Lord Redhill écarquilla les yeux, perplexe.

— Mais qu'est devenu son argent ? Ses revenus ?

Les revenus du domaine ? Le grand-père de Helaine, aussi imprévoyant que son fils, n'avait jamais complété les documents pour rendre le domaine inaliénable. Si bien que toutes les terres avaient été vendues avant le quatorzième anniversaire de la jeune fille. À l'époque, Helaine avait trouvé cela très amusant. Ils avaient quitté le vieux château délabré pour s'installer dans un logement londonien. Mais, sans les revenus de la propriété, l'argent n'avait pas tardé à s'épuiser. Un an après le départ de son père, les créanciers tambourinaient à leur porte.

— Nous n'avons rien, en dehors de ce que je gagne ici.

Il balaya la petite boutique du regard, avec la tapisserie qui commençait à jaunir et le mobilier bon marché.

— Vous avez traversé de mauvais moments, n'est-ce pas ?

Elle baissa les yeux, sentant les larmes lui brûler les paupières. Pourtant, les choses n'allaient pas trop mal. La commande de lady Gwen les aiderait à passer l'hiver. Ce n'était pas le moment de se mettre à pleurer.

Lord Redhill lui caressa la joue, écrasant sous son pouce une larme qui s'était échappée. Elle s'écarta.

— Pardonnez-moi, dit-elle. J'ai eu une journée éprouvante.

Il n'insista pas, mais ne recula pas non plus, laissant retomber sa main qui se posa naturellement sur le siège, à côté de la sienne. Leurs doigts ne se touchaient pas, mais le moindre mouvement les aurait rapprochés.

— Non, c'est moi qui vous demande pardon. Je pense vous avoir dérangée plus que je ne l'aurais voulu. Vous avez une boutique à faire tourner, et je viens prendre le thé et bavarder avec votre mère.

— Comme vous le constatez, la boutique ne désemplit pas, répondit-elle avec un petit rire de dérision. Les dames font la queue devant la porte.

Malheureusement c'était faux, et elle n'avait pas de rendez-vous prévu dans les prochains jours. Dès l'instant où les vendeurs de fournitures leur avaient refusé le crédit, elles s'étaient trouvées dans une spirale descendante. Cela les avait obligées à demander des avances aux clientes, dont beaucoup étaient alors parties se servir ailleurs. Helaine espérait que le trousseau de Gwen serait si réussi que cela leur attirerait une nouvelle clientèle.

— Autorisez-moi à vous emmener dîner quelque part, dit le vicomte. Nous pourrons discuter tranquillement.

— Ce ne serait pas convenable, monsieur.

— Je ne peux vous parler de ce que j'ai en tête avec votre mère au-dessus, et quelqu'un dans l'arrière-boutique qui peut surgir à tout moment.

De fait, Wendy n'était pas dans l'atelier, ce qui était tout à fait exceptionnel.

— Je vous en prie, reprit-il. J'ai besoin de vos conseils.

— Je ne vois pas comment je pourrais vous aider. Vous parliez d'une mine ?

— En effet, c'est assez spécial. C'est pourquoi j'aimerais de la discrétion.

Helaine scruta ses traits. De toute évidence, il tentait encore de la séduire, mais d'une façon pour le moins originale. Il voulait discuter avec elle d'une mine de charbon !

— Je connais une auberge. Nous ferons un excellent repas, en bavardant à notre aise. C'est tout. À dix heures au plus tard, je vous ramènerai chez vous.

— Cela ne me paraît pas bienséant.

— Bien sûr que non. Un futur comte demandant conseil à une couturière ? Seigneur, si cela se savait, je serais la risée de Londres ! Mes clubs me banniraient et les gens me cracheraient dessus.

Helaine ne put réprimer un sourire.

— Mon Dieu. Je suis étonnée que vous ne vous soyez pas mis un sac sur la tête pour éviter d'être vu entrant dans ma boutique !

— J'y ai songé, croyez-moi. Mais je craignais que vous ne m'interdisiez d'entrer.

— Et vous aviez raison. Heureusement pour vous, Tommy a refusé de vous lâcher la main.

— Brave petit Tommy. Et grâce au Ciel, vous êtes une personne compréhensive et généreuse. Vous ne soufflerez mot à qui que ce soit de ce que je vais vous confier. Et vous me permettrez de vous offrir un bon repas pour vous remercier de vos conseils avisés.

— Mais…

— Je vous en prie, Helaine. Ne m'obligez pas à vous supplier. S'il me voit, de là-haut, mon grand-père doit déjà se retourner dans sa tombe.

Elle se sentit céder, charmée par son expression désespérée et par ses manières exquises. De plus, il venait d'offrir à sa mère vingt minutes de bonheur en prenant le thé avec elle. Tout cela plaidait fortement en sa faveur. Enfin, elle avait très envie de savoir quel genre de conseil il allait lui demander. Cependant, elle hésitait encore.

— J'ai beaucoup à faire ce soir. J'apprends à faire moi-même ma comptabilité, et cela exige du temps. J'ai également de la correspondance et, de plus, Penny est arrivée chez nous.

Les yeux brillants d'espoir, il lui prit la main.

— À quelle heure ma voiture peut-elle passer vous chercher ? Votre comptabilité finie, vous prendrez un repos bien mérité devant un bon repas, avec un compagnon agréable.

Helaine se mordit les lèvres tout en réfléchissant. Il lui fallait le temps de finir ses comptes, de prendre un bain, de se coiffer. Et de sortir sa plus jolie robe. Ce n'était pas une robe de bal. Juste une robe pour le soir et… pour séduire.

Elle avait envie de dîner avec lui. Envie d'être courtisée. De rire, de bavarder, de discuter de cette mine de charbon. Et même s'il ne le faisait que dans l'espoir de coucher avec elle, elle ne serait pas obligée de lui dire oui. Il n'était pas du genre à la forcer si elle refusait ses avances. Sa vertu n'avait rien à craindre.

— Dans trois heures, dit-elle.

— Trois heures ?

— J'ai beaucoup de comptabilité.

— Bien sûr, concéda-t-il avec un signe de tête. Je ferai en sorte que le dîner soit excellent, pour vous récompenser d'un travail aussi ardu.

Il se leva et s'inclina en lui prenant la main. Elle le laissa faire, s'abandonnant au plaisir d'être courtisée, comme si elle était encore lady Helaine.

— Trois heures, Helaine. Pas une minute de plus.

— Je ne vous ferai pas attendre une seconde.

Il sortit.

Pendant un moment, Helaine repassa en esprit les événements de la journée. Puis elle songea à la soirée qui s'annonçait, et éprouva un délicieux frisson. Le bon sens essaya bien de refaire surface, mais elle le repoussa sans pitié.

Une minute plus tard, elle se plongeait dans ses registres. Les chiffres l'aidèrent à chasser de son esprit toute considération rationnelle ou morale.

11

Robert quitta la boutique l'esprit en ébullition. Il savait qui elle était ! Il connaissait sa véritable identité, et cela changeait tout. Elle était lady Helaine, fille de Reginald Talbott, comte de Chelmorton, alias le Voleur de la bonne société. Le scandale remontait à cinq ans, mais il s'en souvenait. Tout le monde n'avait parlé que de cela pendant une saison au moins.

L'homme avait dérobé de l'argent aux militaires. Robert avait oublié les détails, mais le délit était abominable. Voler de l'argent aux soldats qui partaient se battre si loin de leur pays ? Nombreux avaient été ceux qui auraient aimé le voir pendu. Mais Talbott était comte, même s'il ne faisait pas partie des meilleurs. Le père de Robert l'avait un jour traité de bouffon, ce qui dans sa bouche était une terrible insulte.

Robert regretta sa plaisanterie au sujet des clubs qui le banniraient, des gens qui lui cracheraient au visage. Son père avait certainement subi ce sort cruel. Et Helaine n'avait pas dû être épargnée.

Donc, ce point étant éclairci, il savait qu'elle avait reçu l'éducation d'une dame de qualité. Elle se comportait comme telle, de même que sa mère. Rien d'étonnant à ce que celle-ci ait l'air aussi triste. Elle avait tout perdu, après avoir épousé un imbécile.

Il ignorait comment l'affaire s'était terminée. Le comte avait disparu, la question de son châtiment avait été enterrée sous d'autres problèmes, et plus personne n'avait entendu parler des Chelmorton. Cinq ans plus tard, il venait de retrouver la fille, Helaine. Une couturière de talent, qui survivait difficilement dans un logement au-dessus de sa boutique. Et sa pauvre mère passait le temps en rêvant de sa gloire passée. Elle ne pouvait même pas se remarier, puisque son mari avait disparu mais n'était pas mort.

La fille, devenue commerçante, ne pouvait se présenter sous sa véritable identité. Son nom eût-il été connu, personne n'aurait fréquenté sa boutique. Donc, elle s'était inventé un nom. Et pour tenir à distance les gredins dans le genre de Johnny Bono, elle s'était aussi inventé un protecteur. Lord Metzger était un ami proche du comte. Il avait fait ce qu'il pouvait pour protéger sa fille. Mais quel était le prix à payer, maintenant ? Elle ne pouvait plus se marier, et de toute évidence n'était pas faite pour la vie de courtisane. En revanche, elle avait du talent pour dessiner des robes.

Il éprouvait une admiration sans bornes pour Helaine. Elle avait de l'énergie, et était plus forte que n'importe quelle femme de son rang. Et la passion qu'il ressentait pour elle était proche de la folie.

Plus il en apprenait sur elle, plus il la désirait. Cependant, son honneur lui interdisait de coucher avec elle. Helaine était la fille d'un comte. Comment aurait-il pu entreprendre de la séduire ? Il aurait débauché une innocente.

Mais il avait beau se dire qu'il devait renoncer, il était incapable de s'y résoudre. Si Helaine ne pouvait se marier, elle devait vivre dans la chasteté, ou bien devenir la maîtresse d'un homme.

Apparemment, elle avait opté pour la chasteté, c'est-à-dire une vie froide et vide. Mais pourquoi ne pas lui proposer de devenir sa maîtresse ?

Elle avait été élevée comme une dame de haut rang, mais sa condition avait changé et cela ouvrait toutes les possibilités...

Un homme honorable aurait renoncé. Mais Robert devait ressembler à son père plus qu'il ne le pensait. Car il avait l'intention de coucher avec elle. Dès ce soir.

Helaine se prépara avec autant de soin que pour son premier bal. Elle n'en avait d'ailleurs connu qu'un seul, lors de l'entrée dans le monde d'une de ses amies de pension. Sa mère et elle avaient dû économiser sur tout afin d'acheter la robe. Helaine l'avait dessinée elle-même, et elle avait été cousue par une Wendy encore très jeune. C'était cette robe qui avait donné l'idée à la jeune couturière d'ouvrir un atelier de mode, mais à l'époque, Helaine ne le savait pas. Ce soir-là, sa mère l'avait coiffée à la perfection et son père l'avait escortée. Helaine avait dansé toute la nuit.

Cela avait été la plus belle soirée de sa vie. Pourtant, ce soir elle se sentait encore plus excitée et plus audacieuse que jamais. Peut-être était-ce à cause du désespoir qu'elle sentait poindre dans son cœur. Après tout, elle était consciente de franchir un pas. Qu'elle devienne ou non la maîtresse de lord Redhill, sa vertu serait perdue. Elle allait passer la soirée en tête à tête avec un gentleman. Sans chaperon, sans raison valable.

N'osant pas croiser le regard de sa mère, elle demanda à Penny de l'aider à se coiffer, puis s'esquiva le plus vite possible. Quand la voiture s'arrêta devant la porte, elle sortit sans un au revoir.

Devançant son valet de pied, lord Redhill descendit lui-même lui ouvrir la portière. Elle grimpa à l'intérieur, en proie à une immense nervosité, mais dès qu'elle vit son sourire elle sut qu'elle ne regrettait pas sa décision. Ils étaient tous deux aussi surexcités que deux enfants se faufilant dans l'escalier de service pour aller chiper des friandises à la cuisine. Cette image l'aida à se détendre.

Le carrosse était superbe et confortable, avec de profondes banquettes de velours. Une agréable odeur de cèdre régnait dans l'habitacle, muni de briques chaudes et de plaids pour réchauffer les voyageurs.

Lord Redhill lui offrit une tasse de vin chaud.

— L'auberge sert du bon vin, mais celui-ci est particulier. J'ai aussi de l'alcool plus fort, si…

— Non, non. C'est excellent. Merci, dit-elle en prenant la tasse de ses doigts gantés.

Le vicomte portait un habit de soirée qui mettait sa carrure en valeur, et dont les tons marron faisaient ressortir ses yeux et ses cheveux. Une émeraude était piquée dans sa cravate de soie blanche. Il avait l'élégance d'un aristocrate, et était d'une beauté à couper le souffle.

Étourdie, Helaine se mordit les lèvres. Combien de fois avait-elle rêvé d'un moment comme celui-ci ? De se retrouver dans un carrosse avec un homme de son rang ? Bien sûr, elle imaginait une situation beaucoup plus respectable, mais tant pis.

Elle avala une gorgée de vin et ferma les yeux pour mieux savourer l'instant.

— Cela vous plaît ?

Il lui fallut quelques secondes pour comprendre qu'il parlait du vin.

— C'est parfait. Où allons-nous ?

— À l'*Auberge du Cheval noir*. J'y séjourne de temps en temps, quand je ne supporte plus ma famille.

— Non ! s'exclama-t-elle, les yeux élargis de surprise.

— Mais si. La première fois, je venais juste d'avoir dix-sept ans. J'avais passé des heures à discuter avec le régisseur du domaine, et je savais qu'une énorme pile de courrier m'attendait sur mon bureau, à Londres. Aussi, j'ai décidé de m'arrêter à l'auberge, et j'y ai passé une excellente nuit.

— Qu'avez-vous fait ?

— J'ai lu, pris un bain, rêvé de femmes merveilleuses, puis je me suis endormi.

— Je ne vous crois pas. À dix-sept ans, vous deviez être encore en pension.

— En effet.

— Comment auriez-vous pu voir le régisseur et régler les factures ? Vous étiez trop jeune.

— Pas du tout. Depuis l'âge de douze ans, mon père me convoquait régulièrement dans la bibliothèque, pendant les vacances, pour me donner de nouvelles responsabilités. Pour commencer, il m'a confié la gestion de la cave à vin. Il soupçonnait le majordome de nous voler des bouteilles, et voulait que je règle ce problème.

— Le majordome était coupable ?

— Grands dieux, non. Mon père oubliait simplement ce qu'il buvait chaque soir. Mais ma mère me félicita pour les excellents crus que j'achetais, et Dribbs lui-même trouva ma gestion de la cave judicieuse. En fait, je pense qu'il était surtout soulagé de ne plus être soupçonné de vol.

— Et vous n'aviez que douze ans ! Vous deviez être particulièrement doué…

— Non ! protesta-t-il en riant. Mais mon père était si nul qu'il aurait été difficile de ne pas faire mieux que lui.

— Que vous a-t-il confié, l'année suivante ?

— Les moutons du domaine, je crois.

— Quel travail !

— Cela m'amusait. Je me sentais important, quand j'arpentais le domaine en donnant des ordres. Mais vers l'âge de dix-sept ans, mon enthousiasme s'est émoussé. Je me suis mis à détester les vacances. Et vous, que faisiez-vous à cet âge-là ?

— Oh, rien de bien excitant. Je dessinais, la plupart du temps. Des choses très compliquées.

— Des paysages ? Des gens ?

— Non, des vêtements. Des robes trop extravagantes pour être portées. Des habits de cour avec des dentelles, des volants, des pierres précieuses, des plumes d'oiseaux exotiques. J'en ai même imaginé une toute en feuilles d'or.

— De l'or ! Ce doit être trop lourd et vous empêcher de respirer.

Helaine sourit sans répondre. L'or était-il lourd ? Elle n'en avait jamais tenu entre ses mains. Elle se rappelait seulement avoir joué une fois, avec une pièce d'une guinée.

Le vicomte rit dans l'obscurité.

— Ce sont des rêves de jeunesse, enchaîna-t-il. Moi, je rêvais de diriger un hôpital dans lequel toutes les maladies seraient guéries en l'espace d'une heure, grâce à des remèdes miraculeux.

— Vous vous imaginiez sous les traits d'un médecin savant, chaleureusement remercié par ses patients une fois guéris ?

— C'est cela. Enfant, je voulais être un médecin brillant et admiré. À l'adolescence, j'admets avoir rêvé de la reconnaissance de belles patientes. Dans mes rêves, j'avais la musculature et la vigueur d'un dieu grec.

Helaine éclata de rire, charmée par sa franchise. Ils n'auraient jamais pu discuter ainsi en présence d'un chaperon.

— Les divinités grecques aimaient les plaisirs sensuels, il me semble !

— Les déesses autant que les dieux. Je me souviens d'avoir essayé d'expliquer à ma mère qu'il y a beaucoup de similarités entre Athéna et Aphrodite. En vain.

— Votre mère n'est pas une femme passionnée comme Gwen ?

— Ma mère a tant de mal à affronter chaque journée qu'elle renonce parfois à se lever.

— Il lui faudrait des petits-enfants. Vous verriez le changement, alors.

— Gwen devra s'en charger ! J'ai suffisamment de tâches sur les épaules, je ne peux en supporter davantage.

C'était un mensonge, naturellement. Helaine l'avait vu jouer avec Tommy, et elle savait qu'il avait envie d'avoir une famille.

— Vous aurez forcément des enfants un jour. Pour transmettre le nom, et ce genre de choses.

— Oui, répondit-il en soupirant, assombri. Ce genre de choses.

Helaine eut le sentiment d'avoir gâché leur bonne humeur. Elle avait juste fait une remarque sur le sort inévitable des hommes comme lui. Le mariage, des enfants, de nouveaux aristocrates pour remplacer l'ancienne génération. La lignée perpétuée.

Mais cela impliquait qu'il ait une épouse. Et ce ne pourrait jamais être elle. Cette idée la rendit maussade, mais cela n'expliquait pas le soudain silence du vicomte. Elle n'osa le questionner, mais il reprit la parole, à mi-voix :

— Puis-je vous confier un secret, Helaine ?

— Bien sûr.

— Quand je pense aux enfants, je me souviens aussitôt de ces matinées de vacances. Je me revois, les yeux fixés sur les piles de documents entassés sur mon petit bureau, dans la bibliothèque. Il y en avait tant que j'étais obligé de les poser sur le sol pour pouvoir écrire.

— Vous étiez trop jeune. Vous ne feriez pas cela à votre fils, si vous en aviez un.

— Mais, un jour, le fardeau passerait sur ses épaules, dit-il dans un nouveau soupir. Parfois, je crains de mourir étouffé sous ces dossiers. Je me dis que personne ne s'apercevrait de mon absence avant de longs mois.

— Ne soyez pas ridicule. Les domestiques remarqueraient l'odeur au bout de quelques jours.

Un instant déconcerté par la remarque, il finit par éclater de rire.

— Vous avez raison. Il ne leur faudrait pas si longtemps pour me retrouver.

— Une semaine, tout au plus.

Il rit encore, et ajouta :

— Voilà ce que j'aime chez vous, Helaine. Vous me faites rire au moment où je m'y attends le moins.

Il était évident qu'il ne retirait aucune satisfaction de son travail de gestion, et elle comprenait fort bien ses sentiments. Après tout, elle n'aimait pas faire la lessive, ni apprendre la comptabilité. Mais certaines tâches devaient être accomplies, et elle n'avait pas de domestique pour s'en charger à sa place. Si les journées de lord Redhill étaient entièrement occupées par ces horribles corvées, la vie de vicomte n'était pas plus enviable que celle de valet ou de femme de chambre.

Elle lui prit la main. Malgré les gants, elle eut l'impression de s'enflammer à son contact.

— Vous peignez un tableau bien sombre, monsieur le vicomte. Votre vie ne peut être aussi sinistre que vous le dites.

Il posa sa main sur la sienne. C'était un geste trop intime, elle aurait dû le repousser. Mais elle n'en fit rien.

— Non, ce n'est pas si terrible. Surtout à cet instant, alors que je discute avec une très belle femme, et qu'un bon dîner nous attend.

Le carrosse ralentit. Ils étaient arrivés. Helaine vit à travers la vitre un bâtiment au charme vieillot, aux abords de la ville.

Le valet vint ouvrir la portière et l'aida à descendre. Elle fit un pas dans l'obscurité, sentant le vent soulever ses boucles. Sa robe était trop légère pour la saison, et elle frissonna. Mais aussitôt lord Redhill la rejoignit, lui faisant un rempart de son corps pour la protéger de la bise mordante. Ils pénétrèrent dans la salle, où l'aubergiste les reçut avec un sourire avenant.

— Tout est prêt, monsieur, dit-il en s'inclinant devant le vicomte. J'ai même trouvé les amandes que vous m'avez demandées.

— Des amandes ? s'exclama joyeusement Helaine. Je n'en ai jamais mangé, mais mon père les adorait. Elles viennent d'Inde, n'est-ce pas ? Il disait…

Elle se tut brusquement en se rappelant ce que son père disait. Il prétendait que les amandes étaient un fruit aphrodisiaque, et qu'il les avait découvertes dans une maison close. Elle n'était pas censée entendre cela, mais il avait tellement bu qu'il ne s'était pas rendu compte qu'il parlait à sa fille.

— Je les aime aussi, surtout lorsqu'elles sont grillées, remarqua lord Redhill. Je serai très heureux de vous les faire goûter pour la première fois.

Helaine rougit et détourna les yeux. Les amandes coûtaient une fortune. Mais elle ne dit mot, et l'aubergiste les fit entrer dans une salle confortable. Un feu crépitait dans la cheminée, et la table était mise pour deux. Un large canapé couvert de coussins occupait un pan de mur. Ils se débarrassèrent de leurs manteaux, et le vicomte lui prit la main tandis que l'aubergiste s'éclipsait discrètement.

Helaine fut parcourue de frissons en découvrant l'atmosphère intime de la pièce. Avant la fin de la soirée, elle se retrouverait dans les bras du vicomte. Mais alors même que cette pensée redoutable lui traversait l'esprit, elle cherchait des arguments pour rester tout de même. Quel mal y aurait-il à lui accorder un baiser ? Ou même plusieurs ? Sa réputation étant déjà détruite, cela n'avait plus aucune importance.

Robert la fit asseoir dans le canapé près du feu. Il n'eut aucun geste déplacé, pourtant le cœur de Helaine battait à tout rompre.

— Aimeriez-vous un autre verre de vin ? demanda-t-il.

— Oui, s'il vous plaît.

Il emplit deux verres et vint s'asseoir à côté d'elle.

— Il n'est pas exceptionnel, mais pas mauvais non plus, commenta-t-il en trempant les lèvres dans le liquide rouge.

— Très bon, dit Helaine distraitement.

— Je vous trouve nerveuse, Helaine. Que puis-je faire pour vous aider à vous détendre ?

La jeune femme sourit, et avala une longue gorgée de vin. Puis elle le dévisagea, détaillant les traits de son visage noble. Un nez parfait, des mâchoires fermes, et une certaine douceur dans le regard.

— Vous me faites penser à un cerf que j'ai vu un jour dans la forêt, dit-elle tout à coup. Il se tenait au loin, surveillant les alentours pendant que sa famille paissait derrière lui. Il était imposant, avec ses bois immenses. Puissant. Je suis sûre que c'était la famille de cerfs la plus heureuse d'Angleterre.

Lord Redhill cligna les paupières, éberlué. Elle voulut boire de nouveau, mais il lui prit la main, écartant le verre de ses lèvres.

— Je pense que nous devrions dîner, à présent.

Helaine posa les yeux sur la main large et robuste qui lui tenait le poignet. Il aurait pu lui briser les os d'une seule pression des doigts. Pourtant, elle n'avait pas peur de lui. Elle n'aurait pu en dire autant des autres hommes qu'elle connaissait. Son père lui-même devenait parfois violent quand il avait bu. Il tapait du poing contre les meubles, lançait les bouteilles vides à travers la pièce. Elle avait appris très tôt qu'il ne fallait pas l'approcher dans ces moments-là.

— Buvez-vous plus que de raison, parfois ? demanda-t-elle en regardant sa main.

— Il m'est arrivé de rentrer chez moi en titubant. Mais c'était il y a des années. La plupart du temps, c'était à moi qu'il revenait d'appeler les voitures pour mes amis et de leur tenir la tête pendant qu'ils… enfin, vous voyez.

— Oui, je comprends, répondit-elle en gloussant. Le valet de mon père s'en chargeait, jusqu'au jour où il a préféré quitter la maison. Ensuite, cette corvée incomba à ma mère. Puis il ne resta plus personne.

— Parce qu'il était parti ?

— Oui. Mais il est parti un nombre incalculable de fois, et il revenait au moment où on ne s'y attendait pas. Parfois, j'ai l'impression que je vais monter et le trouver assis tranquillement dans le fauteuil, un verre de brandy à la main.

— Drôle de type.

— Il était aussi charmant, et savait me faire rire.

Lord Redhill sourit. Helaine s'aperçut trop tard qu'elle parlait trop. Le père d'une couturière ne pouvait avoir de valet.

Mais le vicomte reprit la parole comme si de rien n'était.

— Il est facile de faire rire les petites filles. Quand j'arrivais de l'école, je prenais ma petite sœur par les mains et je la faisais tournoyer autour de moi, si vite que ses pieds quittaient le sol. D'autres fois, je la soulevais dans mes bras. Je la serrais fort, mais elle se débattait. On ne dirait pas, mais elle a beaucoup de force. Je suis sûr que c'est pour cela qu'elle a choisi ce gringalet de baron comme époux. Il est grand, mais si maigre qu'elle doit penser qu'elle aura le dessus dans une bagarre.

— C'est terrible, de parler ainsi de sa sœur ! s'exclama Helaine, l'air horrifié.

— Oh, mais elle le dit elle-même. Ma sœur n'est pas une petite fleur fragile. Elle s'occupe de ma mère, et ce n'est pas une tâche aisée.

— Votre mère garde le lit ?

— Parfois. Quand ses migraines la font souffrir.

— Je suis désolée.

— C'est ainsi depuis que je suis enfant, répondit-il en haussant les épaules. Ma mère est fragile, mais ma sœur ne l'est pas.

— Votre père est peut-être un charmant gredin, mais vous non.

— Vous ne me trouvez pas charmant ?

— Je voulais dire que vous n'êtes pas un gredin. J'ai appris certaines choses sur votre père, le comte de Willington. Un drôle de gaillard, à ce qu'on dit. Il paraît qu'il achète des affaires ridicules que vous parvenez, contre toute attente, à rendre rentables.

— Vous êtes très bien informée.

— C'est vous qui me l'avez dit lors de notre première rencontre. De plus, j'écoute votre sœur. Gwen vous aime beaucoup.

— Même si elle me trouve despotique ?

— Oui.

Lord Redhill émit un grognement sourd.

L'aubergiste entra pour leur servir le dîner, interrompant la conversation. Il posa devant eux un plat de cailles sur un lit de pommes de terre, et des pommes au four recouvertes de sucre. Pour Helaine, c'était un festin. Lord Redhill lui sourit, comme s'il savait que ce repas était exceptionnel pour elle.

L'aubergiste plaça un autre plat sur la table, et en souleva le couvercle. Un délicieux arôme de ragoût de bœuf s'en échappa. Puis le patron de l'auberge se retira, et le vicomte prit la main de Helaine pour l'escorter jusqu'à la table. Il lui servit un nouveau verre de vin, et s'assit face à elle.

— Mais où sont les amandes ? s'enquit-elle.

— Elles seront servies après le dîner, si vous avez encore faim.

Le regard de la jeune femme se posa sur les flammes. Il y avait un large espace devant la cheminée. Il serait facile de disposer des coussins sur le sol pour s'y allonger. Elle avait vu son père faire cela un jour, avec une femme qui n'aurait pas dû se trouver chez eux.

Ses yeux revinrent se fixer sur lord Redhill. Pourrait-elle faire cela avec lui ? S'allonger devant le feu et parler à mi-voix ? En profiterait-il pour l'embrasser ? Lui caresserait-il le visage ?

— Vous avez tout organisé, dit-elle.

— Il paraît que je suis doué pour ça.

— Oui, reconnut-elle en sentant ses joues s'enflammer. Je suis sûre que cela fait partie des choses que vous faites le mieux.

Il ouvrit la bouche pour répondre, mais aucun son ne franchit ses lèvres. Puis il la servit, et se mit à bavarder de choses et d'autres. La préparation des plats, une anecdote amusante au sujet de Gwen, la première fois qu'elle avait mangé des cailles. Il la fit même rire de bon cœur en lui décrivant les plats abominables qu'on leur servait en pension.

Quand le repas fut terminé et les plats retirés de la table, lord Redhill lui prit la main et l'entraîna devant la cheminée. Là, il disposa deux gros coussins sur le sol.

— Je trouve cela plus confortable que le canapé, dit-il. J'aime pouvoir étendre les jambes après un repas. De plus, il est plus facile de faire griller les amandes ici, ajouta-t-il en prenant un plat posé près du feu.

— Mais je n'ai plus faim. Je ne pourrai rien avaler de plus, protesta Helaine.

— Ah, mais nous n'avons même pas commencé à parler. Vous aurez peut-être de nouveau faim dans une heure.

— Une heure ! Mais de quoi voulez-vous parler pendant tout ce temps ?

— De ce que vous voulez, Helaine. Venez donc vous asseoir près de moi. Cela m'évitera de me tordre le cou pour vous regarder.

Que pouvait-elle répondre à cela ?

— Bien sûr, monsieur.

— Il faut m'appeler Robert.

Elle acquiesça d'un signe de tête, en s'asseyant.

— Dites-le, Helaine. Je vous en prie, dites-le.

Elle plongea son regard dans le sien. Ils étaient assis côte à côte, sur le même coussin. Il glissa un bras derrière elle, l'attirant tout doucement contre lui. Ses lèvres étaient tout près des siennes.

— Quoi donc ? s'enquit-elle. Votre nom ?

— Dites oui.

12

À la torture, Robert attendit sa réponse. Il savait qu'elle avait envie de dire oui. Elle se pressait contre lui, et son parfum l'enivrait. Il lisait dans son regard le désir, l'excitation, et aussi une pointe de regret.

— N...

Il la fit taire d'un baiser. Le mot qui flottait sur ses lèvres fut étouffé. Alors il prit possession de sa bouche avec force.

Si Helaine voulait reculer, elle ne le pourrait pas. Il l'avait adossée à un fauteuil. D'un bras il l'enlaçait, de l'autre il la caressait voluptueusement. Quand il la tiendrait solidement entre ses bras, il n'aurait plus qu'à l'inciter à s'allonger sur le sol. Un coussin était là, prêt à la recevoir. Et lorsqu'elle serait sur le dos, tout se passerait selon son désir.

C'était son plan, et il comptait bien le mettre à exécution. Déjà elle s'abandonnait, ses bras se refermaient autour de lui. Mais pourquoi les levait-elle, tout à coup ? Elle aurait dû le serrer contre elle, et non étendre la main...

Elle lui agrippa les cheveux et tira. Il poussa un cri.

— Je suis désolée, dit-elle d'un air de parfaite innocence. Vous vous êtes cogné la tête ?

Elle le relâcha et croisa sagement les mains devant elle tandis qu'il se tâtait le crâne. Lui avait-elle laissé quelques cheveux, ou les avait-elle tous arrachés ? Apparemment, elle n'aimait pas être bousculée. Il faudrait qu'il en tienne compte à l'avenir.

— Vous vouliez me parler de quelque chose, enchaîna-t-elle. Votre mine, je crois ?

Robert soupira, reportant immédiatement ses pensées sur ce problème qui le tarabustait. En parler lui ferait du bien. Cela lui éclaircirait les idées, et meublerait la conversation en attendant qu'il l'embrasse de nouveau.

— J'ai reçu une lettre de Charlie, le directeur que j'ai nommé. J'ai peut-être fait une erreur en le choisissant. Il est trop jeune, les autres hommes ne le respectent pas.

— L'âge n'est souvent qu'une excuse. Je crois que les hommes font toujours ce qu'ils veulent, quelles que soient les circonstances.

Robert fronça les sourcils.

— C'est une attitude diablement cynique.

Elle haussa les épaules.

— Johnny Bono, par exemple, tentera de rouler n'importe qui. Homme, femme, jeune ou vieux. Tout ce qu'il veut, c'est entretenir son image d'homme puissant.

— À propos de Bono, jurez-moi que vous ne ferez plus jamais affaire avec lui.

— J'espère que je n'y serai pas contrainte. Quant à vos mineurs, essayez de comprendre quelles sont leurs intentions. Ensuite, trouvez un moyen d'utiliser ces intentions, ou alors renvoyez-les. Vous n'avez pas d'autre choix.

Robert se rembrunit, déconcerté par sa logique implacable. S'il n'avait pas été face à elle en ce moment, il aurait juré que ce genre de conseil ne pouvait émaner que d'un homme.

— Charlie m'écrit que l'ancien directeur incite les hommes à la révolte. Je comprends Hutchins, il voudrait récupérer son poste. Mais tout ce que je veux, c'est améliorer les conditions de travail des mineurs. Alors pourquoi se retournent-ils contre moi ?

— Ils ne sont pas contre vous, riposta-t-elle avec un ricanement bref. Vous êtes vicomte, et par conséquent vous ramenez tout à vous. Vous prenez des mesures logiques pour améliorer leur condition, et vous ne comprenez pas pourquoi tout le monde n'approuve pas vos idées.

— J'ai déjà procédé ainsi sans que cela pose de problème, dit-il en soupirant.

— Vous aviez l'argent et vous avez fait les choses à distance, sans y regarder de plus près.

Elle pencha la tête, et les flammes éclairèrent son visage, mettant en lumière les veines délicates de son cou. Sa peau était si claire qu'elle semblait transparente. Il n'avait jamais vu un aussi joli cou.

— Qu'est-ce qui a changé, monsieur ? Pourquoi cette affaire vous pose-t-elle plus de problèmes que les précédentes ?

Il était si absorbé par la contemplation de sa peau qu'il n'entendit pas sa question.

— Monsieur ? répéta-t-elle en le regardant avec insistance.

— Robert, corrigea-t-il machinalement.

— Très bien, Robert. Dites-moi la vérité. Êtes-vous vraiment inquiet pour la mine, ou était-ce juste une ruse pour me voir en tête à tête ?

— Oui, je suis inquiet.

— Et, oui, c'était une ruse. Je le savais. Mais si la mine vous inquiète aussi, soyez plus précis. Que font ces hommes pour que cela vous ennuie autant ?

— Certains ont vandalisé les équipements, expliqua-t-il dans un soupir. J'ai acheté de nouveaux chariots et des chevaux pour les tirer, mais quelqu'un a détruit les chariots neufs.

En temps normal, il aurait posté des gardes pour surveiller le matériel, le temps que les ouvriers acceptent les nouvelles conditions. C'est ce qu'il avait fait pour les autres sociétés que son père avait achetées. Les ouvriers finissaient par comprendre que leur travail s'en trouverait amélioré et par accepter les changements. Mais il n'avait pas l'argent nécessaire pour cela en ce moment. Et donc, il se trouvait dans l'obligation de devoir apaiser les vandales.

— Avez-vous engagé des gardiens ?

— J'ai demandé à Charlie de faire garder le site par quelques hommes. Mais je crains que les dégâts ne soient commis par les gardes eux-mêmes.

— Charlie ne peut-il les recruter en dehors de la ville ? Mais je suppose que l'arrivée d'étrangers au village envenimerait la situation…

Robert acquiesça, impressionné par la perspicacité de la jeune femme.

— Vous comprenez mon dilemme.

— Je sais ce que c'est de prendre une nouvelle affaire et d'essayer de comprendre les règles. Par chance, j'ai eu Wendy pour m'aider quand nous avons ouvert la boutique. Et vous avez Charlie. Que suggère-t-il ?

— De réembaucher les enfants, répondit Robert en grimaçant. Il pense que les chariots ont été détruits pour m'obliger à les reprendre.

— Dans ce cas, vous devriez l'écouter.

— Vous n'avez pas entendu ? Je vous ai parlé des conditions de travail abominables. Enverriez-vous votre enfant dans ce puits ? Ils ne voient jamais la lumière du jour et sont à la merci d'un éboulement ou d'un coup de grisou. J'ai déjà du mal à admettre que des femmes travaillent dans cette mine, mais y envoyer des enfants, c'est monstrueux !

Helaine ne répondit pas. Elle le regardait, la tête penchée de côté, ses cheveux lui caressant les épaules. Le regard du vicomte fut irrésistiblement attiré par la peau blanche de son cou et le délicieux renflement de ses seins.

— De combien d'argent disposez-vous, Robert ? Avez-vous des fonds suffisants pour convaincre ces gens ? Pour payer les enfants afin qu'ils aillent à l'école ?

— Non. Je n'ai pas cet argent.

— Dans ce cas, il va falloir faire des compromis, accepter que les changements ne soient pas mis en place tout de suite. Plus tard, vous pourrez renvoyer les enfants, un par un. Mais pas maintenant.

Elle avait mis le doigt sur le cœur du problème. Il n'était pas homme à accepter les compromis, surtout lorsque la santé de dizaines d'enfants était en jeu.

Il grimaça.

— Je déteste l'idée que des enfants descendent dans ce trou, insista-t-il en se laissant tomber contre le coussin qu'il avait placé là pour elle.

Les yeux fixés au plafond, il s'efforça d'oublier l'horrible galerie souterraine. Et soudain, il vit le visage de Helaine au-dessus de lui. Elle lui caressa la joue.

— Vous êtes un être despotique, sûr de vous et de votre importance. Mais vous êtes bon.

Il laissa passer quelques secondes, en se demandant s'il devait se sentir insulté ou non. Finalement, il décida qu'elle était trop belle pour se brouiller avec elle.

— Vous voulez bien m'embrasser, à présent ? Pour me faire oublier qu'à cause de moi, des petits enfants ne verront pas le soleil de la journée.

— Bien sûr, dit-elle en riant.

Elle se pencha, et lui déposa un baiser sur le front. Mais il s'était préparé et en profita pour glisser vivement une main sur sa nuque. Helaine voulut se dégager, mais il tint bon.

— Vous savez, lui chuchota-t-il à l'oreille, vous avez blessé mon orgueil d'aristocrate.

— Vraiment ? En disant que vous êtes despotique ?

— Et sûr de mon importance.

— Vous niez ?

— Bien sûr que non. Cela fait partie de mon héritage aristocratique. Je n'aurais pas droit au titre si je ne l'étais pas. Embrassez-moi.

— Vous voyez, vous m'ordonnez de…

Il ne lui laissa pas le temps d'en dire davantage et l'attira contre lui. Elle était au-dessus de lui, aussi il ne pouvait la dominer comme il l'aurait voulu. Mais il la taquina, la tenta, la caressa. Fou de désir, il finit par interrompre leur jeu, de peur de perdre le contrôle.

— Helaine.

Il la regarda, en caressant ses lèvres du bout de ses doigts. Parviendrait-il à la renverser sur le dos ?

Elle dut deviner ses intentions, comprendre qu'il se contrôlait à peine, car elle recula, affolée. Sa réaction aurait dû le refroidir, mais la distance lui permit au contraire de mieux la contempler. Il vit sa peau enflammée, ses mamelons dressés contre le tissu de sa robe, et lui prit le poignet pour la ramener près de lui.

— Vous devez bien savoir que c'est pour cela que je vous ai invitée ?

— Oui.

— Alors pourquoi fuyez-vous ?

Elle se mordit les lèvres, dans une expression puérile, visiblement déchirée entre son désir et le bon sens. Il voulait qu'elle cesse de s'interroger et choisisse.

— Je ne vous ferai pas mal, Helaine. Je sais comment initier une vierge à l'amour.

Elle blêmit et détourna les yeux, tremblante. Alors, il lui prit la main et la posa sur sa poitrine, contre son cœur.

— Vous le sentez ? murmura-t-il. C'est pour vous qu'il bat aussi fort.

Elle déglutit, mais n'articula pas un mot. Il fit descendre sa main le long de son buste. Elle était visiblement affolée, mais il ne la relâcha pas, et la curiosité finit par l'emporter sur la crainte.

— Oh ! s'exclama-t-elle en sentant la chaleur de son sexe à travers l'étoffe du pantalon.

Robert ne dit rien, en proie à un désir intense. Il aurait donné n'importe quoi pour pouvoir ôter ses vêtements, sentir les doigts nus de Helaine sur lui, pénétrer dans sa chaleur. En même temps, il aurait aimé ne plus bouger, ne jamais mettre fin aux délicieux tourments que sa main faisait naître.

— Je ne comprends pas... comment ça se passe, avoua-t-elle à mi-voix.

— Nous nous entendrons très bien, parvint-il à chuchoter, éperdu. Je vous le promets. Ce sera parfait.

Elle ne retira pas sa main, mais ses caresses ralentirent, puis cessèrent. Au bout de quelques secondes, Robert souleva les paupières et la regarda.

— Vous ne comprenez pas ? dit-elle doucement. Ce serait franchir un pas de façon irréparable. Je sais que ma réputation est déjà détruite. Je le sais, et pourtant un homme m'aimera peut-être un jour et voudra m'épouser. J'aimerais arriver vierge au mariage.

Robert hocha la tête. Il comprenait ce qu'elle disait, mais ses mots étaient en totale contradiction avec ses actes.

— Pourquoi êtes-vous venue ce soir ?

Elle eut un rire désespéré.

— Savez-vous depuis quand on ne m'a plus parlé d'autre chose que de robes, de tissus et de factures ? Je n'ai pas eu le courage de me refuser cette soirée avec vous. Mais cela ne veut pas dire que j'accepte d'être déflorée.

Elle retira sa main et la posa sur ses genoux d'un air de regret. Robert s'éclaircit la gorge et, au prix d'un effort considérable, tenta de mettre de l'ordre dans ses idées.

— Il faut que vous sachiez, Helaine, que vous pouvez faire beaucoup de choses sans perdre votre virginité.

— En plus de me laisser embrasser ? demanda-t-elle, les yeux élargis de surprise.

— Croyiez-vous qu'il n'y avait rien d'autre ? Un baiser, ou l'acte complet ?

— Je me posais la question, avoua-t-elle, le regard fixé sur le feu.

Il se souleva sur un coude pour mieux l'observer et lui caressa la joue. Ses gestes étaient lents, il ne la lâchait pas des yeux. Elle ne bougea pas, et il laissa ses doigts glisser sur ses lèvres. Sa bouche était entrouverte et il perçut son souffle sur son pouce. Sa main s'aventura le long de son cou, puis sur son corsage. Elle ne fit rien pour l'arrêter. Il prit un sein au creux de sa main, en caressa doucement le mamelon.

Helaine prit une inspiration en battant des cils. Sans s'en rendre compte, elle se cambra imperceptiblement, comme pour mieux s'offrir.

— Il y a tant de choses possibles, dit-il. Me faites-vous confiance ? Je vous donnerai du plaisir sans dérober votre innocence.

Elle lui agrippa le poignet, immobilisant sa main.

— Je crois que mon innocence est déjà en lambeaux.

La remarque le fit sourire.

— Il y a différents niveaux d'innocence, ne pensez-vous pas ? Quel âge avez-vous, Helaine ?

— Vingt-huit ans.

— Vous êtes trop vieille pour être naïve. L'homme qui vous aimera ne s'étonnera pas que vous ayez un peu d'expérience.

Elle repoussa sa main, mais la maintint entre les siennes, sur ses genoux.

— Ce n'est pas vrai, vous le savez.

Il réfléchit avant de répondre.

— Je pense qu'il y a d'autres choix, pour une femme, que de devenir une épouse ou une maîtresse. Vous en êtes la preuve. Vous êtes propriétaire d'une boutique. Et si vous choisissez d'expérimenter ce que la vie peut vous offrir, aucun homme ne devrait vous en tenir rigueur.

— Uniquement celui que j'épouserai peut-être un jour, chuchota-t-elle.

— Y a-t-il un homme dans votre vie ?

Il fut surpris par la panique qui s'empara de lui à cette idée.

— Personne. Mais j'aime penser que je trouverai l'amour un jour ou l'autre. C'est l'avantage de ne pas être fille de comte, ajouta-t-elle avec un sourire. Je peux épouser qui je veux. Choisir un homme parce que je l'aime.

Il était vrai qu'un mariage avec un homme de son rang était exclu. En revanche, en tant que Mme Mortimer, elle avait des possibilités qu'il n'avait pas. Elle pouvait épouser qui elle voulait, sans qu'on lui reproche de faire une mésalliance.

— *Mme Mortimer* ne peut pas être vierge, fit-il remarquer. Vous devriez assumer votre identité.

Elle eut un rire cristallin.

— Vous avez sûrement de meilleurs arguments, monsieur.

— Un seul. On vous a privée de tant de choses, Helaine. Permettez-moi de vous donner une soirée de plaisir. C'est pour cela que vous êtes venue, n'est-ce pas ? Pour passer une bonne soirée ? Je vous jure que je ne prendrai pas votre virginité. Me ferez-vous confiance si je vous donne ma parole d'honneur ?

— Oui, murmura-t-elle dans un souffle.

— Alors embrassez-moi, Helaine. Posez votre main là, sur ma poitrine. Et laissez-moi vous faire découvrir quelque chose de spécial.

Il l'embrassa. Lentement, comme s'il apprivoisait un animal sauvage. Il taquina ses lèvres du bout de la langue, puis envahit la chaleur de sa bouche. Comme dans un jeu. Quand il la sentit se détendre, il fit glisser ses mains dans son dos.

Habilement, il défit les boutons de sa robe. Celle-ci s'ouvrit, les manches tombèrent sur ses bras. Il la sentit trembler contre lui, et l'embrassa de nouveau pour l'apaiser. Ses doigts s'aventurèrent sous le tissu pour caresser sa peau nue. Son cou, la courbe élégante de ses épaules, ses bras.

Sa chemise le gênait. Ce n'était qu'une pauvre chemise de coton, et il décida qu'il lui en achèterait une nouvelle, en soie. Comme il ne voulait pas interrompre leur baiser, il la déchira d'un coup sec. Et calma sa mauvaise conscience en se disant qu'il ne lui en offrirait pas une, mais douze.

Cependant, en entendant le tissu se déchirer, elle se redressa.

— Qu'avez-vous fait ?

— Ceci, dit-il en tirant sur les morceaux de coton.

Le vêtement était encore coincé sous la robe, et le tissu lui caressa la peau au passage, la faisant délicieusement frissonner.

— Faites-moi confiance, répéta-t-il en jetant les lambeaux de chemise sur le sol.

Sa robe tenait à peine, le col reposant sur le renflement de ses seins. Elle évoquait de nouveau un jeune animal, prêt à bondir d'un instant à l'autre. Il la caressa avec prudence. Sa respiration était haletante, et il continua de parler, juste pour la rassurer.

— Il faut enlever vos vêtements, Helaine. Mais n'ayez crainte.

Il se pencha pour l'embrasser dans le cou, déposant de petits baisers sur sa poitrine, sur le haut de ses seins dévoilés par la robe dégrafée.

Elle se détendit et poussa un long soupir. Encouragé, Robert s'enhardit. Il tira sur la robe pour la faire descendre jusqu'à la taille. Puis, avant qu'elle ait pu réagir, il saisit la pointe d'un sein entre ses lèvres.

De toute évidence, aucun homme ne lui avait jamais fait cela. Sans doute ne savait-elle même pas que c'était possible. Son corps s'arqua, comme si elle avait été frappée par la foudre. Instinctivement, elle lui agrippa les épaules.

Il ne cessa pas, mordillant la pointe durcie tout en maintenant son autre sein dans sa main.

Helaine se mit à trembler, comme si son corps s'éveillait sous les caresses. Il n'eut aucun mal à la faire s'allonger sur le sol, glissant prestement le coussin sous sa tête. À présent, agenouillé au-dessus d'elle, il était libre de ses mouvements. Mais il prit quelques secondes pour la regarder.

Elle était nue jusqu'à la taille, et les flammes projetaient sur sa peau une lumière orangée. Sa peau rose, ses mamelons dressés, son regard égaré l'enivrèrent. Il en voulait davantage.

— Soulevez les hanches, ordonna-t-il en empoignant sa robe.

— Robert, protesta-t-elle.

Mais il n'écoutait pas. Il savait comment s'y prendre pour déshabiller une femme en un clin d'œil.

Glissant les mains sous son corps mince et souple, il saisit le tissu et le repoussa. En un instant, la robe fut mise de côté. Helaine, vêtue uniquement de ses bas et de ses chaussures, était offerte devant lui.

13

Les choses allaient mal tourner. Jusqu'à maintenant, elle n'avait vu que de la passion dans le regard de Robert. Du désir, de l'humour, et même une fugace frustration. Mais jamais encore elle n'avait décelé cette lueur sombre et sauvage qui surgit quand, contemplant son corps presque nu, il décida qu'il voulait aller plus loin. À ce moment, l'ami et le possible amant disparurent, laissant place à un homme implacable devant qui le monde entier devait plier. Et lorsqu'il lui arracha sa robe, elle passa d'une douce torpeur à une frayeur intense.

Elle voulut reculer en rampant, mais ne fut pas assez rapide. Robert lui saisit la cheville.

— Helaine ? demanda-t-il avec une douceur inquiétante. Où allez-vous ?

— Non, non, bredouilla-t-elle en faisant de vains efforts pour se libérer. Vous allez trop loin.

Il resserra les doigts sur sa cheville.

— Trop loin ? Je n'ai pourtant rien fait contre votre volonté.

Helaine fronça les sourcils, se maudissant intérieurement. Comment avait-elle pu croire qu'il était possible de passer du temps en compagnie d'un homme sans qu'il finisse par tout gâcher ?

— Vous ne vous contrôlez plus. Vous vous laissez emporter par vos envies. Lâchez-moi !

Elle donna un violent coup de pied pour se dégager et heurta sa hanche sans le vouloir. Robert laissa échapper un grognement de douleur, mais ne relâcha pas son étreinte.

— Qu'est-ce que vous racontez ? Je ne suis pas différent. Détendez-vous, et vous verrez bien.

La jeune femme grimaça. Tout, depuis le ton de sa voix jusqu'au contact dur de ses doigts, confirmait qu'il était en train de perdre patience. Cette idée l'attrista et la mit en colère. Pendant un court instant, elle avait cru qu'ils pourraient être amis.

— Vous oubliez vos bonnes manières, Robert, fit-elle remarquer avec une douceur prudente, comme s'il s'était soudain transformé en un chien dangereux. Je suis désolée de ce qui vient de se passer, mais il faut me relâcher. Si vous ne libérez pas ma cheville, je vais crier.

Elle se redressa, consciente de sa nudité.

— Jamais !

— Si vous me frappez, j'aurai des marques et votre sœur les verra. Ma cheville est sûrement déjà bleue.

Il retira sa main comme s'il s'était brûlé, et observa l'endroit où il avait posé les doigts. Il n'y avait pas d'hématome, à peine une trace rouge. Helaine en profita néanmoins pour reculer et agripper ce qui restait de sa chemise. La robe se trouvait derrière lui, hors de portée.

— Helaine, dit-il d'un ton suppliant.

Les mains tremblantes, elle souleva sa chemise en lambeaux. Il lui fallut un moment pour se rendre compte qu'elle ne pourrait plus l'enfiler. Des larmes lui montèrent aux yeux. C'était une vieille chemise, si usée qu'elle aurait dû bientôt s'en défaire, mais elle possédait si peu de vêtements que tous étaient précieux.

Comment avait-elle pu se laisser prendre à ce point au jeu de la séduction ? Il lui avait enlevé sa robe, avait déchiré sa chemise, alors qu'il avait à peine desserré sa propre cravate. Où avait-elle la tête ? Comment avait-elle pu s'allonger là, avec lui ?

— Mon Dieu, quelle idiote ! marmonna-t-elle en chiffonnant la chemise inutilisable.

Elle tendit calmement la main pour qu'il lui rende sa robe. L'expérience lui avait appris, du temps où elle vivait avec son père, qu'il fallait se montrer ferme avec un homme quand il s'emportait ou qu'il avait trop bu.

— Passez-moi ma robe, s'il vous plaît, Robert.

Il obéit, ramenant lentement la robe vers elle. Son expression était grave, il semblait en proie à une profonde réflexion.

— Je ne comprends pas ce qui vient de se passer.

Helaine était déjà debout, en train d'enfiler sa robe. Les boutons se trouvaient dans le dos, mais elle parvint à en fermer quelques-uns. Elle cacherait les autres sous son manteau.

— Tournez-vous. Je vais reboutonner votre robe, dit-il en se levant.

Il avait recouvré son sang-froid, c'était évident. Mais elle craignait que cela ne dure pas. Il dut percevoir son hésitation, car il secoua la tête et soupira.

— Je vous assure que je peux me maîtriser le temps qu'il faudra pour agrafer ces satanés boutons.

Certes, il en était capable. Mais Helaine n'était pas sûre de souhaiter une telle proximité, alors que son corps vibrait encore de désir. Cependant, elle ne voulait pas non plus repartir avec sa robe ouverte. Elle s'approcha donc lentement de lui, et se retourna.

Les muscles de son dos se crispèrent lorsqu'il posa le bout de ses doigts sur elle.

— La passion provoque une perte de contrôle. En fait, je pense que c'est le but... Se sentir emporté par un élan plus fort que soi.

— Vous m'aviez promis de me faire perdre la tête, monsieur. Mais l'un de nous devait garder son sang-froid. Vous ne l'avez pas fait, et donc...

— La passion ne se maîtrise pas.

Helaine dut admettre qu'il avait raison. Quand il eut fini, elle s'écarta pour le regarder.

— Je ne peux accorder ma confiance à un homme qui ne sait pas se contrôler.

— Ce qui signifie que vous avez déjà souffert à cause d'un homme, répondit-il d'un air sombre.

— Non, pas comme vous l'entendez. Mais même un enfant sait qu'il n'y a rien de plus redoutable que quelqu'un de plus grand, de plus fort, de plus puissant que soi, qui perd le contrôle de lui-même. Qui pâtit de la situation dans ce cas, monsieur ? L'aristocrate puissant ? Ou la faible femme ?

— On peut dire de vous beaucoup de choses, Helaine, mais certainement pas que vous êtes faible.

Elle aurait tellement voulu que ce soit vrai ! Elle se sentait si vulnérable. Financièrement, elle était au bord du gouffre, alors qu'il ne connaissait pas la peur de sombrer dans la pauvreté. Ensuite, elle se savait de plus en plus en danger face à lui. Il était beau, charmant, et noble. Tout ce qu'elle avait désiré autrefois, lorsqu'elle pouvait encore prétendre au mariage.

— Alors traitez-moi de lâche, monsieur, car j'ai peur de vous.

— Vous n'êtes pas lâche non plus, protesta-t-il en croisant les bras et en s'adossant au manteau de la cheminée.

Helaine haussa les épaules. Elle se sentait minuscule à côté de lui. Un peu comme un insecte qu'il aurait pu écraser sous sa botte. Non par cruauté, mais simplement parce qu'il ne l'aurait pas vu.

— Je devrais m'en tenir aux hommes de mon milieu, dit-elle doucement. Il doit bien y avoir quelqu'un de bien, parmi les marchands de ce monde.

Le vicomte eut un ricanement narquois.

— Vous pouvez cacher votre naissance, mais pas votre éducation. Même les gens de votre milieu, comme vous dites, savent que vous êtes fille de comte.

Helaine étouffa une exclamation consternée.

— Vous savez donc qui je suis, chuchota-t-elle.

Il savait ce que son père avait fait. Maintenant, elle était vraiment à sa merci, il pouvait la détruire en un clin d'œil. Il n'avait qu'à prononcer un mot, faire une remarque devant sa sœur ou sa mère. Peut-être pas intentionnellement, mais un jour, sous l'emprise de l'alcool...

— Je serai votre maîtresse, dit-elle de but en blanc. Je ferai ce que vous voudrez. Je...

Choqué, Robert la dévisagea, bras ballants.

— Seigneur, Helaine, mon intention n'est pas de vous faire chanter ! Vous me prenez donc pour un monstre ?

Elle sentit ses genoux se dérober et se laissa tomber dans le canapé, terrassée par la frayeur.

— Que voulez-vous ? N'oubliez pas que beaucoup de gens dépendent de moi. Non seulement ma mère, mais Penny maintenant, et le bébé. Wendy survivra sans moi. Les ateliers ont toujours besoin de bonnes couturières. Mais les autres...

Que ferait-elle, s'il s'attaquait à elle ?

À l'instant où cette pensée lui traversait l'esprit, il s'approcha et lui toucha l'épaule. Qu'allait-il lui demander ?

Il lui caressa la joue, puis laissa sa main retomber.

— Je vais faire appeler la voiture. Mon cocher vous ramènera chez vous.

Elle leva les yeux. Il ne faisait que retarder une issue inévitable. Il finirait par revenir lui rendre visite, et exiger quelque chose. Les hommes agissaient toujours ainsi. Combien de fois son père avait-il fait quelque chose de gentil pour elle ?

Poussé par un sentiment de culpabilité, ou par charité, ou encore simplement parce qu'il avait gagné au jeu. Il lui offrait alors un cadeau, en prétendant qu'il l'aimait. Puis, quelques semaines ou quelques mois plus tard, il le lui reprochait. Il lui rappelait ce cadeau. Ce pouvait être n'importe quoi, un collier de perles, ou même un bon dîner. Il prétendait, fou de rage, qu'il avait fait un effort et que sa mère et elle devaient le payer de retour, d'une façon ou d'une autre.

— Je ne suis pas un monstre, répéta Robert, conscient qu'elle n'en croyait pas un mot. Je ne dirai rien.

— Et vous ne perdrez plus jamais le contrôle de vous-même ? Vous ne vous mettrez pas en colère, ne chercherez pas à vous venger de moi ? Vous...

— Helaine ! s'exclama-t-il, outré. Vous n'avez aucune raison d'avoir peur de moi.

Dépité, il leva les yeux au ciel.

— Comment puis-je vous convaincre ? Je vous ai déjà juré que je ne m'en prendrais pas à votre commerce. Ma sœur a décidé de lancer votre boutique dans la bonne société. Et moi je reste là, comme un moine, en dépit du désir que vous m'inspirez. Je vous trouve d'une beauté renversante. Que puis-je faire d'autre ?

Helaine ne répondit pas. Il aurait pu lui promettre la lune, elle ne l'aurait pas cru.

— Il n'y a rien à faire, chuchota-t-elle. Je ne crois pas aux promesses des hommes. J'aurais dû y penser avant d'accepter votre invitation.

— Donc, pour vous, nous sommes tous des scélérats ? À cause de votre père ?

Elle eut un geste vague de la main.

— De mon père, de mon éducation, je ne sais pas. Mais aucun homme ne m'a jamais paru sincère. Aucun n'a pensé à moi avant de penser à lui. Leurs désirs sensuels passent avant tout.

— Vous me condamnez sans même me donner une chance.

Helaine se mordilla les lèvres, perplexe. Était-ce vraiment ce qu'elle faisait ? Elle n'était pas en état de se concentrer pour réfléchir à la question.

— Merci, monsieur le vicomte, déclara-t-elle en se levant. Je peux affirmer, en toute sincérité, que je n'oublierai jamais cette soirée.

— Moi non plus.

Sur ces mots, il alla ouvrir la porte et appela l'aubergiste, lui ordonnant de faire préparer sa voiture immédiatement. Puis il se tourna vers elle et lui tendit son manteau et ses gants.

— Vous allez avoir besoin de ceci, dit-il doucement.

Helaine hocha la tête et s'obligea à faire un pas vers lui. Ce n'était pas aussi difficile qu'elle le craignait. En fait, maintenant qu'elle était sur le point de partir, elle aurait aimé revenir quelques minutes en arrière. Que serait-il arrivé si elle avait fermé les yeux alors qu'il lui ôtait sa robe ? Si elle s'était abandonnée à la passion ? Seraitelle, en ce moment même, en train de vivre un moment d'extase inimaginable ? Elle ne serait plus ignorante, et saurait enfin ce que vivaient les femmes dans le lit conjugal.

— Je suis désolée de ne pas avoir su nous donner à tous deux ce que nous désirions, dit-elle comme pour elle-même.

Un sourire narquois se dessina sur les lèvres de Robert.

— Vos craintes sont naturelles, Helaine. Je m'y suis mal pris, admit-il en l'aidant à enfiler son manteau.

— Vous êtes habitué à avoir ce que vous voulez, quand vous voulez. Je n'aurais pas dû l'oublier.

Il posa les mains sur ses épaules et la regarda dans les yeux.

— Vous trouvez que c'est une excuse ? Je suis un homme et un aristocrate, donc je dois vous faire du mal ? Je ne peux me contrôler ?

— Vous ne l'avez pas fait ce soir, rétorqua-t-elle en levant le menton. Votre intention était de me charmer, de me donner du plaisir, de me faire passer une soirée parfaite. Et cependant, je repars plus troublée et plus incertaine que jamais.

— Je ne révélerai votre identité à personne, Helaine. Je vous le jure !

— Quel sera votre gage si vous le faites tout de même ?

— Ce que vous voudrez, répondit-il en levant les mains devant lui.

— Je veux un gagne-pain, monsieur. Promettez-moi que si vous détruisez ma réputation, vous me donnerez les moyens de tout recommencer.

— C'est promis.

Elle soutint son regard. Il semblait sincère. Elle poussa un léger soupir de soulagement. S'il détruisait sa réputation, il ferait en sorte de réparer. Ce n'était pas grand-chose car tout pouvait changer du jour au lendemain, et une promesse pouvait s'oublier. Mais, pour le moment, elle n'était pas en mesure d'en exiger davantage.

— Merci, dit-elle.

L'aubergiste vint les informer que la voiture était prête.

Helaine sortit, tout en regardant le vicomte. Un jour peut-être le maudirait-elle, mais en attendant elle n'éprouvait qu'une pointe de regret à la pensée de ce qui aurait pu se passer.

Si seulement…

— Au revoir, monsieur.

— Au revoir, madame Mortimer.

Elle disparut dans le couloir.

Robert demeura plusieurs heures dans l'auberge après son départ. Le regard perdu dans les flammes, il mangea des amandes grillées tout en réfléchissant. Il était à la fois furieux que ses plans se soient écroulés et heureux d'avoir échappé à cette harpie.

Au bout d'un moment de réflexion, il admit qu'il avait sans doute des torts. Helaine avait bien précisé qu'elle ne souhaitait pas devenir pas sa maîtresse. Il n'en était pas moins contrarié de ne pas avoir réussi à la faire céder.

À la suite de quoi, un sentiment de honte s'empara de lui. Il songea à toutes les fois où il s'était senti supérieur à son père, plus équilibré que son frère, plus droit moralement que la plupart de ses pairs. Ne soignait-il pas des prostituées malades ? N'avait-il pas mis son père à la porte de la maison parce qu'il avait voulu séduire une jeune servante ? Alors que les gentlemen passaient leur temps dans les bordels londoniens, il travaillait sans relâche pour éviter que son père ne dilapide complètement la fortune de la famille. Il était un prince parmi les hommes, le personnage le plus rigoureux, le plus moral de Londres.

Jusqu'à l'arrivée de Helaine dans sa vie. Au moment où il avait posé les yeux sur elle, il avait mis à tenter de la séduire l'énergie et l'opiniâtreté qu'il mettait jusqu'ici à gérer le domaine familial. En somme, la seule raison pour laquelle il passait pour un homme honorable, c'était parce que la tentation n'avait pas encore croisé son chemin. Une fois que Helaine était apparue, sa vertu s'était évaporée, et il s'était révélé aussi dépravé que les autres.

Cela donnait à réfléchir. Et ce qui le faisait réfléchir encore plus, c'est qu'il pensait toujours à elle, qu'il la désirait, et ne pouvait s'empêcher d'échafauder d'autres plans pour la conquérir. Sa passion pour elle était proche de la folie. Ce n'était pas une simple question de désir. Dans ce cas, il aurait pu se satisfaire avec d'autres femmes. Non, ce soir il avait apprécié aussi sa compagnie, son humour, et même ses conseils empreints de bon sens.

Il n'aurait jamais cru qu'une femme pouvait être aussi remarquable, et ne s'attendait pas à ne pas pouvoir la posséder. À ne trouver aucune astuce pour la faire céder. Ou, pire encore, à estimer qu'il serait immoral d'insister.

Elle l'avait repoussé. Catégoriquement. En dépit de sa technique infaillible de séduction.

Il ne lui restait que deux possibilités. Continuer dans cette voie, qui menait à leur perte à tous les deux. Ou bien se soumettre à son souhait et la laisser tranquille. Un homme honorable aurait choisi cette dernière solution.

Malheureusement, il craignait d'être incapable de s'y tenir. Il fallait qu'il quitte Londres, sans quoi il céderait à la tentation. De toute façon, il devait retourner à la mine. Comme il avait prévu de passer la nuit ici avec Helaine, il avait emporté des vêtements de rechange. Il pouvait donc partir dès demain matin.

C'était décidé. Il quitterait Londres pour la laisser en paix. Il ne lui restait plus qu'à envoyer quelques messages aux personnes concernées.

Puis il monta se coucher dans un lit froid et vide.

14

Une semaine plus tard, Robert se sentait presque dans son état normal. Il avait travaillé dur à la mine, où les choses avaient repris leur cours. Charlie était un directeur compétent, et à eux deux ils avaient fait cesser les récriminations. Certes, il employait de nouveau des enfants et cela lui déplaisait terriblement. Mais il n'avait accepté d'embaucher que les garçons au-dessus de quatorze ans. Il y avait de nouveaux chariots, et des chevaux dont les plus jeunes s'occupaient, à l'air libre. Il envisageait même de créer une école, s'il parvenait à payer un maître.

Ce qui était impossible, c'était de faire apparaître l'argent par miracle. Il lui faudrait encore du temps avant de récupérer ses dernières dépenses, mais tout était en bonne voie. Aussi se décida-t-il à reprendre la route de Londres.

Malheureusement, dès l'instant où il n'eut plus l'esprit occupé par son travail, Helaine revint le hanter. La soirée qu'ils avaient passée ensemble lui apparaissait sous un jour différent, comme embellie par le temps. Il ne songeait qu'aux rires qu'ils avaient partagés et aux choses dont il avait encore envie de parler avec elle. La nuit, le souvenir de sa peau douce et de ses soupirs quand il la caressait le torturait. Il la revoyait nue, étourdie, et s'imaginait se perdant dans son corps exquis.

Il arriva enfin chez lui. Il allait pouvoir s'abandonner à ses rêves, dans sa chambre confortable. Après avoir laissé son cheval à l'écurie, il gravit prestement les marches du perron. Il y avait de la lumière au rez-de-chaussée. Sa sœur était probablement encore debout. Il l'imagina poussant des cris de joie et se jetant à son cou, comme elle l'avait déjà fait des centaines de fois à son retour.

— Où est Gwen ? demanda-t-il en donnant à Dribbs son chapeau et son manteau.

— Dans le salon de derrière, monsieur, avec son fiancé.

Robert haussa les sourcils.

— J'espère que ma mère est avec eux ?

— Madame votre mère s'est retirée dans sa chambre il y a quelques heures.

— Mais ils ont un chaperon ? La mère d'Edward ? Sa sœur ? Sa tante ?

— Je suis désolé, monsieur. Mais je pense que la porte est restée ouverte.

Robert traversa la maison en trombe, et sa fureur augmenta quand il constata que la porte du salon était fermée. Il agrippa la poignée, poussa le battant... et regretta de ne pas avoir frappé avant d'entrer. Il ne voulait pas voir sa sœur dans les bras d'Edward, abandonnée, les cheveux défaits, les lèvres gonflées... Et...

sacrebleu ! Le garçon avait posé les mains sur *ses seins* !

Ils se séparèrent aussitôt, avec un petit cri de surprise. Robert claqua la porte derrière lui, avec tant de force que les murs tremblèrent.

— Dehors ! hurla-t-il en pointant un doigt vers Edward.

Malheureusement, le garçon n'avait pas l'air de vouloir obéir.

— Bienvenue, monsieur, dit-il calmement.

Il n'y avait pas la moindre trace d'inquiétude dans sa voix, ni dans ses yeux. Robert lui lança un regard noir.

— Vous osez me souhaiter la bienvenue alors que vous commettez un crime sous mon toit ?

— Oh, Seigneur ! s'exclama Gwen, excédée. Nous sommes fiancés ! Et tu n'étais pas censé rentrer si tôt.

— Gwen, va dans ta chambre. Et tant qu'Edward n'aura pas prononcé les vœux du mariage, je veillerai à ce qu'il se tienne à une distance respectable de ta personne.

Outrée, Gwen croisa les bras. Ce qui ne fit que mettre en évidence les pointes de ses seins, dressées contre le tissu de sa robe. Or Robert n'avait aucune envie de voir cela !

— Je ne suis plus une enfant qu'on envoie dans sa chambre, Robert. Tu n'as qu'à sortir sur-le-champ !

Robert demeura bouche bée. Croyait-elle vraiment qu'il allait partir et oublier ce qu'il venait de voir ?

— Tu as perdu tout sens commun !

Apparemment c'était le cas, car elle fit mine de le repousser des deux mains vers la porte.

— Va à ton club. Tu ne peux pas rester ici. J'ai promis que tu n'y serais pas.

— Je n'ai pas de club.

— Va à celui de Père. Je m'en moque. Tu ne peux pas rester.

Il fallut un moment à Robert pour comprendre qu'elle ne parlait pas seulement du salon, où Edward l'embrassait, mais de la maison tout entière.

— Mais je suis chez moi ! Et vous, ajouta-t-il en se tournant vers Edward, vous pouvez vous…

— Je ne peux pas abandonner l'amour de ma vie, monsieur. Pas quand vous êtes dans un tel état.

— Quoi ? !

— Chut, fit Gwen. Tu vas réveiller toute la maison.

— Tout le monde devrait être réveillé ! hurla-t-il. Te servir de chaperon ! Personne n'a donc le moindre bon sens, ici ? Dribbs !

— Monsieur, reprit Edward, je tiens à assumer la responsabilité de ce terrible manque de jugement. Je…

— Pas question ! s'écria Gwen. Si tu te rappelles bien, c'est moi qui t'ai embrassé d'abord et…

— Assez ! cria Robert en ouvrant la porte. Dribbs !

— Oui, monsieur.

Le majordome apparut, tout tremblant.

— J'allais justement chercher votre brandy, monsieur…

— Je ne veux pas de brandy. Je veux un chaperon dans cette pièce, sur-le-champ ! Non, plutôt deux valets pour monter la garde…

— Très bien ! s'exclama Gwen en prenant le bras de son fiancé. Puisque c'est comme ça, nous irons chez lui. Edward, emmène-moi dans ta chambre. Notre nuit de noces aura lieu ce soir.

— Et puis quoi encore ? Dribbs ! Ma sœur est sous haute surveillance. Je veux trois valets pour monter la garde à toute heure du jour et de la nuit ! Elle ne devra pas rester seule une seconde, jusqu'au jour du mariage. Ils devront la surveiller même dans sa chambre, pour qu'elle ne sorte pas par la fenêtre !

Il n'avait pas fini sa tirade, mais s'interrompit un instant pour reprendre sa respiration. C'est alors qu'une voix s'éleva dans le silence. Une voix de femme, calme et sévère, qu'il ne s'attendait pas à entendre : celle de Helaine.

— Vous avez le chic pour faire savoir à tout le monde que vous êtes rentré, n'est-ce pas ?

Robert se figea, puis pivota vers la jeune femme. Celle-ci portait une robe simple, qu'elle venait visiblement d'enfiler à la hâte. Il le devina car les boutons étaient agrafés de travers, et ses cheveux couleur de miel tombaient librement sur ses épaules.

Il ne sut que répondre. À dire vrai, il avait l'impression de ne plus rien savoir du tout. Que faisait-elle ici ?

Gwen se précipita vers elle.

— Je suis désolée, madame Mortimer. Il est rentré à l'improviste. Il était pourtant parti pour deux semaines. Du moins, c'est ce qu'il avait dit dans son message à Dribbs. Deux semaines ! Comme vous le voyez, il est rentré plus tôt. Mais il va repartir tout de suite. Juste le temps de prendre des vêtements avant de se rendre dans une auberge, ou quelque chose comme cela.

Gwen darda sur lui un regard plein de rancœur.

— Dis-lui, Robert. N'est-ce pas que tu repars sur-le-champ ?

— J'ai fini plus tôt que prévu, et je suis rentré. J'ai cru que tu allais m'accueillir en me sautant au cou, comme d'habitude.

Gwen prit un air offusqué.

— Cela fait des années que je ne le fais plus. Vraiment, Robert, ouvre les yeux. Tu ne vois pas que je suis devenue une femme ?

C'était précisément ce qu'il ne voulait pas voir. Seigneur, il était son frère !

— Gwen, je t'en prie, va dans ta chambre...

— Non ! Tu dois...

— En fait, ma chère, dit Edward d'un ton calme et apaisant, je trouve que la journée a été bien fatigante.

Il lui prit les mains et les porta à ses lèvres. La colère de Gwen retomba instantanément.

— Tu n'es pas obligé de partir, protesta-t-elle avec tendresse.

Robert ouvrit la bouche pour leur dire sa façon de penser, mais Helaine leva la main, et les mots s'éteignirent sur ses lèvres.

Edward déposa un baiser sur les doigts de sa fiancée, puis s'inclina respectueusement, avant de gagner la porte.

— Je te raccompagne, décida Gwen en lui emboîtant le pas.

Dribbs s'abstint naturellement d'intervenir. Le traître. Il ne dut son salut, et sa place dans la maison, qu'au fait qu'il tenait une bouteille de brandy à la main. Ce qui n'empêcha pas Robert de crier dans le dos de sa sœur :

— Trois valets devant ta porte ! Et des barreaux aux fenêtres !

— C'est bon, mon cher frère ! J'irai dormir chez lui ce soir !

— Gwen !

— Oh, cela suffit, trancha Helaine en lui barrant le chemin. Elle s'amuse à vous agacer. Et vous répondez chaque fois, comme un ours mal léché !

— Vous ne savez pas ce qu'ils faisaient quand je suis entré !

— Et pourquoi entrez-vous sans prévenir ? Vous n'avez que ce que vous méritez.

— Mais ils ne sont pas encore mariés !

— Vous vous battez contre des moulins à vent, monsieur. Ils sont jeunes, amoureux et heureux. Mon Dieu, asseyez-vous, buvez votre brandy, et laissez les jeunes se…

— Attention à ce que vous allez dire !

— Se dire au revoir, acheva-t-elle. Je me demande comment vous pouvez avoir une sœur aussi délicieuse, ajouta-t-elle en croisant les bras. Elle aurait déjà dû vous tuer dans votre sommeil.

— Elle a essayé, vous pouvez me croire.

— Je vous crois. Je crois aussi que c'est une jeune femme très intelligente, qui va épouser un jeune homme extraordinairement posé. Vous devriez être heureux qu'ils s'aiment. Si peu de couples connaissent l'amour dans le lit conjugal.

— À condition d'attendre le mariage, grommela-t-il.

Sa colère retombait doucement, remplacée par la joie de parler de nouveau avec Helaine.

— Ne craignez rien, monsieur. Gwen m'a dit qu'Edward avait ce qu'il fallait pour éviter une grossesse.

— Oh, mon Dieu…

C'était pire qu'il ne l'imaginait. Cependant, Helaine continuait de parler, l'empêchant de prononcer les jurons qui lui venaient à l'esprit.

— Ils ne veulent pas d'enfant tout de suite. Donc, vous n'avez pas à vous faire de souci. S'ils se sont connus avant de prononcer leurs vœux, personne ne le saura.

— Des barreaux aux fenêtres, marmonna-t-il entre ses dents. Et des gardes devant sa porte. Je l'enchaînerai peut-être à son lit.

Helaine éclata de rire, interrompant le fil de ses pensées, tel un rayon de lumière fendant le brouillard.

— Et vous la délivrerez aux premières larmes. Elle m'a révélé que tout ce qu'elle avait à faire pour vous attendrir, c'était de se mettre à pleurer. Une larme, et vous fondez.

— Elle vous a dit cela ?

— Parfaitement. Et je la crois. Asseyez-vous, buvez tranquillement votre brandy, et cessez de crier. Vous risquez de réveiller votre mère, qui a eu une journée épuisante.

— Ma mère ? Elle est malade ?

— Non, non. Mais elle est restée debout toute la journée pour nous aider, et n'a pas fait sa sieste. La famille d'Edward est certes un peu envahissante, mais c'est exactement ce qu'il lui faut en ce moment.

— Vraiment ? J'aurais peut-être dû la bousculer un peu plus, pendant toutes ces années…

— Non, Robert. Ce n'est pas votre faute. Je pense qu'elle avait besoin d'une femme auprès d'elle.

— Un homme ou une femme, quelle différence ?

Helaine le regarda en penchant la tête de côté.

— Vous ne voyez pas ? Vraiment ?

Il secoua la tête, envahi de nouveau par la mauvaise humeur.

— Je ne poserais pas la question si je le savais. Allons, parlez, Helaine.

Elle l'observa un moment. Il s'efforçait de demeurer impassible mais, de toute évidence, il était impatient de découvrir ce qu'elle pensait.

— Vous vouliez que votre mère se lève parce que vous aviez tous les trois besoin d'une mère, et que votre père avait besoin d'une épouse et d'une maîtresse de maison. Plus vous le lui faisiez sentir, plus elle s'enfermait dans sa chambre.

— Mais nous avions *vraiment* besoin d'elle.

— Oui, je sais, admit Helaine en soupirant.

Elle s'approcha de lui et posa une main sur son bras.

— Robert, je suis désolée qu'elle vous ait autant manqué. Vous méritiez une mère pour vous aider, vous défendre contre votre père, et vous éviter les corvées qu'il accumulait sur vos jeunes épaules.

— Mais ces femmes de la famille d'Edward, qu'ont-elles fait pour l'aider ?

— Elles veulent la rendre heureuse, Robert. Qu'elle puisse s'amuser si elle en a envie, ou bien aller se promener et respirer l'air frais. Elles se préoccupent de ce qu'elle désire, et prennent toutes les corvées en charge. À vrai dire, votre mère n'a rien fait de la journée. Elle est restée assise pendant que tout le monde s'agitait autour d'elle et lui montrait des tissus et des toilettes. Quand elle s'est sentie fatiguée, nous l'avons laissée tranquille. Mais elle n'a pas voulu quitter le salon.

— Je veux aussi qu'elle soit heureuse. J'ai fait tout ce que j'ai pu pour elle.

— Bien sûr, Robert. Mais vous êtes son fils. Si vous êtes trop présent, elle se sent accablée par vos soucis. Si vous l'ignorez, elle se sent coupable de ne pas savoir vous soutenir. Si vous lui demandez d'être heureuse, elle essaye pour vous faire plaisir, et échoue. Ce qui la rend encore plus triste.

— Et elle n'éprouve pas tout cela avec la famille d'Edward ?

— Bien sûr que non. Elle ne les aime pas comme elle vous aime.

Robert écarquilla les yeux de surprise. Helaine avait prononcé ces mots d'un ton naturel, comme si elle énonçait une évidence. Mais, pour lui, l'idée que sa mère l'aimait était un choc. Cela éveillait en lui une douleur qu'il avait ignorée jusqu'ici.

Sa mère l'aimait. Malgré la façon dont elle s'enfermait, malgré les plaintes et les gémissements chaque fois qu'elle mettait le pied hors de sa chambre. Malgré tout cela, elle l'aimait. Il aurait voulu garder ces mots dans son cœur, comme un enfant serre contre lui un jouet précieux.

Refoulant ses larmes, il saisit la bouteille de brandy que Dribbs avait laissée sur la desserte et se servit d'une main tremblante. Il porta le verre à ses lèvres, mais ne but pas tout de suite.

Sa mère l'aimait. Si Helaine le disait, il le croyait. Et cette idée était un pur bonheur. Il finit par recouvrer sa voix et grommela, la gorge serrée :

— Si elle a besoin de la famille d'Edward, ces femmes vont diriger la maison.

— À votre place, je ne m'emballerais pas. Il suffit de les laisser venir un jour sur deux, ou sur trois.

— Comme vous voudrez. Je dirai à Dribbs de vous demander votre avis avant de leur ouvrir la porte.

— L'avis d'une couturière ? s'exclama-t-elle en haussant les sourcils. Vous plaisantez.

— Pas du tout.

Il fit tourner le brandy dans son verre et huma le liquide ambré. Puis il se décida à poser les deux questions qu'il avait à l'esprit depuis le moment où il l'avait vue ce soir.

— Que faites-vous ici, Helaine ? Et comment puis-je vous inciter à rester ?

Helaine s'approcha de lui en souriant. Il était sur le point de la prendre dans ses bras, quand elle lui ôta son verre des mains. Puis elle s'écarta en sirotant l'alcool aussi effrontément que s'il lui avait offert son verre. Ce qu'il aurait dû faire, songea-t-il un peu trop tard. Mais il ne savait pas qu'elle aimait le brandy.

La jeune femme s'installa dans le canapé, ôta ses mules et replia les jambes sous elle. Robert cligna les paupières, éberlué. Combien de fois avait-il vu Gwen faire la même chose ? Mais l'idée d'associer en esprit les deux femmes le mit un peu mal à l'aise.

Il s'éclaircit la gorge, et désigna la desserte où étaient rangées les bouteilles d'alcool.

— Aimeriez-vous boire autre chose ?

— Non. Le brandy était la boisson préférée de mon père. J'aimais boire dans son verre. Mais une gorgée me suffit, déclara-t-elle en posant le verre. Je n'aime pas l'effet que l'alcool a sur moi.

— Il vous fait perdre le contrôle ?

Elle acquiesça d'un signe de tête et le suivit des yeux alors qu'il venait s'asseoir à côté d'elle. Il prit place à l'autre extrémité du siège, se tourna dans sa direction.

— Helaine…

— Je suis là car vous avez demandé à Edward de demander à Gwen de m'installer dans la maison, afin de dessiner les robes de toute la famille pour la saison.

Ah, oui. Il avait fait cela, en effet. Une des meilleures idées qu'il ait jamais eues.

— J'ai accepté uniquement parce que Gwen m'a promis que vous ne seriez pas là, précisa-t-elle.

— Et de fait, j'étais absent.

— En effet. J'ai remarqué que vous étiez rentré, à présent.

Il crut la voir sourire. C'est alors qu'il prononça des mots qui le surprirent lui-même.

— Je repartirai si vous le souhaitez. Je ne voudrais pas vous mettre mal à l'aise.

Helaine soupira en baissant les yeux.

— Je ne suis qu'une modeste couturière, monsieur. Il ne me viendrait pas à l'idée de chasser un vicomte de chez lui.

Il avait envie de lui prendre le menton, de lui caresser la joue, de faire n'importe quoi pour ramener son regard vers lui. Mais il savait qu'un tel geste la ferait fuir.

— Je partirai tout de même si vous le souhaitez.

Elle ne répondit pas tout de suite, et il attendit en retenant son souffle.

— Je pense que, dans une maison aussi grande, nous pouvons nous arranger pour rester chacun de notre côté, dit-elle enfin.

Il n'avait pas du tout l'intention de l'éviter, mais il se garda d'en faire la remarque.

— Merci, Helaine.

— Vous me remerciez de vous laisser habiter dans votre propre maison ?

— Non, de me donner une deuxième chance.

Elle arqua les sourcils.

— Je n'ai pas parlé de deuxième chance, monsieur.

— Je voulais dire, une deuxième chance de nous retrouver ainsi, comme deux amis.

Helaine ne trouva rien à répondre. Elle le regarda, bouche bée. Lui ? Ami avec une couturière ? L'idée était ridicule. Cependant, il voulait terriblement que ce soit vrai. D'ailleurs, cela n'avait rien de si extraordinaire. Il était bien ami avec Chandelle, une ancienne tenancière de bordel ! Alors pourquoi pas une couturière ?

— Me ferez-vous suffisamment confiance pour être mon amie, Helaine ?

Elle hocha lentement la tête.

— Oui, monsieur, je pense que c'est possible.

— Alors, promettez-moi de m'appeler Robert.

— Pas question !

— Seulement quand nous sommes seuls, Helaine.

— Très bien... Robert. Uniquement dans les rares occasions où nous nous retrouverons seuls.

— Excellent ! Maintenant...

— Maintenant je vais aller me coucher, Robert.

Elle étendit les jambes et se pencha légèrement pour remettre ses mules. Il chercha un moyen de la retenir, tout en admirant ses ravissantes chevilles.

— Je comprends que vous ayez besoin de repos. La journée a dû être fatigante.

— En effet.

— Dommage. J'aurais aimé vous raconter ce qui s'est passé à la mine. J'étais parti là-bas, vous comprenez. Je suis resté une longue semaine à trimer avec Charlie. Vous voulez savoir ce qui est arrivé ?

Elle mourait d'envie de l'apprendre, c'était évident. Ses yeux brillaient de curiosité.

— Vous avez encore eu des problèmes avec les vandales ?

— Tout à fait.

— Et vous pensez que le problème est réglé, à présent ?

Robert haussa les épaules.

— Qui peut le dire ? Mais vous alliez vous coucher, je ne veux pas vous retenir.

Sur le point de se lever, elle eut un moment d'hésitation.

— Vous pourriez me tenir compagnie encore un moment, pendant que je finis mon brandy, proposa-t-il. J'ai fait un long trajet à cheval, et je suis fatigué aussi. Je ne vais pas traîner au salon.

Il avala une longue gorgée d'alcool pour souligner ses paroles. Helaine rit doucement, comprenant son manège, mais tentée de s'attarder tout de même.

— Très bien, concéda-t-elle en se laissant retomber contre le dossier. Racontez-moi.

Il s'exécuta, et lui exposa les changements qu'il avait accomplis à la mine, lui rapporta les conseils que Charlie lui avait donnés, et ce qu'il en pensait. Puis il lui demanda son avis.

Et il mit plus de trois heures à boire son verre de brandy.

15

Helaine réprima un bâillement et manqua trébucher dans l'escalier de service. Seigneur, pourquoi était-elle restée si longtemps cette nuit à bavarder avec Robert ? Elle n'était plus une dame qui avait tout loisir de dormir jusqu'à midi. De fait, si elle voulait prendre son petit déjeuner, il fallait qu'elle descende à l'heure dans le réfectoire des domestiques. Or le petit déjeuner avait été servi une heure auparavant.

C'était le problème, quand elle était avec Robert. Elle oubliait qui elle était, et même qui elle avait été. Elle n'était plus que Helaine, et c'était merveilleux d'être assise ainsi, à parler avec lui. Ce matin, cependant, elle se sentait mal. Ses yeux étaient si rouges et gonflés qu'elle ne pourrait sûrement pas dessiner le moindre croquis pour lady Gwen.

Un petit pain l'aiderait à tenir. Cook en avait toujours à la cuisine, pour les domestiques qui travaillaient à l'heure du petit déjeuner. Elle entra à l'office et s'approcha de la corbeille, mais se figea en s'entendant interpeller par la cuisinière.

— Madame Mortimer !

Cook avait une façon de vous regarder, comme un vautour guettant une souris…

— Oui ?

— Dribbs veut vous voir. Sur-le-champ.

Helaine hocha la tête, et tendit la main vers un petit pain.

— D'accord. J'irai dès que…

Cook lui donna une tape sur les doigts.

— Il faut y aller tout de suite !

— Euh… oui, tout de suite.

Helaine battit en retraite. Elle savait que le personnel de la maison observait un emploi du temps très strict. La paresse n'était pas tolérée, et quiconque ratait le petit déjeuner demeurait l'estomac vide. Elle ne fut donc pas surprise de recevoir une rebuffade. Il faudrait qu'elle demande à l'une des femmes de chambre de la réveiller tôt le lendemain. Et il n'y aurait plus de discussions la nuit avec le vicomte.

Elle poussa la porte qui séparait le domaine des domestiques du reste de la maison. Dribbs était à son poste, et se dirigea aussitôt vers elle en souriant.

— Madame Mortimer. Comment allez-vous, ce matin ?

Elle parvint à grimacer un sourire.

— Aussi bien que possible, monsieur Dribbs. Cook m'a dit que vous vouliez me parler ?

— Oui, madame. Voulez-vous bien me suivre, je vous prie ?

Il se dirigea vers son bureau, qui était beaucoup plus vaste que dans les autres maisons. La pièce comportait une table de travail, un canapé, et une petite table sur laquelle se trouvait un plateau de thé avec des confitures et des petits pains dont l'arôme embaumait. La faim lui contracta l'estomac et elle lança à Dribbs un regard nerveux.

— Quelque chose ne va pas ? demanda-t-il d'un ton sec.

Helaine l'observa plus attentivement. Son attitude était différente, et une lueur d'amusement semblait briller dans ses prunelles. Ce qui était invraisemblable. Alors qu'il était connu pour être assez familier avec le vicomte, voire passablement effronté, il dirigeait le personnel d'une main de fer. Il ne lui viendrait pas à l'idée de se montrer familier avec une couturière, même si elle avait passé la nuit à bavarder avec son maître.

Elle s'efforça de détourner les yeux de la table et croisa les mains, comme pour résister à l'envie de s'emparer d'un petit pain chaud.

— Absolument rien, monsieur Dribbs. Que puis-je pour vous ?

— J'ai cru comprendre que votre emploi du temps a été perturbé, madame Mortimer, dit-il sans se départir d'une extrême froideur. Vous devez avoir faim.

Helaine leva les yeux, décontenancée. Allait-elle se faire sermonner par un majordome ? Ce serait une grande première mais, dans le fond, elle l'avait bien mérité.

— Je sais que j'ai raté le petit déjeuner, monsieur Dribbs. Et j'en suis bien punie, puisque j'ai très faim. Mais cela n'interférera en rien dans mon travail.

— J'espère bien que non ! Asseyez-vous, je vous en prie.

Elle prit place dans le fauteuil qu'il lui désigna, juste devant la table où se trouvait le thé. Voulait-il la torturer ? Lui mettre de la nourriture sous le nez alors qu'elle ne pouvait y toucher ?

Il s'assit face à elle. Son visage semblait inexpressif. Mais il y avait toujours cette lueur bizarre... Se moquait-il d'elle ?

— Monsieur Dribbs ?

— Monsieur le vicomte m'a laissé un message ce matin. Je l'ai trouvé sur ma table en arrivant. Cela vous concerne.

Il marqua une pause et la toisa d'un air impérieux.

— Euh... que disait-il ?

— Il souhaiterait que vous preniez le petit déjeuner avec la famille.

Il fallut un moment à Helaine pour comprendre. Et alors, elle ne sut que répondre.

— Je suis désolée, balbutia-t-elle enfin. C'est tout à fait... étrange.

— Cette maison est parfois étrange. Mais monsieur a été très clair. Il veut parler avec vous au petit déjeuner.

Helaine se détendit, soulagée. Robert souhaitait simplement lui parler, comme un maître parle à ses domestiques. Et non partager un repas avec elle.

Elle voulut se lever, mais Dribbs toussota, l'arrêtant dans son élan.

— Il y a autre chose ?

— Avec milord, il y a toujours autre chose. Je ferais sans doute mieux de vous montrer tout bonnement son message.

L'homme tendit le bras vers son bureau et y prit un feuillet qu'il passa à Helaine. Elle le lut deux fois, le cœur battant.

Dribbs : Je désire que Mme Mortimer prenne ses repas avec la famille à compter d'aujourd'hui.

La jeune femme leva les yeux, consternée.

— Il ne peut pas faire cela, chuchota-t-elle.

— Oui, madame. Il le peut.

— Mais je ne suis qu'une couturière, je ne...

— Je vous rappelle que, dans cette maison, nous suivons les ordres de monsieur le vicomte à la lettre.

Helaine considéra le majordome avec stupeur. Pour commencer, elle savait qu'il n'appliquait pas tous les ordres aussi exactement qu'il le prétendait. Ensuite, les domestiques ne dînaient *jamais* avec les maîtres, même dans les maisons un peu « différentes ». Et enfin... enfin, Dribbs se comportait d'une façon très bizarre. Impossible de déterminer de quelle humeur il était au juste. Un moment il semblait se moquer d'elle, l'instant d'après son visage était sombre et austère.

— Monsieur Dribbs, je ne sais pas quoi dire.

— Eh bien, ne dites rien. Mais comme vous allez prendre place à table avec la famille, je tiens à m'assurer que vous ne me ferez pas honte.

Elle marqua un silence, sachant que les domestiques étaient parfois plus fiers de la bonne marche de la maison que les maîtres eux-mêmes.

— Je ferai de mon mieux, murmura-t-elle.

— Si vous vous asseyez à table avec eux, il faut vous comporter comme une dame de qualité, et vous rappeler que vous déjeunez avec les enfants d'un comte.

Helaine demeura coite un instant. Après tout, elle aussi était fille de comte. Elle savait tenir son rang. À vrai dire, elle faisait souvent un effort pour avoir de moins bonnes manières afin de ne pas être démasquée.

— J'essaierai de m'en souvenir.

— Voyons. Prenez ce petit pain, je vous prie.

Elle le regarda sans comprendre. Il voulait qu'elle *prenne* le pain ? Sans le manger ? Il attendit, et l'observa en haussant les sourcils quand elle s'exécuta.

— Il faut le prendre délicatement, entre deux doigts.

Entre deux doigts ? Le pain était un peu trop gros, mais elle fit ce qu'il disait.

— Soulevez le petit doigt, comme ceci.

Elle lui jeta un coup d'œil, et l'imita.

— Excellent. À présent, prenez une bouchée. Délicatement, comme une dame. Sur le bord. Et n'oubliez pas de soulever les autres doigts.

Helaine fronça les sourcils. Croyait-il vraiment que les dames mangeaient comme ceci ? Elle n'avait jamais rien fait d'aussi ridicule ! Mais elle mourait de faim, et puisqu'il voulait qu'elle morde dans le pain, elle le fit.

— N'ouvrez pas autant la bouche ! Fermez les lèvres. Les lèvres fermées, je vous dis ! Vous êtes une dame, et les dames ne mangent pas vraiment.

Elle lui lança un regard noir. Elle avait faim, bon sang ! Elle approcha de nouveau le pain de ses lèvres, mais avant qu'elle ait pu mordre dedans, il le lui ôta brusquement des mains.

— Parfait. Maintenant, passons au thé.

Elle résista à l'envie de reprendre le pain pour le dévorer. Dribbs lui servit une tasse de thé.

Helaine en huma le parfum avec délices. Une tasse de thé revigorant lui ferait le plus grand bien. Sans réfléchir, elle tendit la main.

— Tut, tut ! Vous êtes une dame, n'est-ce pas ? Les dames ne prennent pas leur tasse elles-mêmes.

— Quoi ?

— Elles la soulèvent par la seule force de leur beauté et de leur maintien. Une tasse doit sembler flotter entre leurs mains.

— Je vous demande pardon ?

— C'est ainsi.

— Certainement pas !

Helaine avait décidé d'être discrète, de garder les yeux baissés, et de tenir son rang de domestique dans la maison. Mais cette leçon donnée par un majordome était trop humiliante ! De plus, il ne disait que des âneries. Mme Mortimer savait tenir sa langue, mais lady Helaine ne s'en laissait pas conter ! Ce fut la lady qui prit la tasse sur la table, résistant à l'envie de jeter le thé au visage de Dribbs.

— Les dames ne font pas ce que vous dites, déclara-t-elle en se levant, sa tasse à la main. Elles sont humaines, comme vous et moi. Connaissez-vous lady Cassandra ? Tout ce qu'elle a d'élégant et de léger, c'est son nom. Elle mange comme une barbare. Comme ça !

Joignant le geste à la parole, elle s'empara du petit pain et le mordit à pleines dents comme une pomme. Le goût était si exquis qu'elle ferma les yeux et faillit ne pas entendre Dribbs.

— Je suppose que vous ne voulez pas apprendre à tenir une cuillère ?

Sur le point de lui dire ce qu'il pouvait faire de sa cuillère, et du couteau avec, elle fut soudain traversée par une pensée. Peut-être la nourriture lui avait-elle fait du bien. Ou étaient-ce ces rides au coin des yeux de Dribbs... comme s'il souriait. Ou comme s'il réprimait un rire.

— Seigneur... vous vous moquiez de moi, chuchota-t-elle.

— Bien sûr, lady Helaine. Pardonnez-moi, je n'ai pas pu résister.

Lady Helaine ? Ses jambes se dérobèrent, et elle retomba dans le canapé. Dribbs savait qui elle était.

Il lui prit sa tasse et la remplit de nouveau, car elle en avait renversé presque tout le contenu.

— Comment le savez-vous ? questionna-t-elle. Robert n'a pas pu vous le dire !

Dribbs plaça la tasse entre ses doigts tremblants.

— Monsieur n'a pas dit un mot, mais votre éducation transparaît dans tous vos gestes. Et je dois vous expliquer que votre père et le comte actuel étaient de grands amis. Ils partageaient la même affection pour le brandy.

Helaine ferma les yeux, redoutant la suite.

— C'était lorsque le comte résidait encore ici. Avant que lord Redhill ne lui demande de se retirer dans son club.

Elle savait que Robert avait mis son père à la porte de la maison familiale. Combien de fois avait-elle souhaité pouvoir faire de même avec le sien ? Et pourtant, chaque fois qu'il disparaissait, elle attendait son retour avec impatience.

— Un soir, votre père a participé à une fête organisée à l'improviste par le comte. Elle s'est prolongée fort tard.

— Jusqu'à ce que vous mettiez mon père dans un fiacre pour le renvoyer chez lui, je suppose ?

— En effet. Mais saviez-vous que votre père pouvait devenir sentimental quand il avait bu plus que de raison ?

— Oui. Il proclamait son amour pour toutes sortes de choses ridicules.

— Non, madame. Il proclamait son amour pour vous. Il avait une miniature qu'il gardait toujours dans sa poche. Il la montrait à ses amis en disant que vous étiez la meilleure des filles. Patiente, bonne, généreuse, et très vive.

— Je... je n'ai jamais... bredouilla Helaine, la gorge nouée. Il s'occupait si peu de nous. Je suis contente de savoir que... qu'il nous aimait.

— Les ivrognes sont souvent des gens tristes, madame. Ils aiment, comme nous tous. Ils aiment profondément. Mais ils ne peuvent se résoudre à le montrer. Cependant, il ne faut pas douter de leur sincérité.

— Merci, Dribbs.

— Ce n'est que la vérité. À présent, mangez, madame. Je sais que vous avez faim. La nouvelle famille de lady Gwen épuise toute la maison.

Helaine hocha la tête, tout en essayant de démêler un tourbillon d'émotions. Les sentiments qu'elle éprouvait pour son père étaient déjà compliqués. Mais que devait-elle dire à

Dribbs, à présent ? Seigneur, il *savait* qui elle était.

— Je vous en prie, Dribbs. Je n'ai pas les idées claires ce matin, et je ne sais pas ce que je dois faire.

— Eh bien, comportez-vous exactement comme le ferait une dame.

Elle mordit dans le petit pain avec férocité. Comme une dame. Mon Dieu, qu'est-ce que cela signifiait ?

— Vous avez beaucoup souffert, lady Helaine, du tort qu'on vous a fait. Maintenant, vous êtes Mme Mortimer, une excellente couturière, et vous vous cachez dans l'ombre. Vous rôdez dans la maison en espérant que personne ne vous remarquera.

— Ce n'est pas vrai !

— Vous vous tenez voûtée, et vous dissimulez votre visage. Wendy m'en a fait la remarque, l'autre jour. Elle dit que vous ne faites pas cela, à la boutique. C'est uniquement quand vous êtes ici.

Il avait donc parlé avec Wendy ?

— Dribbs, je n'ai pas honte de ce que je suis devenue.

— Bien sûr que non. Mais j'ai l'impression que vous avez honte de lady Helaine. Je vous demande pardon, mais vous êtes la fille d'un comte. Que votre père ait eu ou non un comportement scandaleux, vous ne devriez pas vous cacher. Personne ici ne vous estimera moins si vous redevenez lady Helaine. J'y veillerai.

— Dribbs, je vous supplie de ne pas dire un mot de tout cela, à qui que ce soit.

— Bien sûr que non ! se récria-t-il, l'air offensé.

Mais il se pencha vers elle et répéta :

— C'est ce que j'essaye de vous dire, madame. Vous n'avez pas à vous cacher.

— Je ne me cache pas !

— Comme vous voudrez. Mais les femmes de chambre m'ont fait des remarques. Elles vous trouvent bizarre. Ce n'est pas juste. Le naturel ressort malgré vous, lady Helaine. Vous avez beau vous faire appeler Mme Mortimer, les gens voient bien que vous êtes de bonne naissance. Le fait de le cacher suscite des interrogations.

— Mais elles ne peuvent pas savoir…

— Personne ne saura. Si vous gardez la tête haute et cessez de dissimuler votre visage, elles penseront juste que vous avez connu une vie meilleure autrefois. Que vous traversez une mauvaise passe. Il n'y a pas de honte à cela. C'est seulement quand vous… vous cachez qu'elles se posent des questions. Pourquoi se cache-t-elle ? Qui est-elle ?

Helaine hocha lentement la tête. Elle se sentait très nerveuse depuis qu'elle était dans cette maison. C'était dû au fait de se retrouver parmi les privilégiés de la société. Quelqu'un risquait de la reconnaître. Un domestique pouvait avoir été au service d'une de ses amies d'école et se souvenir d'elle. Elle savait que les chances que cela se produise étaient réduites, mais elle ne pouvait s'empêcher d'être inquiète. D'ailleurs, ses craintes étaient justifiées, puisque Dribbs l'avait démasquée.

— Si cela se savait, ce serait désastreux pour moi.

— Vous n'avez pas à avoir honte de quoi que ce soit.

— Mais croyez-vous que je devrais déjeuner avec la famille ? N'est-ce pas un peu étrange ?

Dribbs émit un bref ricanement.

— Vous avez passé la majeure partie de la nuit enfermée au salon avec le vicomte. Vous ne serez pas la première maîtresse à s'asseoir à la table du petit déjeuner.

— Mais… nous avons seulement parlé !

— Peu importe, répondit Dribbs en haussant les épaules. Que vous soyez maîtresse, couturière ou fille de comte, vous n'avez pas à rôder furtivement dans mes couloirs.

— Je ne suis pas sa maîtresse !

— Comme vous voudrez.

Il n'y avait plus rien à ajouter, et Robert l'attendait sans doute dans la salle à manger. Elle n'était toujours pas sûre de vouloir y aller. Après tout, sa présence ne ferait que renforcer l'idée qu'elle était sa maîtresse. Mais comme c'était mieux que de révéler la vérité, elle ferait ce qu'on lui demandait. Cela ne durerait pas plus de deux jours. D'autre part, elle éprouverait un certain plaisir à se faire de nouveau servir à table.

Encore un peu mal à l'aise, elle quitta Dribbs pour se rendre dans la salle à manger. Elle n'y entra pas d'un air décidé, comme elle le faisait autrefois, mais s'efforça de ne pas avoir l'air de vouloir passer inaperçue.

Deux personnes étaient à table. Robert et Gwen. Ils levèrent la tête et sourirent à son entrée. Helaine fut réconfortée par cet accueil.

— Vous voilà enfin, madame Mortimer. Je commençais à craindre que vous ne soyez malade.

— Euh… non, monsieur, dit-elle en faisant une révérence. M. Dribbs vient tout juste de me transmettre votre invitation.

Robert haussa les sourcils en entendant son ton coupant. Il dut se dire qu'elle lui en voulait. Et c'était le cas. Après tout, elle avait passé la nuit à discuter avec lui, et maintenant tout le monde croyait qu'elle était sa maîtresse.

Résultat, elle était désorientée, plongée dans une totale confusion, et obligée de s'asseoir à table avec l'homme qui était responsable de tous ses soucis !

Elle était fatiguée. Et elle avait faim. Elle y verrait sans doute plus clair après une tasse de thé. Mais, avant qu'elle ait pu faire un geste, Robert pencha la tête de côté et s'adressa à elle avec ce ton impérieux qui lui était propre.

— Madame Mortimer ? Quelque chose ne va pas ?

— Non, monsieur. Tout va bien. Pourquoi cette question ?

— Parce que vous restez là, avec un air furibond, et que cela gêne ma digestion.

— Je n'ai pas l'air furibond !

— C'est pourtant ce qu'il me semblait.

— Je ne…

— C'est vrai, dit Gwen. Allons, venez, Helaine. Asseyez-vous, je vous en prie. Avez-vous déjà déjeuné ? Jeremy, s'il vous plaît, apportez une assiette pour Mme Mortimer. Nous avons une proposition à vous faire, et il vaut mieux que vous ayez l'estomac plein avant de nous entendre. Et ne laissez pas mon frère vous mettre de mauvaise humeur, car il fournit un grand effort pour me faire plaisir.

Helaine posa sur le vicomte un regard appuyé.

— Pour vous faire plaisir ? Votre frère ?

Oh, mon Dieu. Elle se rendit compte un peu tard que son attitude n'était pas celle d'une servante. Mais Gwen se mit à rire en frappant dans ses mains.

— Vous comprenez tellement bien mon frère, Helaine. Vous ne voyez pas d'inconvénient à ce que je vous appelle Helaine, n'est-ce pas ?

— Bien sûr que non.

Elle eut l'impression d'être une amie de la famille, leur rendant visite pendant les vacances.

— Quoi qu'il en soit, Robert est très agréable aujourd'hui. Je n'en reviens pas. J'étais en train de lui dire qu'il devrait partir habiter quelque temps au club, et il me répondait qu'il n'en ferait rien.

— Je suis d'accord, l'interrompit Helaine. Je ne souhaite en aucun cas le chasser de chez lui.

— Peuh ! Je vous ai fait une promesse, et je veux la tenir. Mais il m'a fait une proposition merveilleuse !

Helaine dut attendre que Jeremy lui ait apporté son assiette pour entendre la suite. Elle avait encore quelques doutes sur le fait de déjeuner avec la famille, mais finalement la faim l'emporta. Elle planta sa fourchette dans les œufs brouillés et dut réprimer un gémissement de plaisir.

Robert éclata de rire.

— Moi qui craignais que vous ne refusiez de manger !

— Vous avez une cuisinière exceptionnelle, monsieur. Mais la situation est un peu bizarre, vous savez. Ce n'est pas très bien de votre part.

— Je suis un aristocrate, répondit le vicomte avec raideur. Je peux m'autoriser quelques caprices. Mais je voulais simplement avoir le plaisir de votre compagnie, madame Mortimer. Je sais que c'est un peu inhabituel, mais je pourrais vous citer un grand nombre d'excentriques qui invitent toutes sortes de gens à leur table.

— Vous considérez-vous donc comme un excentrique ?

— En effet, admit-il en détournant les yeux pour prendre sa tasse.

— Bien sûr qu'il est excentrique ! s'exclama Gwen. Il a décidé de nous accompagner à Bond Street ! Moi, ma belle-famille, Edward... je ne suis pas sûre qu'il viendra, il m'a dit quelque chose au sujet de poules, ou de moutons... Enfin, bref. Et vous. Il faut que vous veniez, car nous ne pouvons acheter les rubans et les fanfreluches pour nos toilettes sans votre aide.

Helaine la considéra avec stupeur, oubliant de manger.

— Nous allons à Bond Street aujourd'hui ?

— Acheter tout ce qui nous plaira... C'est le cadeau de Robert ! Il est devenu si excentrique qu'il voudrait vous demander conseil avant de se rendre chez son tailleur ! Vous imaginez ? Je n'aurais jamais cru que mon frère viendrait un jour faire les boutiques avec moi ! Et encore moins qu'il demanderait conseil à quelqu'un !

— Ce n'est pas juste, protesta Robert. Je m'informe souvent de l'opinion de mon entourage.

Gwen balaya son argument d'un geste de la main et se tourna vers Helaine.

— N'est-ce pas une idée merveilleuse ? Robert dit que je pourrai acheter les articles les plus chers que je trouverai !

— Ah, non ! s'exclama l'intéressé. Madame Mortimer, promettez-moi d'inculquer à ma sœur un peu de bon sens. Il faut lui apprendre à économiser. À choisir de belles choses pour un petit budget.

— Quoi ? gronda Gwen. Tu ne vas pas ajouter des restrictions maintenant ! Tu m'as dit que tu me paierais tout ce que je voudrais !

— En effet, mais...

— Vous êtes d'accord, Helaine ? Vous m'aiderez à dépenser l'argent de mon frère ? Nous achèterons les articles les plus raffinés !

Helaine eut un petit rire joyeux et prit sa tasse de thé.

— Bien sûr. Je ferai mon possible pour trouver les plus beaux tissus à des prix qui ne ruineront pas le comté de Willington. Après tout, précisa-t-elle avec un clin d'œil à Gwen, il faut qu'il reste à votre frère assez d'argent pour vous faire un superbe cadeau de mariage.

Robert poussa un grognement, et Gwen éclata de rire, énumérant tous les présents hors de prix que son frère pourrait lui offrir. Helaine prit part à ce joyeux bavardage, échangeant des remarques avec le frère et la sœur.

Ce n'est que plus tard qu'elle se rendit compte qu'elle s'était laissé manipuler. Au cours des derniers jours passés dans la maison, elle s'était tenue à l'écart. Sa place n'était pas celle d'une domestique, mais elle n'était pas non plus au niveau des maîtres. Puis Robert était revenu à Londres. Elle avait passé presque toute une nuit à parler avec lui, les domestiques pensaient qu'elle était sa maîtresse, et maintenant elle prenait part à une journée de shopping, comme si elle était redevenue lady Helaine et faisait partie de la famille.

À ce train-là, où en serait-elle dans vingt-quatre heures ?

16

Robert détestait faire les courses. C'était une activité qu'il méprisait de tout son cœur, surtout lorsqu'il pensait aux dossiers qui s'entassaient sur son bureau. Tout comme il détestait demeurer immobile vingt ou trente minutes d'affilée, songeant à tout le travail qu'il ne faisait pas, pendant que son tailleur prenait des mesures et plantait des épingles. Il détestait tout cela, et cependant cette journée l'enchanta.

Il n'était jamais allé dans les boutiques avec sa sœur. Du moins pas depuis l'époque où il était encore en culottes courtes. Le seul souvenir qu'il en gardait, c'était l'impression d'un profond et accablant ennui. En tant qu'adulte, il n'avait jamais voulu accompagner les femmes quand elles faisaient leurs achats, ni écouter leurs discussions interminables sur les tissus, les accessoires, la mode. En revanche, il appréciait leur élégance et le soin qu'elles apportaient à leur apparence.

Bizarrement, il comprit tout ce que les jeunes femmes disaient. Telle couleur leur allait mieux au teint, tel ruban mettait en valeur leur chevelure, et un sac orné de perles était plus féminin qu'un autre avec de la dentelle. Helaine savait très bien expliquer cela, en donnant des exemples.

Alors qu'ils passaient d'une boutique à une autre, elle montrait à Gwen les femmes qui savaient s'habiller, tout en soulignant les critères de l'élégance. Il n'avait jamais passé autant de temps à observer les toilettes de femmes inconnues, et il trouvait cela fascinant. Il se demandait aussi combien de gaffes il avait pu commettre chaque jour en s'habillant.

La question vint sur le tapis lorsqu'ils s'arrêtèrent chez Gunter pour le thé. Gwen attaqua la première.

— Mon cher frère, tu as toujours été le contraire d'un homme élégant ! Heureusement pour toi, Père t'a présenté un excellent tailleur.

— Vraiment, Gwen ! protesta la tante d'Edward. Votre frère a de l'allure, à sa façon. Vous ne devriez pas faire ce genre de réflexions en public.

Robert aurait pu être rassuré si elle n'avait pas précisé « à sa façon ». Il était sur le point de demander ce que cela signifiait quand la future belle-mère déclara :

— Vous êtes exactement ce que vous devez être, monsieur. Imposant, sévère…

— Pompeux et autoritaire, acheva Gwen.

— Noble, rectifia la belle-mère d'un ton ferme.

Robert posa sa tasse et reporta les yeux sur Helaine.

— Êtes-vous de cet avis, madame Mortimer ? Est-ce que je m'habille…

— De façon à intimider ? lança Gwen. La réponse est oui.

— Les futurs comtes se doivent d'en imposer, commenta la mère d'Edward. Mais il serait bon que vous ajoutiez un peu de chic à ce style aristocratique.

— Vous voulez dire que je ne suis pas chic ? s'exclama Robert, consterné.

— Mon frère chéri, tes tenues sont tristes. Tu es imposant, arrogant et ennuyeux à mourir.

— C'est vrai ? demanda-t-il en s'adressant à Helaine.

Celle-ci contourna la difficulté.

— Votre style est discret, monsieur. Ce sont vos manières qui sont imposantes.

— Et autoritaires, et…

— Oui, Gwen, j'ai compris.

Il jeta un bref coup d'œil à ses habits. Il portait du marron aujourd'hui, qu'il trouvait plus décontracté que ses habituelles tenues noires. Une chemise ivoire, et une cravate glissée sous un gilet marron. Ce qui devait former un ensemble un peu terne, reconnut-il.

— Que me conseilleriez-vous, madame Mortimer ?

Celle-ci pencha la tête de côté.

— Un gilet plus coloré. Rien de trop voyant. Juste un trait de couleur ou deux. Du rouge, du doré, pour relever le marron. Et une cravate assortie, bien entendu.

— Ma cravate devrait être assortie au gilet ?

Il avait toujours assorti sa cravate à sa chemise.

— Juste pour trancher sur la chemise, monsieur. Et, si je puis me permettre… ajouta-t-elle en hésitant.

— Allez-y, ne vous arrêtez pas ! s'écria Gwen. Pour une fois qu'il écoute !

— Un bijou, monsieur le vicomte.

— Pardon ? Je ne suis pas un dandy…

Les dames se mirent à rire. Apparemment, l'idée de le comparer à un dandy était très amusante. Par chance, Helaine garda son sérieux, ce qui épargna quelque peu la fierté de Robert.

— Une simple épingle piquée dans votre cravate ne vous fera pas ressembler à un dandy. Votre émeraude était très belle.

Il fronça les sourcils, essayant de se rappeler quand elle avait pu voir cette émeraude. La soirée à l'auberge… Son regard s'éclaira, et les joues de la jeune femme se colorèrent. Elle enchaîna précipitamment :

— Vous pourriez acheter une épingle en or, représentant les armes de votre famille ? Quelque chose de discret, mais d'unique. Ce serait chic, sans…

— Sans que j'aie l'impression d'être attifé comme un bellâtre ?

Elle haussa simplement les sourcils d'un air moqueur, tandis que les autres femmes éclataient de rire. Il ne leur prêta aucune attention. En revanche, les yeux de Helaine, son expression, tout son être, semblèrent s'illuminer.

Certes, elle n'exprimait pas souvent sa joie, mais celle-ci perçait à présent sous son maintien.

Il aurait voulu pouvoir la libérer de ses tracas, de ses fardeaux, et partager avec elle des moments d'insouciance.

Ses pensées durent transparaître sur son visage, car les rires retombèrent, et Helaine se réfugia de nouveau derrière un masque d'indifférence et de froideur.

Il avait recommencé ! songea-t-il, consterné. Il lui avait fait peur, alors que c'était la dernière chose qu'il souhaitait ! D'ailleurs, il avait organisé cette sortie justement pour lui prouver qu'ils pouvaient se trouver ensemble sans que cela nuise à sa réputation ou à son affaire.

Gwen toussota, essayant visiblement d'attirer son attention. Il finit par se ressaisir et détacher son regard de Helaine pour se tourner vers sa sœur.

— Tu te sens bien, Gwen ? J'ai l'impression que tu as attrapé froid.

— Je pense, dit-elle lentement en détachant les mots, que tu as besoin de faire un tour dans ta cachette favorite.

— De quoi parles-tu ?

— Du *Chandler*, idiot. Il me semble que tu devrais t'accorder un après-midi pour reprendre tes esprits.

Robert tressaillit. Comment diable connaissait-elle l'existence du *Chandler* ? Il était certain que personne dans son entourage n'y avait jamais fait allusion.

Mais Gwen continua de babiller, s'adressant aux autres femmes.

— Il possède cet endroit. J'ai entendu le cocher en parler à Dribbs. Un bâtiment délabré où il se rend quand il a envie d'être seul pour réfléchir. Apparemment, nous l'ennuyons tellement qu'il a besoin de s'échapper. En réalité c'est l'inverse, vous savez. C'est nous qui avons besoin de repos. Donc, mon cher frère, je te conseille de t'y rendre, et de ne revenir que lorsque tu auras les idées claires.

Robert poussa un léger soupir. Visiblement, sa sœur ne connaissait pas la véritable histoire du *Chandler*. Elle en parlait comme s'il s'agissait d'un club un peu sinistre pour gentlemen. Mais son soulagement fut de courte durée.

Il se tourna vers Helaine. À en juger par ses lèvres pincées et ses yeux baissés, celle-ci savait très bien ce qu'avait été le *Chandler*. Et naturellement, elle se faisait une idée totalement fausse de ce qu'il fabriquait là-bas.

— Je vais vous expliquer…

— Je vous en prie, monsieur, coupa-t-elle d'un ton glacial. Vous avez été très généreux en nous consacrant un peu de votre temps. Nous ne voulons pas vous retenir.

— Ce n'est pas ce que vous pensez.

Il se tut. Impossible d'aller plus loin, car toutes les femmes avaient les yeux braqués sur lui et attendaient son explication. Il ne pouvait rien dire devant Gwen, qui ignorait toute l'histoire. Ni devant sa future belle-famille. Quant à Helaine, il voulait être en tête à tête avec elle pour le lui expliquer. Il voulait qu'elle connaisse l'homme qu'il était en réalité, celui qui adorait chaque minute qu'il passait au *Chandler* à soigner ses malades.

— Très bien, lança-t-il, se drapant dans sa dignité. Je vois que vous souhaitez vous débarrasser de moi, mesdames. Mais je vous en prie, madame Mortimer, faites en sorte d'être libre ce soir, à mon retour. J'aimerais vous dire un mot.

— Je suis certaine que ce n'est pas nécessaire...

— J'insiste. Tout de suite après le dîner, si vous voulez bien.

Conscient de ce que ses paroles avaient de péremptoire, il ajouta :

— C'est une requête que je vous présente, et non un ordre. Je vous serais excessivement reconnaissant si vous me consacriez un peu de temps.

Helaine finit par esquisser un geste d'acquiescement, et il prit congé. Il avait un projet pour ce soir. Un grand projet. Et très peu de temps pour le préparer.

Helaine dut admettre, à sa grande consternation, qu'elle était une créature illogique. Quelque temps auparavant, elle avait quitté une certaine auberge, bien résolue à ne plus jamais adresser la parole à lord Redhill. Et à peine deux jours plus tard, elle était allée s'installer dans sa maison. Non seulement elle avait par la suite passé toute une nuit à discuter avec lui, mais elle avait aussi participé à une agréable journée de shopping en sa compagnie. Et une fois qu'il les avait quittées pour se rendre dans une maison close, elle s'apercevait qu'il lui manquait terriblement. Il avait un esprit aiguisé, et écoutait vraiment ce qu'elle lui disait. Il pouvait être drôle quand il le voulait et se révélait un compagnon délicieux, même lorsqu'il s'agissait de faire le tour des boutiques de mode.

Cependant, elle se dit qu'elle était bien contente d'être débarrassée de lui. Après tout, un homme qui avait besoin de se rendre au bordel pour recouvrer sa bonne humeur n'était pas le chevalier servant idéal ! Mais elle avait beau se répéter sévèrement ces mots, elle ne pouvait empêcher son esprit de retourner vers lui. Si elle voyait un tissu qui lui plaisait, elle se demandait quel effet il ferait sur lui. Si quelqu'un disait quelque chose de drôle, elle s'attendait à entendre son rire grave. Et, pire que tout, elle ne cessait de se retourner afin de lui confier ceci ou cela… pour s'apercevoir, déçue, qu'il n'était plus là.

C'était ridicule ! Mais elle ne pouvait s'en empêcher. Elle ne cessait de se demander de quoi il pouvait bien vouloir discuter avec elle après le dîner.

Elles tombaient toutes de fatigue, quand un miracle survint. Gwen déclara qu'elle voulait des mules pour danser. Helaine suggéra de se rendre dans sa propre boutique, car elle venait d'engager un nouveau cordonnier. Penny avait déjà confectionné deux paires de chaussures ravissantes pour Francine, aussi Helaine avait-elle décidé de proposer ses modèles aux autres clientes. De plus, les dames voulaient absolument voir la dentelle de Bruxelles qu'Irène s'était procurée. Se servant du crédit qu'elles avaient obtenu chez les marchands de tissus, Irène avait réussi à persuader les capitaines de navires marchands de lui céder certains articles également à crédit. Elle avait ainsi apporté la veille plusieurs rouleaux de soie, en plus des coupons de dentelle. Et maintenant que le père de Francine avait réglé ses factures, Helaine pouvait payer les coupons à Irène et l'envoyer en acheter d'autres.

Le succès commençait à se profiler à l'horizon. Ou, du moins, l'éventualité d'un désastre s'éloignait. Ce qui, en soi, était déjà un miracle. À présent, il ne restait plus à Helaine qu'à se servir des éléments qu'elle avait mis en place pour développer son commerce. Et à s'assurer que rien ne viendrait détruire ce bel équilibre. Comme une soirée de discussion avec un certain vicomte, par exemple.

Mais ce problème se réglerait ce soir. Pour l'instant, tout le monde était de bonne humeur, et en chemin vers son atelier de couture. Pendant que Penny prenait les mesures des dames, Helaine écrivit un message à lord Redhill pour reporter leur rendez-vous. Elle avait décidé de passer la soirée chez elle afin de mettre son travail à jour, lui écrivit-elle. Mais elle aurait grand plaisir à le croiser le lendemain.

Elle ne faisait que reporter une rencontre inévitable. Mais elle espérait qu'après une bonne nuit de sommeil, elle contrôlerait mieux ses émotions.

Après avoir dit au revoir à Gwen et sa belle-famille, avoir échangé quelques mots avec Penny qui retournait dans la boutique de son père pour commencer son travail, et embrassé sa mère, elle s'enferma dans sa chambre pour prendre un repos bien mérité. Quel bonheur de sombrer dans le sommeil et de tout oublier ! Bien que ce fût la fin de l'après-midi, rien ne put la tenir éveillée. Ni la pensée de beaux messieurs aux yeux chocolat, ou des livres de comptes, ou de la pauvreté qui menaçait. Pendant quelques heures, elle oublia le reste du monde.

Puis sa mère vint frapper à sa porte. Helaine émergea du sommeil.

Elle sortit du lit et alla ouvrir.

— Oh, mon Dieu ! s'exclama sa mère en la voyant. Mon Dieu, mon Dieu !

— Quoi ?

— Ta robe ! Tes cheveux ! Tu es toute froissée, même tes joues sont fripées !

Naturellement, elle venait juste de se réveiller.

— J'aurais dû me déshabiller avant de me coucher, mais…

— Peu importe. Il faut te changer tout de suite.

Helaine se frotta les yeux, mais sa mère la poussa dans la chambre, l'aidant rapidement à se débarrasser de sa robe, avant de lui brosser les cheveux. Elle était d'une efficacité redoutable. Sauf qu'elle avait oublié de retirer les épingles qui retenaient sa chevelure.

— Oh, et puis zut ! dit-elle en donnant la brosse à Helaine. Finis de te coiffer, je vais chercher une robe de rechange.

— Mais…

— Coiffe-toi !

Helaine obéit, retirant rapidement les épingles.

— Pourquoi dois-je me rendre présentable ? Je passe tranquillement la soirée à la maison.

— Parce qu'il est là. Il dit que vous aviez rendez-vous.

Inutile de demander de qui elle parlait.

— Mais je lui ai dit que je le verrais demain ! protesta Helaine en soufflant d'impatience.

— Enfile ceci, ordonna sa mère en lui tendant la robe qu'elle avait portée pour se rendre à l'auberge.

— Je ne peux pas ! Je l'ai mise la dernière fois que je l'ai vu.

— Oh, oui, c'est vrai !

Sa mère laissa tomber la robe et sortit en trombe. Elle revint quelques minutes plus tard avec une robe de velours bleu foncé.

— Tu vas mettre l'une des miennes.

— Mais...

— Tu ne peux pas refuser de le voir, Helaine. Maintenant que tu as choisi cette voie, ce serait mal élevé. Si cette robe te serre, ce ne sera que mieux. Allons, tes cheveux !

Helaine posa la brosse et soutint le regard de sa mère.

— Je n'ai rien fait dont je puisse rougir, maman. Je n'ai choisi aucune voie, comme vous dites. Il n'y a qu'une... amitié entre nous. Rien de plus.

Sa mère lui présenta la robe, mais Helaine n'esquissa pas un geste.

— Peu importe ce qui s'est passé ou non, dit alors sa mère en soupirant. Tout le monde croit qu'il y a quelque chose. Et je ne te reproche rien.

Helaine se figea de surprise. Une semaine plus tôt, elle avait craint que sa mère ne s'en remette pas si elle apprenait qu'elle avait fauté. Et maintenant, elle la poussait à avoir une liaison avec Robert ? C'était insensé. Cependant, en observant mieux sa mère, elle vit dans ses yeux une sorte de résignation. Était-elle enfin prête à affronter le monde, non pas comme l'ancienne comtesse qu'elle était, mais simplement comme une femme ? Comme quelqu'un qui acceptait la vie telle qu'elle était ?

Impossible. Et pourtant, les choses semblaient avoir changé... Il fallut un moment à la jeune femme pour comprendre qui avait accompli ce miracle.

— Que vous a-t-il dit ?

— Rien. Enfile cette robe.

Elle obéit. Puis sa mère l'habilla avec une énergie qui la conforta dans ses soupçons. Quand elle fut prête, elle prit les mains de sa mère et la regarda dans les yeux.

— Que vous a-t-il dit, maman ? J'ai le droit de le savoir.

— Juste que... qu'il admirait ta force de caractère.

— Quoi ?

— Nous parlions de toi. C'est ce que font toutes les mères, quand elles voient un homme à marier de l'âge de leur fille.

— Maman, vous ne pouvez pas croire que ses intentions sont honorables !

— Écoute-moi. Il s'est mis à parler de toi. Il admire ce que tu fais dans cette boutique. Il m'a dit que je devais être tellement fière. Et je le suis,

Helaine. Réellement. Tu nous as sauvées, alors que je n'avais même pas la force de quitter mon lit.

Helaine se détourna en sentant ses joues s'enflammer. Elle n'avait jamais réalisé à quel point elle avait besoin d'entendre ces mots. Sa mère était fière d'elle.

— Merci, maman. Mais qu'est-ce que cela a à voir avec tout ça ? demanda-t-elle en désignant la robe.

— Assieds-toi et laisse-moi finir de te coiffer.

Helaine obéit et, tout en brossant ses boucles brillantes, sa mère reprit :

— Il t'aime. Je le vois dans ses yeux. Une mère devine ces choses-là.

— Maman, vous ne devez pas croire ce que dit un homme parce qu'il est charmant. Je croyais que vous aviez compris, depuis le temps.

Avec mon père. Elle ne prononça pas les mots à haute voix, mais sa mère saisit l'allusion. Elles savaient toutes deux à quel point le père de Helaine pouvait se montrer agréable quand cela l'arrangeait.

— Lord Redhill n'est pas un ivrogne, rétorqua sa mère. C'est un homme stable, solide, qui appartient à la bonne société.

Helaine ne pouvait la contredire. Elle tint sa langue. Sa mère croisa son regard dans le miroir.

— Il m'a promis de te rendre heureuse, Helaine. Il fera tout ce qui est en son pouvoir pour cela. Je le crois. Ce n'est pas le genre d'homme à faire des promesses à la légère.

— Mais il n'est pas question de mariage, maman ! Vous le savez bien.

Sa mère soupira, et ses épaules s'affaissèrent.

— Bien sûr. Mais le bonheur est quelque chose de précieux. Tu devrais l'attraper, tant que c'est possible.

— Même si cela m'oblige à… tout sacrifier ?

C'est-à-dire à perdre sa virginité avec un homme qui ne l'épouserait jamais. Une lueur de mélancolie apparut dans les yeux de sa mère.

— J'ai rencontré ton père lors d'une fête en plein air. Il m'a fait rire, et les jours suivants il m'a envoyé des fleurs. Puis il s'est mis à me poursuivre dans les bals, au théâtre, et même dans les soirées musicales qui lui déplaisaient tant. Il était charmant. Je n'ai jamais autant ri qu'au cours de cette première année. Notre mariage fut merveilleux, digne d'un conte de fées. Je crois qu'il n'était pas un très bon amant, mais il était si drôle. Nous étions comme deux enfants marchant main dans la main, et j'étais aux anges. Jusqu'à ce qu'il se mette à boire, j'ai été la plus heureuse des femmes.

— Maman, vous avez toujours dit qu'il était un panier percé et un bon à rien ! s'exclama Helaine, abasourdie.

— C'était vrai aussi, admit sa mère en haussant les épaules. Mais, au début, il était différent. Je crois que c'est pour cela que je le hais autant maintenant. Il n'était pas le même, au début.

Son regard se fit lointain, puis elle se mit à épingler les boucles de Helaine.

— Tu as déjà perdu tellement de choses, reprit-elle. Je veux que tu connaisses le bonheur.

L'esprit de Helaine était en ébullition, et son cœur battait la chamade.

— Je ne peux pas faire cela aussi facilement, maman. Pas juste pour un moment de bonheur.

Sa mère la regarda longuement, tout en arrangeant les boucles au sommet de sa tête.

— Tu es plus raisonnable que moi. Cependant, même avec le recul, je me demande si je ferais un choix différent aujourd'hui. Les premières années avec ton père ont été les meilleures de ma vie.

— Mais il nous a abandonnées, maman. Sans ressources. Nous n'avions pas de quoi manger, pas de protection, notre réputation était en ruine. Il nous a détruites, puis il a disparu.

— Je sais. Mais grâce à toi nous pouvons manger, ma chérie. Nous sommes en sécurité. Quant à notre réputation, elle est flétrie depuis longtemps. Les courtisanes royales ont plus de chance que nous. Elles connaissent le bonheur et ne se trouvent pas prises au piège quand il disparaît.

Helaine n'avait jamais envisagé de devenir courtisane. Cela ne cadrait pas avec l'image qu'elle avait d'elle-même.

Sa mère lui pinça les joues pour leur apporter de la couleur, et lui donna un dernier conseil.

— Si tu as une occasion de trouver le bonheur, même brièvement, saisis-la.

Helaine ferma les yeux, essayant en vain de mettre de l'ordre dans ses pensées.

— Nous ne sommes pas aussi en sécurité que vous le croyez, maman. Tout pourrait s'effondrer du jour au lendemain.

— Raison de plus pour être heureuse tant que c'est possible.

Sa mère l'inspecta de la tête aux pieds, puis la poussa vers l'escalier.

Un instant plus tard, Helaine se retrouva seule avec Robert. Et à en juger par la façon dont elle s'embrasa sous son regard, elle se trouvait au bord du gouffre.

De quel côté allait-elle tomber ?

17

Robert sentit sa gorge se serrer. Elle portait une robe bleu nuit. Le corsage soulevait ses seins, la jupe virevoltait autour de ses chevilles, ses cheveux retombaient en cascade dans son dos. En temps normal, il l'aurait comparée à une reine, à Vénus, ou à une autre créature extraordinaire. Mais les mots lui manquaient. Il était fasciné.

— Robert ?

— Vous êtes splendide, finit-il par articuler.

— Oh. C'est une robe de ma mère. Désolée de vous avoir fait attendre.

Il la regarda comme s'il ne l'avait encore jamais vue. C'était peut-être ridicule, mais elle lui semblait différente.

— Que s'est-il passé ?

— Je vous demande pardon ?

— Vous n'êtes pas tout à fait la même. Moins déterminée. Plus douce. Plus féminine.

Elle arqua les sourcils, et une lueur malicieuse passa dans ses yeux.

— Vous ne me trouviez pas féminine, avant ?

— Vous étiez belle, répondit-il en souriant. Mais maintenant vous êtes époustouflante. J'aime votre coiffure.

— Je n'ai pas eu le temps de refaire mon chignon, dit-elle en lissant ses cheveux du plat de la main.

— J'espère que cela arrivera encore. Que s'est-il passé, Helaine ?

— Rien. J'ai eu une rude journée, et je viens d'avoir une conversation avec ma mère. Qu'y a-t-il de si urgent, monsieur ? Ne pouviez-vous attendre jusqu'à demain ?

— Je craignais que vous ne soyez pas libre demain. Gwen aurait pu avoir besoin de toute urgence d'un nouveau ruban. Sa belle-sœur insister pour vous voir sur-le-champ. Vous auriez pu vous évanouir d'ennui.

— Elles ne sont pas ennuyeuses. Et vous ne devriez pas parler ainsi de votre nouvelle famille.

Robert résista à la tentation de lever les yeux au ciel.

— Elles ne pensent qu'à la mode et à la nouvelle saison.

— Moi aussi.

— Mais vous ne vous limitez pas à cela.

Plus nerveux qu'il ne s'y attendait, il s'approcha et lui prit les mains. Elle ne protesta pas.

— Helaine, je voudrais vous montrer quelque chose. Quelque chose qui pourrait causer ma perte. Comme vous, si votre identité était révélée.

— Vous exagérez.

Il haussa les épaules.

— Je ne perdrais pas ma fortune, je deviendrais comte quand même, mais ma réputation serait définitivement entachée et mes motifs deviendraient suspects. Je serais considéré comme un dépravé, et tout le monde serait contre moi. Après cela, je ne pourrais plus envisager de carrière politique.

— Je ne vous crois pas.

— Laissez-moi vous montrer.

Elle hésita, retirant lentement ses mains.

— Mais pourquoi ? Pourquoi tenez-vous à me montrer cela ?

Robert n'était pas encore prêt à analyser ses raisons. Il décida de ne révéler qu'une partie de la vérité.

— Parce que je veux que vous ayez une bonne opinion de moi.

— Cette chose, qui provoquerait le rejet des gens, aurait l'effet inverse sur moi ?

— Je l'espère. Helaine, je ne peux pas vous expliquer. Il faut que je vous montre.

— Je... Le monde est sens dessus dessous, dit-elle en se détournant.

Il la prit doucement par les épaules. Elle lui tournait le dos. Il la sentit se crisper, puis elle soupira et se détendit. Il avait envie de l'enlacer, mais il n'osa pas le faire.

Finalement, elle se dégagea.

— Je vais prendre un manteau, dit-elle.

Il la retint délicatement par le bras et elle lui lança un regard interrogateur.

— Qu'est-ce qui vous a décidée ?

— Ce n'est pas vraiment une décision, monsieur. Je suis trop faible quand vous êtes là. J'aime votre compagnie, et... et je suppose que cela m'incite à ignorer le reste.

Il ne put retenir un sourire à l'idée qu'elle lui faisait confiance.

— Vous avez juste la faiblesse nécessaire. Après tout, une femme trop forte ferait peur aux hommes.

— Et puis, il y a une autre raison.

— Oui ?

— J'aimerais bien savoir ce qui pourrait vous causer du tort. Pas pour m'en servir. Juste pour savoir.

— Mais... pourquoi ?

— Vous saurez que je sais, et que je peux revenir sur ma parole à tout moment. J'aime bien l'idée que vous ayez peur de moi. Pas beaucoup. Juste assez pour comprendre ce que je vis chaque jour.

Le sourire de Robert s'effaça.

— Vous avez peur à ce point ? Tous les jours ?

Elle hocha la tête. Elle était en proie à une peur constante. Ce qui n'était pas étonnant, puisqu'elle marchait en permanence sur la corde raide, au bord de la faillite.

— Je pourrais vous délivrer de cette crainte, vous savez. Si vous étiez ma maîtresse, vous auriez largement de quoi vivre.

Alors même qu'il les prononçait, ces mots le heurtèrent. Il n'aimait pas penser à elle comme à une maîtresse. Et pourtant, l'envie de coucher avec elle le tenaillait. En ce moment même, le désir lui embrasait les reins.

La jeune femme haussa les épaules.

— La peur m'aide à garder les idées claires, dit-elle simplement. Du moins, la plupart du temps.

Puis elle disparut dans l'escalier, probablement pour aller chercher son manteau. Il l'entendit souhaiter une bonne nuit à sa mère, avant de redescendre. Elle accepta sans hésiter la main qu'il lui tendait, et se laissa guider en souriant jusqu'à la voiture.

Elle eut une brève hésitation en voyant le fiacre.

— Vous n'avez pas pris votre carrosse ?

— Non, pas pour l'endroit où nous allons. Mes domestiques parlent trop.

Elle grimpa dans le véhicule sans poser d'autre question. Robert donna un ordre au cocher et la rejoignit à l'intérieur. Comme il faisait froid, il s'assit à côté d'elle et l'attira vers lui. Elle était enfin de nouveau dans ses bras !

Helaine ferma les yeux. La tête lui tournait. Combien d'événements incroyables s'étaient succédé en une heure ? D'abord, sa mère qui l'encourageait à devenir la maîtresse de lord Redhill. Ensuite, Robert avait un secret qu'il souhaitait lui dévoiler. Et enfin, le plus extraordinaire : sa mère ne regrettait pas d'avoir épousé son père.

— Vous semblez perdue dans vos pensées, fit remarquer Robert.

Helaine se dégagea.

— Je suis désolé. Je ne voulais pas vous perturber, dit-il en lui prenant la main. Je voulais juste savoir à quoi vous pensiez.

— Oui, mais… je vais vous paraître stupide.

— Vraiment ? Alors, il faut absolument me le dire !

Elle rit. Il était tellement facile de parler avec lui.

— Ma mère m'a dit quelque chose de choquant, juste avant que je ne descende vous rejoindre. Il faut préciser que pendant toute mon enfance, je l'ai entendue proférer des insultes contre mon père.

— Et que vous a-t-elle dit ?

— Que même maintenant, avec le recul, elle l'épouserait de nouveau si c'était à refaire.

— Vraiment ? Malgré ce qu'il a fait ?

Helaine hocha la tête, heureuse de pouvoir parler de son père à quelqu'un.

— Il n'y a pas eu que le vol, vous savez. C'était un alcoolique, tout simplement.

Il lui pressa doucement la main, et elle ne fit pas mine de le repousser.

— Ne vous sentez pas obligée d'en parler si c'est trop douloureux. Mais je me demandais…

— Vous voudriez connaître les détails de l'histoire ?

— Oui. Tout ce que je sais, c'est qu'il a dérobé du matériel militaire.

Helaine eut un rire d'amertume.

— Je pourrais le comprendre, s'il avait volé pour payer notre loyer ou quelque chose comme ça. Mais non. Il avait un ami proche. Quelqu'un qui partageait ses beuveries, naturellement, et qui était responsable des expéditions militaires en Espagne. Savez-vous ce qu'il a volé, monsieur ? Ce que mon père, le comte de Chelmorton a volé à ces hommes qui se battaient loin de leur pays ?

Robert secoua la tête en signe d'ignorance.

— Du brandy de grande valeur. Les familles fortunées expédiaient d'excellentes bouteilles pour leurs fils officiers. La moitié de ces bouteilles n'arrivait jamais à destination. Les marins, les dockers et les médecins parvenaient toujours à chiper une bouteille ou deux. Les médecins en avaient besoin pour anesthésier leurs patients. Et les autres...

Elle haussa les épaules, sans terminer sa phrase.

— Oui, je sais qu'il y a de nombreux vols dans l'armée, acquiesça-t-il.

— Eh bien, mon père fait partie de cette liste de voleurs. Sauf qu'il ne s'est pas contenté d'une bouteille ou deux. Il a volé une caisse entière, et pas n'importe laquelle. Celle qui était destinée au fils du comte de Bedford.

Robert émit un petit sifflement.

— Bedford n'est pas homme à tolérer ce genre de choses. Surtout si la caisse était pour son fils. Mais comment l'a-t-il su ? La caisse devait se trouver à bord d'un navire militaire.

— Mon père parle trop quand il a bu ! Ayant mis la main sur cet excellent brandy, il a voulu fêter ça. Et lorsque ses compagnons de beuverie lui ont demandé où il avait trouvé une telle merveille, il le leur a dit. Apparemment, il y avait aussi des domestiques avec eux.

— Seigneur.

— Bedford l'a appris et a crié au scandale.

— Votre père fut aussitôt banni de la bonne société, et vous avec.

Au bord des larmes, Helaine laissa retomber sa tête contre l'épaule du vicomte.

— Mon père était un idiot, un ivrogne, et à cause de lui…

— À cause de lui, votre mère et vous avez dû subvenir à vos propres besoins. C'est-à-dire que tout reposait sur vos épaules, conclut-il en soupirant.

— Oh, non ! Au début, ma mère était très forte ! Elle avait le chic pour nous procurer des repas ou des vêtements. Mais nous dépendions de la bonne société. Il fallait que des amis nous invitent chez eux pour le thé, ou quelque chose dans ce genre. Je crois qu'une fois, une de ses amies a payé ma pension à l'école.

— Mais certains scandales ne peuvent être ignorés, même par nos plus vieux amis.

Helaine soupira, songeant à tout ce que sa mère avait perdu.

— Maman s'était mariée par amour, voyez-vous. Je le savais, bien entendu. Papa pouvait être si adorable.

— Je ne suis pas étonné que vous soyez aussi méfiante. Vous savez ce que la passion peut coûter à une femme.

— Mais elle le hait, pourtant. Elle me l'a souvent répété. Ce soir encore, alors même qu'elle affirmait qu'elle l'épouserait de nouveau si c'était à refaire. C'est incompréhensible.

— Mais n'est-ce pas le propre de l'amour ?

— Je vous assure qu'elle le hait. Je le sais.

— Et elle l'aime encore. Les deux ne sont pas incompatibles.

— Bien sûr que si. L'amour et la haine ne peuvent s'accorder. Ma mère n'a plus toute sa tête.

Robert laissa échapper un rire moqueur.

— Vous préférez croire que votre mère est folle, plutôt que d'admettre qu'elle est amoureuse ?

— Je préférerais que le monde soit logique. Mon père est un vaurien et un goujat. Ma mère se porterait mieux si elle ne l'avait pas connu, aimé et épousé !

— Et pourtant, elle vous a dit ce soir qu'elle ne regrettait rien, et cela vous agace.

— Vous aimeriez savoir, vous, que votre mère est folle ?

— Laissons ma mère et ses maladies en dehors de cela. Nous parlons de vos parents. Pour commencer, je trouve rassurant que l'amour puisse surmonter les circonstances les plus terribles. Le cœur ne suit pas forcément la logique. On peut aimer quelqu'un en dépit de ses fautes. Est-ce pour cette raison que vous ne vous êtes pas mariée ? Parce que vous cherchez un homme sans défauts ? Qui ne vous décevra pas comme votre père ?

— Ne soyez pas ridicule. Tout le monde a des défauts.

— Absolument. Et donc, vous êtes seule.

Helaine ne sut quoi répondre. Était-ce possible ? S'était-elle repliée sur elle-même parce que aucun homme ne pouvait être parfait ?

— Alors pourquoi serais-je là, avec vous ? dit-elle à mi-voix, comme pour elle-même.

— Peut-être parce que j'approche de la perfection ?

— Ce n'est pas le cas !

— Pourtant, je ne suis pas si mauvais.

— Vous êtes surtout extrêmement persévérant, monsieur. Combien de fois vous ai-je repoussé ? Et cependant, vous frappez à ma porte et exigez de me voir.

— Je n'exige rien, répondit-il avec hauteur. J'ai simplement demandé. Vous n'étiez pas obligée de descendre.

— Ma mère a insisté.

— Vous auriez pu refuser. Au lieu de quoi, vous avez enfilé une robe et vous êtes recoiffée. Pourquoi, Helaine ? Je suis très heureux, évidemment. Mais pourquoi ?

— Je vous l'ai déjà dit. Je veux connaître votre secret.

— Ah oui, soupira-t-il. Quelle chance, nous sommes justement arrivés.

Elle se redressa, prenant seulement conscience que le fiacre avait ralenti. La portière s'ouvrit, et le cocher l'aida à descendre. Helaine contourna la voiture et reconnut le quartier.

— Pourquoi m'amenez-vous ici ? s'exclama-t-elle.

Ils se trouvaient au milieu d'une rue où les maisons étaient serrées les unes contre les autres. Un peu plus loin, devant une porte, une femme à peine vêtue faisait signe à des hommes d'entrer.

Helaine fit volte-face pour regagner la voiture, mais Robert lui remonta le col de son manteau afin de dissimuler son visage.

— Couvrez-vous la tête, et ne me lâchez pas le bras.

— Mais…

— Fiez-vous à moi ! dit-il en l'entraînant vers une porte.

Si elle avait eu tous ses esprits, elle aurait résisté. Il n'avait aucune raison de l'emmener dans ce genre de lieu. Mais elle perdait ses moyens quand elle était avec lui. Aussi le suivit-elle, entrant précipitamment dans la maison lorsque la porte s'ouvrit. Une fois entrée, elle voulut lui dire sa façon de penser. Mais les mots s'étranglèrent dans sa gorge.

Ils se trouvaient au milieu d'un vaste hall garni de tentures de velours et de dorures. Des candélabres posés un peu partout éclairaient la pièce. Le décor était exactement celui que l'on s'attendait à découvrir dans une maison de prostitution. Sauf qu'on ne voyait de prostituées nulle part.

Helaine entendit des rires d'enfants. Apparemment, ils devaient être trois. Deux filles et un garçon.

— Ils jouent avec les chatons, expliqua la femme qui leur avait ouvert la porte. Cette chatte est vraiment douée pour attraper les souris, comme je l'avais prévu.

Helaine ne sut quoi dire. Cela n'avait pas de sens. Robert ferma le battant et fit tourner le verrou, comme s'il était un familier des lieux.

— Madame Mortimer, permettez-moi de vous présenter Chandelle, du *Chandler*.

La femme fit une révérence.

— Je suis enchantée de faire la connaissance d'une amie de Robert. J'ai entendu parler de votre boutique. On dit que vos modèles sont fort beaux.

— Euh... je vous remercie.

Revenue de sa surprise, Helaine observa la femme qui se tenait devant elle. Elle portait des vêtements en laine, pratiques et ordinaires. Ses yeux n'étaient pas soulignés de khôl mais entourés de fines rides, et elle ne portait pas de bijoux. Elle était aussi différente que possible d'une prostituée.

— Chandelle était autrefois la tenancière de cette maison qui s'appelait le *Chandler*, précisa Robert.

— Mais la maison a cessé de fonctionner le jour du seizième anniversaire du vicomte, précisa Chandelle. Maintenant, c'est une maison de repos pour les filles. Et il y a les enfants.

Elle les invita à franchir le seuil d'une pièce. Là, gambadant sur les tapis, se trouvaient trois enfants et cinq chatons. Les enfants se levèrent et se précipitèrent vers Robert. Puis Helaine vit la jeune femme assise dans la pièce. Ses traits étaient émaciés et son regard terne, mais elle leur sourit.

— Bonsoir, monsieur, chuchota-t-elle. Mademoiselle.

Robert passa quelques minutes à parler avec les enfants. Ceux-ci semblaient en confiance avec lui. Puis il alla s'agenouiller auprès de la jeune femme.

— Bonsoir, Nettie. Vous n'êtes pas censée quitter le lit.

— Je ne saigne plus, et je ne suis plus enflée, dit-elle en lui prenant la main pour la poser sur son côté gauche.

— C'est encore douloureux, constata-t-il en la palpant doucement.

— C'est normal, vous me faites mal, répondit-elle en repoussant sa main. Ne me touchez plus. Je surveille les enfants.

— Très bien, concéda-t-il en se levant. Mais ne restez pas trop longtemps.

— Elle retournera se coucher dans cinq minutes, déclara Chandelle. En même temps que les petits.

Ces derniers émirent quelques protestations, mais Chandelle les fit taire d'un regard. Ils baissèrent les yeux et murmurèrent les uns après les autres :

— Oui, madame.

Helaine fut impressionnée par l'autorité de Chandelle. De toute évidence, elle faisait la loi dans la maison. Robert lui prit la main et l'entraîna dans le hall.

— Mon père m'a offert le *Chandler* pour mes seize ans. Il ignorait qu'une épidémie de fièvre y sévissait depuis quelques jours. Je suis resté pour aider à soigner ces pauvres filles. Depuis, nous sommes devenus une sorte d'hôpital, mais la maison a gardé son nom.

— Alors je ne me suis pas trompée. C'était bien… un…

— Ouais ! lança Chandelle en venant vers eux. Mais il y a longtemps que ce n'en est plus un. Montre-lui ce que tu fais quand tu viens ici, ajouta-t-elle en désignant l'escalier à Robert. Enfin… ce qu'il fait quand je ne l'oblige pas à vider les bassins !

— Vous… vous videz les bassins ?

— Cela m'arrive de temps en temps.

— Au moins une fois par semaine, reprit Chandelle. Allez, dépêchez-vous, avant que les souris ne vous volent votre dîner.

Robert arqua les sourcils, l'air moqueur.

— Je croyais que cette maman chatte les avait chassées ?

— Elle est seule ! Elle ne peut pas tous les attraper ! Allez ! Tu sais que les enfants n'iront pas se coucher tant que tu seras là pour jouer avec eux.

Robert tendit la main à Helaine. Elle la prit, et ils gravirent l'escalier.

— Votre sœur ne sait rien de ce que vous faites ici, n'est-ce pas ?

— Je suis mortifié qu'elle ait entendu parler de cette maison. Il faudra que je lui explique la situation afin qu'elle ne parle pas à tort et à travers.

— Pourquoi ne l'avez-vous pas encore fait ?

— Parce que cela ne la regarde pas ! grommela-t-il. Tout gentleman devrait avoir un lieu où se réfugier quand il veut avoir la paix. Le mien est ici.

— La plupart des hommes choisissent plutôt un club, où ils vont jouer aux dés.

— Cela m'a toujours paru infiniment stupide. Tenter de guérir une fille qui a attrapé la vérole ou qui a reçu un coup de poignard, voilà qui est plus gratifiant !

Helaine ne trouva rien à répondre, et il lui pressa les doigts.

— Pardonnez-moi, il faut absolument que j'aille voir comment se porte le bébé. Sa mère est morte il y a quelques jours. Nous avons trouvé une nourrice, mais on ne sait jamais si l'enfant va accepter de se nourrir ou non.

Tout en parlant, il frappa à une porte. Celle-ci fut ouverte par une jeune femme à la poitrine gonflée. Sa chemise était maculée de traces de lait.

— Je viens de les coucher, monsieur. Ils dorment comme des anges.

Robert se pencha vers les deux berceaux. L'un contenait une petite fille aux cheveux clairs comme sa mère. Le second un petit garçon brun, avec le plus petit visage que Helaine ait jamais vu. Il ne devait pas avoir plus de deux semaines.

— Il prend le sein ? demanda Robert.

— Oh, oui, pauvre chou. J'ai dû le forcer un peu au début, mais maintenant ça va.

— Merci, Nan. Si vous avez besoin de quoi que ce soit, dites-le à Chandelle.

— Nous sommes très bien ici. Je ne vous remercierai jamais assez de nous héberger. Nous étions en mauvaise posture, ma petite Missy et moi, et vous avez payé le docteur…

— C'est Chandelle qu'il faut remercier pour tout. Bonne nuit, Nan.

Sur ces mots, il ressortit, coupant court aux remerciements de la nourrice.

— Menteur, chuchota Helaine quand il eut fermé la porte. C'est vous qui avez payé.

Robert esquissa un sourire, mais secoua la tête.

— Chandelle gère la maison. Je ne passe que de temps en temps.

— Pour vider les bassins.

— Oui. Et… excusez-moi. Encore un instant.

Il frappa à une autre porte, et l'ouvrit lorsqu'une voix tremblotante lui dit d'entrer. Une vieille femme était alitée. Ses yeux s'illuminèrent quand elle le vit.

— Monsieur !

Elle fut aussitôt terrassée par une quinte de toux, qui la laissa pâle et défaite. Robert alla à son chevet et l'aida à boire un peu d'eau. La femme se laissa retomber contre les oreillers. Elle respirait faiblement.

— Mon heure est venue, monsieur... Aucun remède ne peut m'aider, maintenant...

— Non, mademoiselle Mary. Nous trouverons...

— Taisez-vous. C'est votre femme ? Venez, venez, approchez. Je veux voir... qui vous avez enfin choisi.

— Bonjour, dit doucement Helaine. Je m'appelle Mme Mortimer. Je suis une amie de...

— De monsieur, coupa-t-il vivement. On m'appelle *monsieur*, ici.

Helaine haussa les sourcils, mais fit un signe de tête.

— Nous sommes amis, répéta-t-elle. Je crois que son véritable amour, ce sont les dames de cette maison.

La femme voulut rire, mais elle n'en avait plus la force. Elle tapota la main de Robert.

— Il n'a jamais voulu... d'une femme d'ici. Nous lui avons toutes proposé, mais...

— Vous êtes tombée malade, dit Robert en embrassant la main de Mary. Sinon, j'aurais été follement amoureux de vous.

Mary sourit, sans quitter Helaine des yeux.

— Si vous lui faites du mal, mon fantôme vous persécutera. Vos cheveux blanchiront et vous perdrez vos dents…

— Je ne lui ferai jamais de mal, affirma Helaine.

— Promettez-le-moi.

— Je vous promets de faire tout ce que je peux pour qu'il soit heureux, dit-elle, surprise de s'entendre prononcer ces mots.

Mais elle était sincère. Lord Redhill était un homme bon. Tout homme capable de créer un endroit tel que celui-ci, de donner un foyer à des femmes et des enfants démunis, était forcément un homme de cœur.

Mary soutint longuement le regard de Helaine. Malgré la maladie, elle avait encore en elle beaucoup de force. Helaine ne doutait pas qu'elle puisse mettre sa menace à exécution et hanter quiconque ferait du mal à son bienfaiteur.

Enfin, satisfaite, elle ferma les yeux en tapotant la main de Robert.

— Allez. Soyez heureux. Faites des enfants, murmura-t-elle.

— Je parlerai au médecin demain. Nous trouverons un remède pour vous soulager.

Mary le chassa d'un geste de la main, sans répondre. Ils sortirent tous deux sur la pointe des pieds.

Robert ne reprit la parole qu'après avoir refermé la porte derrière eux.

— C'était la patronne du *Chandler*, et de Chandelle, autrefois. Une beauté. Elle dirigeait trois maisons, qui faisaient travailler vingt filles chacune.

Helaine ne put réprimer une exclamation de stupeur.

— Elle forçait ces filles à…

— Il ne faut pas la juger. Les filles se seraient prostituées de toute façon. Il valait mieux pour elle le faire dans un lieu propre et bien tenu, où elles étaient rémunérées.

— Bien sûr, dit-elle doucement.

Elle connaissait les situations désespérées auxquelles une femme pouvait se trouver confrontée. Elle n'avait pas le droit de juger celles qui choisissaient cette vie. Mais que dire de celles qui les attiraient dans cette voie ? Qui les prenaient au piège ?

Robert lui saisit le menton, l'obligeant à croiser son regard.

— Ici, les femmes peuvent venir mourir dans la dignité. Ou guérir de leurs blessures, comme Nettie. Un de ses clients, qui ne voulait pas payer, l'a poignardée. Chandelle contrôle les entrées, elle seule a le droit de demander ce qui leur est arrivé quand elles frappent à notre porte. Cela m'est égal. Vous comprenez, Helaine ? Je me moque de savoir qui elles étaient avant. Tout ce que je vois, ce sont des femmes malades qui ont besoin de soins.

Helaine déglutit, honteuse d'avoir nourri de tels préjugés. Elle n'aurait jamais cru que Robert aurait plus d'indulgence qu'elle pour les pauvres et les faibles. Il avait du cœur. Cette maison en était la preuve.

— Montrez-moi le reste, Robert. Je veux tout voir.

Il eut un sourire de joie et de soulagement mêlés. Ils rendirent visite encore à une dizaine de malades.

Au dernier étage se trouvait une chambre qui était, lui dit-il, son sanctuaire. Elle y découvrit un bureau branlant, couvert de documents. Sur une autre table étaient alignées des fioles de médicaments. À côté, on avait disposé un plat de poulet et une bouteille de vin. Leur dîner, probablement. Il y avait aussi un grand lit, couvert de coussins.

— Entrez, Helaine. Encore une chose, et vous saurez tout.

— Tout, monsieur ? Tout sur vous ? J'ai appris ce soir que vous êtes un homme aux multiples facettes.

— Je voulais parler de mon cœur, Helaine. Vous saurez tout ce que contient mon cœur.

18

Robert regarda Helaine franchir le seuil de son sanctuaire. Aucune femme n'était encore entrée ici. Les médecins et les apothicaires lui rendaient fréquemment visite, mais c'étaient des hommes. Chandelle elle-même n'osait pas y mettre le pied.

Helaine regarda autour d'elle, les yeux écarquillés.

— Je ne comprends pas.

— Bien sûr. Je ne vous ai pas encore expliqué.

Il lui prit la main, l'attirant vers le bureau. Il en sortit un grand registre, qu'il ouvrit au hasard.

— C'est là que je note les noms de toutes les patientes. Ce dont elles souffrent, les soins qu'elles reçoivent, et leur guérison éventuelle.

Helaine se pencha vers le registre et en tourna les pages.

— Comme elles sont nombreuses !

— Je tiens ce registre depuis l'âge de seize ans.

Il ouvrit le volume à la première page. L'écriture était moins affirmée, plus brouillonne. Certaines lignes n'étaient même pas droites.

— À l'époque, la moitié de ces femmes sont mortes. Mais les autres ont survécu. Ces dernières ont commencé une nouvelle vie. Regardez, là. Martha est devenue servante dans une bonne maison et a épousé un valet. Ils ont des enfants, à présent. L'un d'eux est employé au ministère de l'Intérieur.

— Vraiment ? C'est remarquable !

— Martha est l'une de mes préférées. Toutes n'ont pas été aussi fortes.

Il feuilleta le cahier, songeant à celles qui avaient franchi la porte de la maison. Il les avait toutes soignées, aidées.

— Avez-vous payé pour son éducation ? Pour le fils de Martha ?

— Un peu.

C'était un mensonge. Il avait réglé tous les frais, et estimait que c'était de l'argent bien employé.

— Et ces femmes qui sont devenues servantes ? Vous leur avez fourni des recommandations, n'est-ce pas ?

— Seigneur, non ! Personne ne connaît mon nom, ici. Mais je les ai guidées. Je leur expliquais comment elles devaient se présenter, et… euh…

— Comment imiter une lettre de recommandation ?

— Peut-être, admit-il avec un haussement d'épaules. J'ai un ami, dans un bureau de placement. Il sait ce que nous faisons ici, et il veut bien nous aider.

— Vous avez pris des risques. L'une de ces femmes aurait pu devenir une voleuse, ou reprendre son ancienne activité.

— Nous avons commis quelques erreurs, avoua-t-il. Mais Chandelle me dit quand les filles sont prêtes à se reconvertir. Et si elles en sont capables. À vrai dire, c'est plutôt elle qui s'occupe de tout cela.

Prenant la main de Helaine, il l'attira vers la table où étaient entreposés les remèdes.

— Voilà mon vrai travail. Des herbes médicinales, des médicaments. J'ai découvert de fabuleux remèdes pour la toux. Cette herbe-ci, mélangée avec du beurre, fait des miracles sur les lésions cutanées. Cela calme les démangeaisons.

Il continua de lui montrer des fioles, et le registre dans lequel il notait la composition des médicaments. Il était sur le point d'attraper un vieux grimoire découvert au fond d'une librairie quand elle se mit à rire.

— Vous moqueriez-vous de moi, Helaine ?

— Non, Robert. Enfin, dans un sens, oui. Mon Dieu, vous êtes conscient que je ne comprends rien à tout cela ?

— Mais... c'est très simple, en réalité.

— Aussi simple que de tracer une ligne droite. Mais je n'y arrive pas. Cependant, je trouve cela merveilleux, Robert, ajouta-t-elle en lui prenant la main. Vous êtes comme un petit garçon, ici. Si heureux que vous parvenez à peine à contenir votre excitation.

Il sourit, regardant la pièce d'un œil neuf. C'était un miracle qu'elle ne le prenne pas pour un fou.

— J'aime ce travail. Si j'avais été destiné à travailler, j'aurais voulu devenir apprenti chez un chirurgien. J'aurais appris la médecine avec lui, et...

— Mais vous pouvez tout de même le faire. Il existe des conférences pour les hommes qui s'intéressent à la science, n'est-ce pas ?

— Oui, oui, et j'y assiste chaque fois que je le peux. Mais vous ne comprenez pas. Quand j'étais petit garçon, je traînais toujours derrière le médecin du village. Je l'aidais à soigner le bétail, je le suivais dans ses visites aux malades. Mais mon père trouvait que ce n'était pas une occupation digne d'un futur comte. D'autre part, j'avais tant de choses à faire par ailleurs. Les finances de la famille étaient dans un état lamentable. Je mis quelque temps à m'en rendre compte, mais j'appris assez vite. Plus je gérais les affaires, plus mon père me confiait de dossiers.

— Vous avez pris conscience de vos responsabilités.

— La gestion des affaires, Helaine. C'est un peu ce que je fais aussi avec la médecine. Je note les expériences, les échecs et les réussites. Pourquoi un petit fermier réussit-il mieux qu'un autre ? Pourquoi cette vache produit-elle plus de lait ? Pourquoi cette mine est-elle plus prospère que celles du voisinage ? Vous ne pouvez le savoir, à moins de tout noter et comparer. Grâce aux registres, il est possible d'entrevoir les réponses. Le petit fermier est paresseux, ou bien il n'utilise pas les bons engrais. La vache est peut-être malade, et le directeur de la mine est un homme suffisant, qui ne voit que son propre intérêt.

— Donc, vous tenez des registres de médecine ?

— Quel meilleur moyen de répertorier les maladies ?

Elle sourit, son regard s'adoucit, et elle lui caressa la joue.

— C'est extraordinaire, Robert. Je suis fascinée.

— Vous comprenez, alors ? demanda-t-il en lui embrassant la paume de la main. Vous voyez pourquoi je vous ai fait entrer ici ?

Elle garda le silence. Mais il était si absorbé par le contact de sa main contre ses lèvres, qu'il ne s'en rendit pas compte tout de suite.

— Vous ne comprenez toujours pas ? dit-il en levant la tête.

— Robert, cette pièce est fabuleuse. Et je découvre ce qui vous tient à cœur. Mais pourquoi...

— Je vous ai observée, aujourd'hui. J'ai vu comment vous commandiez les tissus, comment vous discutiez pour acheter les réticules, les dentelles, les chapeaux. Seigneur. Je n'aurais jamais cru que la confection d'un chapeau était aussi compliquée !

— En effet, admit-elle en riant. C'est un métier difficile.

— C'est diabolique, voulez-vous dire ! Et cependant, vous savez parfaitement ce qui ira ou non.

— Mais...

— Vous ne voyez pas, Helaine ? Votre métier est une passion pour vous. Votre père était un idiot, et il vous a rendu la vie difficile. Mais, sans le vouloir, il vous a rendu service. Vous exercez votre passion. Les dessins de mode, les chapeaux, les rubans. Voilà ce que vous aimez. Et c'est le travail que vous accomplissez chaque jour.

— Vous m'enviez ? s'exclama-t-elle, comprenant enfin ce qu'il voulait dire. Oh, Seigneur, vous êtes fou !

— Non, protesta-t-il en la prenant dans ses bras. Enfin, oui, je vous envie de pouvoir faire ce que vous aimez.

— Je suis obligée de le faire, car j'ai besoin de cet argent pour manger.

— Mais vous aimez votre travail, ce qui rend votre vie très enviable.

— Ce n'est pas parfait, vous savez.

— Rien n'est jamais parfait. Mais vous aimez la mode comme moi j'aime tout ceci.

Elle se mit à rire.

— C'est cela que vous vouliez me montrer, Robert ? C'est cela que vous avez dans le cœur ?

— Oui. C'est ce que je croyais. Mais j'y renoncerais pour vous, chuchota-t-il. Je me rends compte que je vous désire encore plus que tout cela.

Elle voulut s'écarter, mais il resserra son étreinte.

— Robert, ce que vous dites n'a pas de sens.

— Je sais. C'est parce que je viens juste de comprendre. Je… je ne suis pas venu ici depuis longtemps parce que… je pensais à vous. Vous… vous êtes importante à mes yeux.

— Ne soyez pas ridicule.

Robert se rembrunit, en proie à un tourbillon d'émotions. Puis il se redressa pour la regarder dans les yeux.

— Helaine, vous comptez autant pour moi que tout ceci. Et même plus, bien que cela me paraisse presque… inconcevable.

— Robert…

— C'est vrai. Je vous le jure.

— Vous vous laissez emporter.

— Je sais ! s'exclama-t-il, à la fois effaré et incrédule. Et pourtant, je ne perds jamais la tête. Helaine, que m'avez-vous fait ?

— Rien. Je n'ai cessé de vous dire non.

— Vous savez bien que ce n'est pas cela, répondit-il en riant. Des dizaines de femmes m'ont déjà dit non, dans ma vie.

— Des dizaines ? Cela m'étonnerait.

— Disons quelques-unes. Au moins une douzaine.

— Robert, vous êtes fou. Allons, relâchez-moi.

Il secoua la tête.

— Je ne le veux pas, Helaine. Je veux vous garder pour toujours.

— Je n'aurais jamais cru que vous pourriez proférer de jolis mensonges, Robert.

— C'est bien ce qui m'inquiète, avoua-t-il en fermant les yeux pour mieux inhaler son parfum. Ce ne sont pas des mensonges.

— Bien sûr que si.

— Et si je vous disais que non ? Que j'éprouverai ce sentiment toute ma vie ? Je ne suis pas inconséquent, Helaine. Ce que je ressens pour vous, c'est…

— Un fantasme passager ? Un désir fugitif ?

— C'est de l'amour.

Elle laissa fuser une exclamation, et il la sentit se crisper contre lui. Elle chercha à le repousser, mais il la maintint fermement. Il ne voulait pas qu'elle s'enfuie. Pas tout de suite. Mais il n'avait pas non plus la force de parler. L'idée était trop nouvelle, trop extraordinaire.

— Il faut me laisser partir, Robert.

— Dans un moment.

Il sentit son souffle sur sa joue et l'attira encore plus près. Elle était douce, féminine. Et cependant, il connaissait sa force. Comme il avait envie de la posséder, de la pénétrer ! Une envie folle, animale.

Mais il ne s'était jamais laissé gouverner par ses passions. Si elle souhaitait s'éloigner de lui, il la libérerait. Aussi, après s'être une dernière fois enivré de l'odeur de sa peau, ouvrit-il les bras. Elle fit un pas en arrière, lentement. Une myriade d'émotions se lisait sur son visage.

— Robert, chuchota-t-elle. Je ne sais que penser. Vous me faites perdre la raison.

— C'est aussi l'effet que vous avez sur moi, depuis le début.

— Cela ne peut pas durer.

— Vous croyez ? Et si c'était mieux que tout ?

Elle se détourna, posant les yeux sur le lit. Celui-ci n'était pas très grand, mais il était juste suffisant pour recevoir un homme et une femme. Robert lui caressa la joue et elle ferma les yeux, s'abandonnant contre sa main.

— Vous me connaissez, maintenant, dit-il avec douceur. Vous savez que vous pouvez me faire confiance. Je ne perdrai pas le contrôle cette fois-ci, Helaine. Laissez-moi vous aimer.

Elle soutint longuement son regard, indécise. Il ne dit plus rien. Quand elle se détendit et soupira, il sut que sa décision était prise.

— Oui, murmura-t-elle. Je vous en prie, Robert, aimez-moi.

19

Et si c'était l'amour ? Les paroles de Robert résonnaient dans l'esprit de Helaine. Et si Robert, vicomte de Redhill, futur comte de Willington, était amoureux d'elle ? Cet homme qui l'avait harcelée, qui avait menacé l'avenir de sa boutique, avant de finalement lui ouvrir son cœur, l'aimait peut-être vraiment. Il était arrogant, sûr de lui, bourré de défauts. Mais il était aussi brillant, bon et généreux. Elle savait mieux que personne combien le fonctionnement de cette maison devait coûter. Cependant, il payait les dépenses sur ses propres deniers. Il s'inquiétait pour les enfants des mineurs. Et pour elle.

Et si c'était l'amour ? L'idée était aussi séduisante que ses caresses et ses baisers. Elle avait tellement envie d'être aimée. Et tout particulièrement par lui.

L'amour...

— Je ferai attention, dit-il en lui caressant le visage d'une main tremblante. Je vous le promets, Helaine. Je...

Elle le fit taire en lui offrant ses lèvres. Il poussa un petit cri de surprise, puis la souleva et l'emporta sans effort vers le lit. Leurs lèvres demeurèrent scellées.

Il continua de taquiner ses lèvres. Comment un homme pouvait-il embrasser aussi bien ? se demanda-t-elle avec un sourire de bonheur.

À cet instant il s'interrompit, se pencha et la déposa délicatement sur le lit, tout en gardant le front pressé contre le sien. Elle noua les bras autour de son cou pour l'attirer vers elle, et il s'assit sur le lit. Ses mains viriles glissèrent dans son dos pour défaire les boutons de sa robe tandis qu'elle l'embrassait à son tour avec passion.

— J'adore votre nez, dit-elle en faisant glisser ses lèvres sur son visage.

— Mon nez ? Quelle idée ! Et pourquoi donc ?

— Parce qu'il est aristocratique. Malgré une petite bosse, là…

— Vraiment ? dit-il tout en finissant de dégrafer les boutons.

— Oui, il est parfait.

Comme pour le lui prouver, elle l'embrassa. Il recula, les yeux pétillants de malice.

— Vous voulez me taquiner, n'est-ce pas ? À moi de vous dire ce que j'aime chez vous.

Il lui embrassa la joue, la mâchoire, le cou. Et soudain, tirant sur sa robe, il lui embrassa l'épaule.

— Mais vous ne parlez pas, balbutia-t-elle.

— Pas encore.

Il écarta le corsage de sa robe, dévorant des yeux sa poitrine dénudée. La peau de la jeune femme s'enflamma. Il fit descendre le tissu le long de ses bras. Elle était partagée entre l'envie de se couvrir et celle de fermer les yeux. Finalement, elle se contenta de sonder son regard sombre. Cette fois, il n'avait pas perdu sa maîtrise de lui-même. Il la regardait, fasciné.

— Robert ?

— J'aime votre épaule, murmura-t-il en posant le doigt sur elle. Elle est très élégante.

Il se pencha et effleura du bout de la langue sa clavicule.

— Cela m'a tourmenté toute la soirée, vous savez. Particulièrement ce grain de beauté. Il semblait me supplier de l'embrasser.

Il la repoussa contre les coussins, tout en poursuivant ses baisers. Helaine eut un petit rire.

— Un grain de beauté ? C'est insensé.

— À partir de maintenant, vous ne pourrez plus porter de robes décolletées. Si je vois vos épaules, je serai obligé de vous séduire.

Ce n'était qu'une taquinerie, mais une peur sourde s'insinua soudain en elle.

— C'est ce que vous allez faire ? Me séduire ?

Le regard de Robert redevint grave, mais la flamme de la passion y brillait toujours.

— Je ne ferai que ce que vous voudrez, Helaine. Vous garderez votre virginité si c'est votre souhait.

Elle n'était pas sûre de le vouloir. Plus maintenant, alors qu'elle était presque nue et qu'il lui parlait avec tant de franchise. Mais elle ne dit mot et se contenta de hocher la tête, très légèrement, tandis qu'il laissait ses doigts s'aventurer sur un sein. Elle laissa échapper un cri étouffé et frissonna lorsqu'il caressa le mamelon du bout de son pouce.

— Vous avez des seins adorables, dit-il en saisissant une pointe pour la faire rouler entre ses doigts.

Une flamme brûlante lui transperça le ventre. La tête renversée en arrière, elle arqua son corps pour mieux s'offrir.

Elle demeura ainsi tandis qu'il continuait de lui caresser les seins, faisant surgir une multitude de sensations étourdissantes.

— Aucun homme ne vous avait fait cela avant moi, dit-il. Chaque fois que je vous touche, vous semblez surprise par le plaisir que vous ressentez.

— Non, personne avant vous, avoua-t-elle dans un souffle.

Il sourit, et un éclair de joie passa dans ses yeux.

— Laissez-moi vous en apprendre encore davantage.

Il cueillit la pointe d'un sein entre ses dents et la taquina du bout de la langue. Helaine s'abandonna totalement. Un flot de plaisir l'emporta dans des contrées inconnues.

Elle sentit sa main se poser sur sa taille pour tirer sur sa robe. Elle souleva les hanches afin de l'aider à ôter le velours qui la gênait. Un instant plus tard, débarrassée de la robe et du corset, elle ne se retrouva plus vêtue que de ses bas et de ses bottines. Il continuait de lui embrasser les seins, tout en caressant ses hanches et le haut de ses cuisses.

Puis sa bouche quitta ses seins pour descendre sur son ventre. Elle frissonna en sentant sa courte barbe lui effleurer l'estomac.

— Nous sommes loin de tout le monde dans cette pièce. Vous pouvez crier si vous voulez.

Crier ? Elle ne criait jamais. Mais ses doigts s'aventurèrent sur ses cuisses, et elle n'eut même plus la force de parler. Il était allongé à côté d'elle, ses lèvres sur son ventre. Elle voulut le toucher, mais ne rencontra que ses vêtements.

— Arrêtez, arrêtez ! Enlevez au moins vos bottes !

Il marqua une pause et se dressa pour la regarder.

— D'accord. Mais seulement les bottes. Je ne veux pas prendre de risques.

Elle ne comprit pas ce qu'il voulait dire. Ou, plus exactement, elle ne voulait pas savoir ce que ces paroles signifiaient. Il ôta ses bottes, et pendant ce temps elle sentit son trouble s'apaiser. Mais elle se garda d'esquisser le moindre mouvement, craignant de briser la magie de l'instant.

— Enlevez vos vêtements, Robert, murmura-t-elle. Laissez-moi vous regarder aussi.

— Je ne suis pas aussi joli que vous, vous savez.

— Laissez-moi en juger, répondit-elle dans un sourire.

Elle voulut se relever, mais il posa une main sur son épaule.

— Ne bougez pas, Helaine. Pas du tout. J'aime vous contempler ainsi.

Elle garda le silence. Elle ne s'était jamais trouvée laide, mais ne s'était jamais considérée non plus comme une beauté. Pas au point de trouver un mari du seul fait de son apparence. Mais lorsque Robert la regardait de cette façon, elle se sentait puissante, comme une déesse devant l'un de ses adorateurs.

— Votre chemise, Robert, dit-elle d'une voix grave et affirmée. Je veux vous voir.

Il arqua les sourcils, surpris par le ton de la demande, mais obéit. Tout en soutenant son regard il ôta sa veste, sa cravate, son gilet, sa chemise. Quand elle découvrit enfin son torse, elle voulut bien croire qu'il participait parfois aux travaux des champs dans le domaine familial, et aux travaux de la mine.

— Pas étonnant que vous soyez si beau, malgré vos vêtements ternes. Si seulement vous faisiez un effort vestimentaire, vous seriez époustouflant.

— Je crois que mon tailleur m'a dit exactement la même chose, la dernière fois que je l'ai vu. Mais je n'y ai jamais accordé d'importance.

Elle se redressa et s'appuya sur un coude afin de caresser la peau dorée de son torse. Elle déposa un baiser sur son épaule. L'instant d'après, elle faisait glisser ses lèvres jusqu'à son nombril. Après tout, l'anatomie d'un homme n'était pas si différente de celle d'une femme. Si quelque chose lui plaisait, à elle, il devait aimer aussi. Elle en eut la confirmation quand il poussa une exclamation et la tint contre lui, frémissant.

— Vous apprenez vite, dit-il, le souffle court.

Elle sourit, s'enivrant du parfum de sa peau.

— L'élève dépend du maître, répliqua-t-elle en lui embrassant le torse, comme il l'avait fait pour elle quelques minutes plus tôt.

Il reprit ses caresses, le long de ses hanches, puis s'insinuant entre ses cuisses. Helaine se figea de surprise, mais il était trop tard pour l'arrêter. Un de ses doigts s'aventura au plus secret de sa féminité, et un plaisir incroyable surgit en elle. Elle aurait voulu parler, dire ce qu'elle ressentait, mais elle ne put que pousser un petit cri.

— Allongez-vous, Helaine. Je vais vous montrer.

Sans attendre de réponse, il la poussa contre l'oreiller et continua ses caresses. Le corps de la jeune femme se cambra et elle ferma les yeux.

— Que ressentez-vous, Helaine ?

— C'est… merveilleux.

Il sourit, reportant son attention sur la pointe d'un sein.

— Faites-moi confiance, murmura-t-il en lui embrassant le ventre.

Elle sentit sa main se poser sur sa cuisse, l'écartant un peu plus, et s'abandonna sans résistance. Il introduisit un doigt dans la chaleur de son corps. Helaine se figea de surprise. La sensation était totalement nouvelle, mais elle n'était pas déplaisante. Il se retira, s'enfonça un peu plus profondément.

Sa bouche virile se posa sur les boucles entre ses jambes. Elle ne comprit pas tout de suite ce qu'il voulait faire. Mais quand il commença, elle pria pour qu'il ne s'arrête jamais.

Une vague délicieuse la submergea, son corps se tendit, puis elle plongea dans un océan de félicité.

Cela ne dura pas assez longtemps à son goût. Les vagues retombèrent, la laissant en proie à une impression de bonheur intense. Une sensation de douceur se répandit dans tout son être. Elle demeura ainsi un moment, tandis que sa respiration s'apaisait, le regard fixé sur Robert. Celui-ci la contemplait avec un sourire de satisfaction. Si elle en avait eu la force, elle l'aurait taquiné à ce sujet, mais elle ne put que lui rendre son sourire.

— Comment vous sentez-vous ? s'enquit-il en lui caressant le ventre.

— Merveilleusement bien, et vous le savez.

— J'aime vous entendre le dire.

— Est-ce toujours ainsi ? demanda-t-elle avec un soupir d'aise. Ressent-on chaque fois la même chose ?

— Je ne peux pas le dire ! s'exclama-t-il en riant. Nous devrions peut-être recommencer, pour voir ?

— Oh, oui ! Je n'arrive pas à comprendre pourquoi j'ai attendu si longtemps pour faire cette expérience ! C'était merveilleux ! Bien que… tout à fait scandaleux, précisa-t-elle en arquant les sourcils.

Il déposa un baiser sur le haut de sa cuisse et elle laissa échapper un petit cri de surprise. Ce n'était qu'un baiser, et pourtant son corps réagissait comme si la caresse était beaucoup plus intime.

— Vous devriez vous reposer un peu, avant que l'on recommence, suggéra-t-il.

Helaine protesta en secouant la tête.

— Un moment de repos n'y changera rien. Je pense que je serai toujours sensible à vos baisers.

— Cette idée me plaît.

Il s'assit sur le lit, et elle se poussa pour lui faire de la place, agrippant la couverture pour la ramener sur elle. C'est alors qu'elle se rappela qu'elle portait toujours ses bottines.

— C'est ridicule ! s'exclama-t-elle en se penchant pour les défaire.

Prenant brusquement conscience de sa nudité, elle ramena les bras devant elle en rougissant. Robert eut l'air déçu par son geste.

— J'aime vous regarder, dit-il d'un ton de reproche.

Sans répondre, elle essaya de défaire ses chaussures. Mais ses doigts étaient malhabiles, et elle articula un juron à mi-voix.

— Je vais vous aider, proposa-t-il en riant. Ne vous sentez pas gênée par ce qui s'est passé. Tout cela est nouveau pour vous, mais je peux vous dire que vous avez été parfaite.

Il lui enleva délicatement ses bottes. Puis elle défit ses bas et se glissa sous la couverture, complètement nue.

— Vous avez trouvé que c'était parfait ? s'enquit-elle alors, se sentant protégée par la couverture.

— Absolument.

— Mais ne sommes-nous pas censés… euh… partager ?

Une lueur amusée passa dans ses prunelles sombres, mais il ne se moqua pas d'elle.

— Vous savez en quoi cela consiste ?

— Les filles parlent entre elles en pension, vous savez. Certaines de mes amies avaient grandi à la campagne. Entre une chose et une autre, nous avons fini par nous faire une idée.

— Vous savez que la première fois est souvent un peu douloureuse ?

Elle acquiesça d'un signe de tête.

— Helaine, pensez-vous que nous pouvons… que je peux…

Il se tut et posa sur elle un regard plein d'espoir.

— Oui, Robert, je l'envisage, dit-elle en souriant, les joues enflammées. Ce n'est peut-être pas très raisonnable de ma part, mais… après ce que nous avons fait, je voudrais en apprendre davantage.

— Je suis à vos ordres, lady Helaine, dit-il, visiblement enchanté. J'agirai selon votre bon plaisir.

Il parlait sur le ton de la plaisanterie, il la taquinait. Mais il l'avait appelée « lady Helaine ». De par sa naissance, elle était une dame de qualité. Et elle venait de déshonorer son nom. Consternée, elle se demanda ce qu'une femme comme sa grand-mère aurait pensé d'elle en cet instant…

— Helaine, que se passe-t-il ? À quoi songez-vous ?

Il posa une main sur son épaule nue. Elle aurait aimé se fondre contre lui, absorber la chaleur de son corps. Mais elle leva courageusement les yeux et soutint son regard.

— Comment réagiriez-vous si Gwen se conduisait comme moi ?

Il laissa sa main sur son épaule, mais eut l'air horrifié.

— Ne m'obligez pas à penser à ma sœur de cette façon, je vous en prie.
— Parce que c'est mal ?
— Parce qu'elle est ma sœur.
— Ne vous méprenez pas, Robert, dit-elle doucement. Je ne regrette rien. Cette soirée a été merveilleuse.
— Elle n'est pas finie.
Sa conscience la tourmentait. C'était stupide, bien sûr. De toute façon, elle n'était pas dans la même situation que Gwen. Cependant, elle avait fauté.
— Nous sommes toutes deux filles de comtes. Et nos pères ont les mêmes… défauts.
— En effet, bien que mon père s'en vante moins ouvertement que le vôtre, admit Robert en ricanant. Helaine, personne ne vous condamnera pour ce que nous avons fait.
Elle le savait. Sa mère l'avait poussée dans les bras du vicomte. Wendy, sa meilleure amie, serait aux anges quand elle saurait. Quant à sa grand-mère et à son père, ils avaient disparu de ce monde depuis longtemps. Leur opinion n'avait plus d'importance. Et pourtant…
— J'ai l'impression de m'être moi-même dévalorisée. D'avoir sali le nom de ma famille.
Robert soupira et lui caressa la joue du bout du doigt.
— Voulez-vous que je vous ramène chez vous ?
— Non, dit-elle d'un ton ferme. Je ne regrette rien. C'est juste difficile à comprendre. C'était magique, et maintenant je suis…
— Aussi belle et merveilleuse qu'il y a une heure.

— Je ne pense pas qu'un prêtre serait de votre avis.

— Si nous devions nous fier au jugement des prêtres, je serais damné depuis longtemps.

En réalité, jamais un prêtre n'oserait dire un mot contre un pair du royaume. En revanche, le même prêtre n'hésiterait pas à la traiter de prostituée pendant son sermon en chaire. Mais quel prêtre se serait intéressé à elle ? Néanmoins, elle était agacée que tout soit pardonné à Robert à cause de son titre, alors qu'elle devrait supplier pour être absoute de ses péchés.

Robert s'adossa au mur et la prit dans ses bras. Elle ne fit pas mine de résister. C'était l'endroit du monde où elle se sentait le mieux. Pressant la joue contre son torse, elle fit de son mieux pour dissimuler ses larmes.

20

Robert sentit ses larmes couler sur son torse. Conscient qu'elle essayait de les cacher, il ne dit rien. Mais ses mots résonnaient encore dans sa tête.

« *Comment réagiriez-vous si Gwen se conduisait comme moi ?* »

Les deux jeunes femmes étaient complètement différentes, bien entendu. Il existait bien quelques similitudes de caractère, car elles étaient toutes deux des femmes remarquables. C'est d'ailleurs ce qu'il aimait chez elles.

Elle ne regrettait pas ce qu'ils avaient fait. Lui non plus. Cependant, il ne pouvait s'empêcher d'avoir quelques scrupules à l'idée d'avoir débauché une innocente. D'autre part, son propre désir n'avait pas été satisfait.

Mais pourquoi pleurait-elle ? Était-ce à cause de son ancienne existence détruite, du titre qu'elle ne pourrait jamais porter ?

— Je comprends le sentiment de perte que vous éprouvez, dit-il, les lèvres dans ses cheveux.

Je n'ai pas perdu autant que vous, mais dans mon esprit c'était tout ce qui comptait pour moi. Du moins, à une certaine époque.

Elle se redressa et se blottit dans ses bras de manière à le regarder, ses longues jambes allongées contre les siennes.

— Vous parlez d'une femme ?

— En effet, confirma-t-il. De ma mère. Quand j'étais enfant, il lui arrivait de rire. Je me souviens d'un jour, nous étions allés pique-niquer. Pendant que je nageais, Gwen était restée assise sur la couverture, et elle avait renversé de la confiture sur sa robe. Mère l'a regardée et s'est mise à rire, en pressant une main contre sa bouche. Elle était belle quand elle était heureuse. Vraiment très, très belle.

— Que s'est-il passé ? Savez-vous pourquoi elle a changé ?

Il secoua la tête.

— Au début, je ne m'en suis même pas aperçu. Elle passait beaucoup de temps enfermée, mais je n'y prêtais pas attention. J'étais un garçon, j'avais envie de courir, de bouger sans qu'elle soit derrière moi.

Helaine leva les yeux, et il lui déroba un baiser.

— Votre mère semble triste. Désespérément triste.

— Je sais. Comme je vous le disais, je ne m'en suis pas rendu compte tout de suite. J'étais jeune, en pension. Mais un été, j'ai passé un mois chez un de mes amis. Sa mère était très vive et toujours très occupée. Elle avait cinq enfants, plus les invités. Elle riait avec les uns, surveillait les autres, les empêchait de dévorer toutes les tartelettes... En même temps, elle dirigeait la maison, aidait le précepteur à instruire les plus jeunes. Nous sortions chaque jour pendant des heures. Ce furent les meilleures vacances de ma vie.

— Et en rentrant chez vous, vous avez comparé votre mère à cette femme.

— J'ai essayé de l'aider. J'ai fait tout mon possible pour lui faire plaisir, l'inciter à sourire. Je la poussais à aller se promener, à chanter... Je l'ai taquinée, encouragée, je me suis mis en colère parfois.

— Et rien n'y faisait ?

— Oh, parfois cela marchait pendant quelque temps. Comme en ce moment, avec la belle-famille de Gwen. Elle fait quelques efforts, prétend qu'elle se sent mieux. Et soudain tout s'arrête et elle retourne dans son lit, encore plus mal qu'auparavant.

Helaine l'embrassa dans le cou, lui caressa le torse.

— C'est affreux de voir sa mère souffrir sans pouvoir faire quoi que ce soit.

— Cela paraît incurable, mais je ne peux m'empêcher d'espérer, Helaine.

— Bien sûr. C'est votre mère.

— Je me souviens d'une autre fois. J'avais une vingtaine d'années et Gwen était sur le point de faire son entrée dans le monde. Mère devait l'aider. Elle l'accompagna chez la couturière, assista à des bals et des soirées mondaines. Je me rappelle même l'avoir vue sourire en regardant Gwen danser. Je crus que le pire était enfin derrière nous. Et puis...

— La saison l'a épuisée ?

— La veille du jour où Gwen devait être présentée à la Cour, Mère a pris le lit. Elle refusait d'en sortir. Elle ne voulait plus manger, ni se laver. Nous avons tout essayé, mais c'était comme si elle n'était plus là. Elle n'était plus qu'un corps sans âme. C'était terrible.

Helaine demeura immobile, les bras passés autour de son cou, la tête posée sur son épaule. Attentive.

— Le jour de la présentation, j'ai compris en voyant toutes les dames de la Cour avec leurs belles robes. J'ai su que ma mère ne changerait jamais, qu'elle ne deviendrait jamais comme les autres. Je devais l'accepter et faire ce que je pouvais pour elle, sans passer mes journées à me tourmenter.

— Vous aviez déjà amplement de quoi vous occuper, avec votre sœur, votre jeune frère encore à l'école, et la gestion du domaine.

— C'est à cette époque que j'ai interdit à mon père l'accès de la maison. Les servantes vivaient dans la terreur à cause de lui, et les valets étaient excédés par son comportement quand il avait trop bu. Tout s'est écroulé autour de moi, pendant cette saison. Ce qui avait commencé joyeusement, avec l'entrée de Gwen dans le monde, se termina dans un total désordre.

— Ce n'était pas votre faute.

— Non. Mais je n'ai pas su maintenir l'ordre dans la maison.

— Qu'avez-vous fait ?

— J'ai tout laissé aux mains de Gwen. Les finances étaient à jour, Jack était en pension.

Mais j'avais atteint les limites de ce que je pouvais endurer. Je suis venu me réfugier ici.

— Ici ?

— Je voyais mes patientes, prenais des notes dans mes registres, discutais avec les médecins. Chandelle gérait le *Chandler* d'une main de maître. Un soir où j'avais bu plus que de raison, je voulus la rejoindre dans son lit, mais elle me mit à la porte et je finis la nuit sur le sol, dans le couloir.

— Elle vous a repoussé ?

— Bien sûr. Si j'avais été quelqu'un d'autre, elle m'aurait jeté à la rue.

— Mais vous étiez son bienfaiteur !

— Mon père est comte, mais je lui ai tout de même interdit de vivre à la maison. Père avait violé les règles en harcelant les servantes. Et moi, j'avais violé les règles que j'avais moi-même établies dans cette demeure. Pas d'alcool au *Chandler*. Jamais. J'ai passé une semaine à faire toutes les pires corvées que Chandelle pouvait imaginer ! Et puis, j'ai fini par comprendre que la vie ne pouvait pas tout m'accorder. Rien n'est parfait. Vous vous inquiétez pour votre nom, Helaine. Mais votre père l'a déjà déshonoré il y a longtemps. Et si les choses étaient différentes, nous ne serions pas là tous les deux. Mais je peux vous offrir beaucoup. Êtes-vous prête à refuser ?

— Je n'ai pas dit non, Robert.

— Pourtant, vous avez pleuré. Que puis-je faire ?

— Promettez-moi que mon affaire ne souffrira pas de ce qui se passe entre nous. Promettez-moi que j'aurai toujours un toit, et de quoi manger pour ma mère. Que tout restera entre nous.

— Cette chambre est mon sanctuaire, Helaine. Seule Chandelle connaît mon véritable nom.

— Mais…

— Vous n'avez rien à craindre, je vous le promets.

Elle soupira, et se détendit.

— Vous avez raison. Le passé est derrière nous. Je ne suis plus celle que j'étais autrefois. Je veux être votre maîtresse, Robert.

— Nous pourrions attendre un peu. Tout cela est très nouveau pour vous.

— Non, tout de suite, dit-elle en attirant son visage vers le sien.

Il sourit.

— À vos ordres.

Helaine fit glisser ses mains dans son dos. Elle rencontra la ceinture de son pantalon et passa les doigts sous le tissu, revenant vers la fermeture. Il se tenait absolument immobile. Son souffle était une douce caresse sur son cou.

Elle parvint à dégrafer le vêtement et repoussa le tissu. Elle n'avait encore jamais touché le corps d'un homme. Du bout des doigts, elle lui caressa le ventre, puis descendit plus bas, effleurant son sexe dur. Il inspira violemment et elle sentit les muscles de son ventre se tendre contre sa main.

— Est-ce que c'est bon ? demanda-t-elle.

— Oui, répondit-il, le souffle court.

Il lui embrassa de nouveau le cou tandis qu'elle le taquinait du bout des doigts.

— Robert... enlevez tous vos vêtements, demanda-t-elle soudain, frustrée de ne pouvoir le caresser à son aise.

— Hmm. Oui.

Il bondit sur ses pieds et entreprit de se déshabiller tandis qu'elle l'observait. La lumière jouait sur ses muscles et la lueur des flammes donnait à sa peau un ton doré. Tout à coup, il laissa retomber ses mains, dans un geste maladroit.

— Vous êtes gêné ?

— Un peu, avoua-t-il. Votre regard est tellement intense...

— Je n'ai jamais vu...

— Je sais. Mais c'est un peu déstabilisant. Je ne sais pas quel effet je vous fais.

— Vous êtes fidèle à vous-même, fort et fier.

Elle tendit les bras et lui caressa la poitrine, s'attardant sur les muscles bien dessinés et la toison qui recouvrait son ventre. Puis elle descendit plus bas, caressant son sexe, le prenant entre ses doigts.

— Faut-il que je vous embrasse, comme vous l'avez fait avec moi ?

— Seigneur, marmonna-t-il comme elle joignait le geste à la parole.

Il la repoussa doucement.

— Si vous faites cela, je vais exploser, Helaine. Allongez-vous. Laissez-moi vous aimer.

Elle hocha la tête, un peu effrayée. Mais son regard suffit à la rassurer. Il la désirait, mais se contrôlait parfaitement. Elle s'allongea donc docilement.

Il lui caressa alors les seins, capturant une pointe entre ses lèvres. Elle se cambra pour mieux aller à sa rencontre. Comme malgré elle, ses jambes s'ouvrirent.

Il fit glisser ses mains pour la caresser, insinuant ses doigts en elle, faisant monter le plaisir. Peu à peu, elle perdit le contrôle de son corps.

Et soudain, alors qu'elle se trouvait au bord du précipice, il cessa ses mouvements et vint se placer au-dessus d'elle. Étourdie, elle ouvrit les yeux.

Elle allait lui demander ce qu'il faisait quand elle le sentit se presser contre sa féminité. Lentement, il pénétra en elle. Puis il s'immobilisa.

Ses traits étaient tendus, sa respiration saccadée.

— Robert ?

Il lui souleva les jambes et la pénétra complètement, d'un puissant coup de reins.

— Oh !

La douleur surgit puis s'effaça en un éclair. Robert était allongé entre ses jambes, et elle s'offrit à son baiser. Ses mains se crispèrent sur ses épaules et elle s'abandonna totalement aux sensations qu'il éveillait en elle par ses mouvements puissants et réguliers.

— Encore ? lui murmura-t-il à l'oreille.

Elle fit un signe de tête.

Il se retira, puis revint s'enfoncer profondément dans la chaleur moite de son corps. Elle étouffa un cri et lui sourit, en nouant les jambes sur ses reins. Son regard s'assombrit tandis qu'elle venait à sa rencontre.

Les mouvements s'accélérèrent. Elle se cambra, le corps en feu.

— *Oui !* cria-t-elle en basculant dans un océan de volupté.

Il la rejoignit dans un cri, le visage illuminé de bonheur.

Et à ce moment, elle sut. Ce n'était pas seulement de la joie, ou du plaisir, mais quelque chose de plus beau, de plus intense.

L'amour.

21

Helaine s'éveilla lentement, en proie à une sensation nouvelle. Son corps était comblé. D'ordinaire, avant même d'ouvrir les yeux, elle planifiait sa journée, pensait à ses modèles de robes et s'inquiétait pour d'innombrables petits détails. Ce matin, toutes ces pensées étaient absentes de son esprit. Elle sourit et s'étira comme une chatte qui vient de laper un bol de crème.

Elle souleva les paupières et plongea dans les prunelles chocolat de Robert, qui la contemplait avec un sourire paresseux. Elle laissa son regard s'attarder sur ses épaules nues et son torse musclé.

— Hmm, fit-elle en le caressant.

Le sourire se fit malicieux, mais il ne bougea pas. Helaine mit un moment à se rendre compte qu'elle était nue également, et que ses seins étaient exposés à son regard. Ses pointes se tendirent malgré elle, et une vague brûlante se répandit dans son ventre. Il lui prit la main pour la porter à ses lèvres.

— Comment te sens-tu ?

— Heureuse.

Cependant, une pensée la poursuivait. Elle s'efforçait, par un effort de volonté, de la tenir à distance.

— Le passé est derrière, murmura-t-elle. L'avenir est pour demain.

Robert haussa les sourcils, déconcerté par cet étrange commentaire. Elle l'attira vers elle pour l'embrasser, chuchotant dans un souffle :

— Tout ce qui compte, c'est le présent. J'ai envie de toi.

Robert n'avait pas besoin d'autre encouragement. Ils s'embrassèrent et, après quelques minutes exquises, ils s'envolèrent de nouveau vers le délicieux pays du plaisir. Et de l'amour. C'est à ce moment-là que la peur qui la menaçait depuis la veille l'atteignit en plein cœur.

Elle aimait Robert. L'amour avait fini par la rattraper. Un amour profond pour un homme qui était son protecteur mais ne serait jamais son mari.

La douleur la transperça comme un coup de poignard. Robert était en elle, et elle s'agrippa à lui tandis qu'une tempête d'émotions faisait rage dans son cœur. Puis elle bascula dans le gouffre infini du plaisir, et la peur disparut.

Mais lorsque la jouissance s'évapora, elle se retrouva en proie à un bonheur mêlé de mélancolie. Elle était avec lui, et pour le moment il n'était que bonté et douceur. Elle était certaine qu'il l'aimait. Rien d'autre n'avait d'importance, se dit-elle quand il s'écroula à côté d'elle.

— Mon Dieu, marmonna-t-il. Ce fut la plus belle nuit de ma vie.

— Pour moi aussi.

Il la serra contre lui et elle ferma les yeux.

Cinq minutes plus tard, il replongea dans le sommeil. Helaine resta éveillée. Finalement, elle se dégagea doucement. Contrairement à lui, elle ne pouvait se permettre de passer une journée au lit. Elle avait des responsabilités.

Elle s'habilla rapidement et sans bruit. Mais alors qu'elle tentait d'agrafer sa robe, elle entendit sa voix rauque :

— Viens là. Je vais le faire.

Ses cheveux étaient emmêlés, ses yeux rougis de sommeil, mais il la contemplait avec une expression malicieuse. Voulait-il faire de nouveau l'amour ?

— Tu es insatiable.

— Seulement avec toi, répondit-il.

Elle hocha la tête, incrédule. Quand elle s'approcha du lit, il lui prit le bras.

— C'est vrai, Helaine. Je ne peux te regarder sans avoir envie de toi. Cela ne m'était jamais arrivé. Pourquoi crois-tu que je t'ai courtisée avec tant d'insistance ?

— Parce que tu es comme cela. Persévérant.

— Non, c'est toi, Helaine. Tu es merveilleuse.

Elle eut un sourire contraint. Puis, cédant à la tristesse qui prenait forme dans son cœur, elle posa la question qui lui brûlait les lèvres.

— Tu m'as, maintenant. Combien de temps voudras-tu encore de moi ?

Il lui embrassa la main et haussa les épaules.

— Je ne peux pas imaginer ne plus vouloir de toi.

Helaine ne trouva pas de réponse. Son bon sens lui soufflait que, quoi qu'il ressente pour elle maintenant, leur liaison prendrait fin un jour. Mais le bon sens gâchait sa belle humeur, aussi chassa-t-elle cette pensée. Elle l'embrassa avec ferveur, puis se redressa et lui présenta son dos.

Il boutonna lentement sa robe, tout en la caressant. Si bien que lorsque la robe fut fermée, elle eut envie de l'enlever de nouveau.

Mais il fallait vraiment qu'elle rentre chez elle et s'absorbe dans son travail. Peut-être raconterait-elle à Wendy ce qui s'était passé. La jeune couturière la comprenait mieux que personne.

— Il faut que je dessine une robe pour la belle-mère de Gwen, dit-elle en s'écartant. Et que je donne mon avis pour les chaussures. Penny est une bonne ouvrière, mais il faut que tout soit assorti. Irène veut que j'examine un lot de velours, et maman… maman voudra sûrement me parler de quelque chose. Il y a toujours quelque chose.

Robert ne la lâchait pas des yeux.

— Quelle somme faudrait-il que je te verse pour te décider à renoncer à ta boutique, et à passer le reste de ta vie dans mon lit ?

Elle se mordilla les lèvres, perplexe. Accepterait-elle d'abandonner sa boutique en échange d'un anneau de mariage ? Mais ce n'était pas la question que Robert avait posée. Il avait parlé d'argent.

— Non, Robert. Rien ne pourrait me convaincre.

— Je m'en doutais. Je te demande pardon d'avoir envisagé cette possibilité.

— Tu es pardonné. Et je dois vraiment partir.

Elle tourna le dos à son amant et au paradis qu'elle avait connu dans cette chambre. Elle traversa le hall sous les yeux des autres femmes, qui savaient qu'elle avait passé la nuit avec lui. Une expression d'envie apparut dans leurs yeux, ainsi qu'un vague avertissement. Elles étaient très protectrices envers Robert.

Elle sourit pour leur indiquer qu'elle avait compris le message. Seule Chandelle la salua avec un peu de chaleur.

Helaine sortit pour appeler un fiacre. Dans vingt minutes, elle serait chez elle, où elle pourrait faire sa toilette, revêtir des vêtements ordinaires, et commencer enfin sa journée de travail.

Après le départ de la jeune femme, Robert eut l'impression que le monde avait perdu tout intérêt. Il s'occupa comme il le faisait toujours au *Chandler*, soigna ses malades et déjeuna en compagnie de Chandelle. Mais il ne songeait qu'à Helaine.

Des projets prirent naissance dans sa tête. Il allait louer un logement pour eux. Suffisamment proche de sa boutique, et pas trop loin du *Chandler*. Il faudrait du personnel, bien entendu. Un majordome, une femme de chambre, une cuisinière. Des gens discrets. Il n'était pas certain de pouvoir financer cette dépense supplémentaire.

Mais il trouverait l'argent. Helaine méritait qu'il fasse cela pour elle.

Dans l'après-midi, il lut un article de médecine très intéressant. Il voulut prendre des notes afin de contacter l'auteur, et chercha du papier dans un tiroir de son bureau. Il tomba sur la boîte en fer contenant des préservatifs.

Il les achetait en grandes quantités, afin que Chandelle les distribue à leurs pensionnaires. Cela pouvait les protéger non seulement d'une grossesse, mais aussi de certaines maladies. Elle leur faisait la leçon en expliquant que cet objet très simple pouvait leur sauver la vie. À condition de l'utiliser.

Il ne l'avait pas fait cette nuit.

Il se pouvait que Helaine soit enceinte.

Helaine se faufila dans la boutique, espérant se précipiter dans l'escalier sans être vue. En vain. Sa mère rôdait dans le salon, guettant son arrivée.

Helaine l'embrassa sur la joue.

— Je vais bien. C'était merveilleux, et… je crois que je suis heureuse, maman.

Sa mère poussa un soupir de soulagement.

— Wendy et Penny sont dans l'atelier. Elles veulent te parler, mais elles patienteront. Va te changer, ajouta-t-elle en faisant pivoter Helaine pour défaire les boutons de sa robe. Nous discuterons plus tard.

La jeune femme n'était pas sûre de vouloir parler de sa soirée. Elle avait envie de garder ce souvenir pour elle seule. Elle monta rapidement dans sa chambre et ne redescendit que vingt minutes plus tard, après s'être changée et rafraîchie. Puis elle pénétra dans la boutique, prête à s'attaquer à tous les problèmes qui se présenteraient.

Penchées sur la table, Wendy et Penny comparaient des tissus. Elle constata d'un coup d'œil qu'elles s'occupaient de la commande de Francine. Celle-ci leur avait demandé trois nouvelles robes de bal. À l'autre bout de la pièce, sa mère jouait avec Tommy. L'enfant riait aux éclats, et sa mère aussi. Grâce au Ciel, Helaine n'avait pas d'enfant… Comment ferait-elle si ce problème venait s'ajouter aux autres ?

Mais, au moins, elle n'avait pas… ce souci.

Oh, mon Dieu.

Elle se figea, le regard fixé sur Tommy. Pour la première fois de sa vie, elle devait s'inquiéter à ce sujet. Il était possible qu'elle soit tombée enceinte au cours de la nuit.

Ses genoux se dérobèrent et elle trébucha, se rattrapant de justesse à la table. Les regards se tournèrent vers elle. Risquait-elle d'avoir un bébé ? La terreur la paralysa.

En réalité, l'idée d'avoir un enfant de Robert ne lui déplaisait pas. Elle imagina un petit garçon espiègle, avec des yeux bruns. Mais ils n'étaient pas mariés, et ne le seraient jamais. Et élever un enfant seule ? Non !

Combien de fois avait-elle observé Penny ces derniers temps, en ce demandant comment elle survivrait ? Maintenant, grâce à Helaine, elle avait du travail. Mais ses revenus étaient minuscules. Elle avait tout juste de quoi manger, et ne pouvait rien s'acheter d'autre. Helaine s'imagina dans cette situation. Grossissant au fil des mois. Essayant d'allaiter un bébé, tout en faisant ses croquis. Cela ne marcherait jamais.

— Hé, assieds-toi, assieds-toi…

Wendy la prit par le bras. Penny se précipita de l'autre côté, et elles la guidèrent vers le fauteuil. Helaine s'y laissa tomber, les yeux fixés sur le sol. Qu'allait-elle faire ?

— Madame Mortimer ? dit Penny en s'agenouillant devant elle. Vous voulez un verre d'eau ? Vous avez la tête qui tourne ? Que…

— Comment faites-vous, Penny ? Avec un bébé, sans famille ? Comment faites-vous face ?

Penny battit des paupières, désarçonnée, puis elle haussa les épaules.

— Vous êtes là. J'ai du travail, et il y a votre mère.

— Mais ce n'est pas assez. Loin de là.

Sa mère parut comprendre. Helaine le vit dans ses yeux. Elle souleva Tommy dans ses bras.

— Bien sûr, que c'est assez, affirma-t-elle d'un ton résolu. Nous sommes quatre femmes, et nous avons une boutique.

C'est alors que Wendy comprit elle aussi. Les yeux écarquillés, elle s'exclama :

— Oh ! Tu l'as fait ? Et c'était comme tu l'espérais ?

— Beaucoup mieux que ça, répondit-elle en souriant.

— Avec le vicomte ? s'écria Penny. Redhill ? Il est bel homme. Il s'occupera de vous, si vous avez un enfant.

— Sur le moment, je n'ai pas pensé à cela.

— Ne t'en fais pas, dit sa mère en lui tapotant la main. Il n'y a pas encore de bébé.

— Mais s'il y en avait un ?

Penny laissa fuser un long rire insouciant, qui surprit Helaine. Elle semblait avoir le cœur bien léger, en dépit de tous les problèmes qu'elle avait dû affronter.

— Ne vous posez jamais cette question, déclara la jeune femme. Êtes-vous enceinte, maintenant ?

— Je ne sais pas.

— Alors n'y pensez pas. Ne pensez qu'aux soucis qui se présentent aujourd'hui.

Helaine fronça les sourcils. Elle se tourna vers Wendy.

— Que s'est-il passé ?

— La baronne et sa sœur sont venues à la boutique.

— La future belle-famille de Gwen ?

— Elles ont changé d'avis pour tout, expliqua Penny. Elles veulent d'autres couleurs, d'autres chaussures, des styles différents.

— Pourquoi font-elles cela ? demanda Helaine en se levant. Quelle mouche les a piquées ?

— Nous ne le savons pas, dit Penny.

Helaine repassa dans son esprit les modèles et les étoffes.

— Elles veulent plus de volants et de dentelles ? Des couleurs plus vives…

— Et des pierres précieuses et des rubans partout.

— Ce sera affreux, grommela Helaine, agacée.

— Nous le savons bien !

Helaine oublia sa crainte d'avoir un bébé. Penny avait raison. Pour autant qu'elle le sache, elle n'était pas enceinte. Donc, elle devait se concentrer sur le moment présent. Et cela signifiait qu'elle devait éviter un désastre.

— Avez-vous déjà préparé des robes pour elles ?

— Une pour chacune.

— Combien de temps vous faudra-t-il pour confectionner cinq gros nœuds de velours de couleur vive ?

— Quinze minutes, répondirent les deux jeunes femmes d'une même voix.

— Alors faites-les et accrochez-les aux robes. Je ferai avec elles comme avec Francine. Je les habillerai d'abord comme elles le veulent, puis comme je le veux, moi.

— Vous croyez que ça marchera ?

— Je crois que oui. Elles s'ennuient et cherchent à se distraire par tous les moyens.

— Tu vas les remettre dans le droit chemin avant qu'elles ne nous rendent toutes folles ? demanda sa mère.

— En tout cas, je vais essayer.

Une fois que ce serait fait, elle aurait une longue conversation avec Robert. Qu'elle soit enceinte ou non, il fallait qu'ils prennent des dispositions pour l'avenir.

Brusquement, elle fut pressée de se mettre au travail. Plus vite elle en aurait fini, plus vite elle pourrait passer du temps avec Robert.

22

Lorsque Robert arriva chez lui, il regretta aussitôt d'être rentré. Dribbs l'accueillit d'un air accablé. Il était sur le point de lui demander ce qui n'allait pas quand il entendit le bruit. Un bavardage de femmes, qui semblait virer à la chamaillerie. Des oies auraient fait moins de tapage.

— Que se passe-t-il ? s'enquit-il en haussant la voix pour être entendu.

— Des ajustements vestimentaires. Des changements de modèles et de couleurs. Toutes les femmes de chambre de la maison ont reçu l'ordre d'aider ces dames.

— Vraiment ?

Dribbs prit les gants et le chapeau de Robert.

— Les femmes de chambre de la maison d'à côté sont là aussi.

— Cela fait beaucoup de femmes.

Dribbs ne répondit pas. Son expression était suffisamment éloquente.

— Ne vous inquiétez pas, déclara Robert, autant pour se rassurer lui-même que pour tranquilliser Dribbs. Le mariage a lieu dans deux semaines. Après cette date, tout rentrera dans l'ordre.

— Vraiment ? Je pensais que ces dames voulaient rester pour la saison.

— Oh… oui, c'est vrai. Mais elles ne seront plus dans cette maison.

— Elles ont fait allusion à des réceptions, avec votre mère. Il me semble, ajouta le majordome avec un regard de reproche, que vous avez encouragé cette idée.

— Euh… en effet. Mais la saison ne durera pas indéfiniment. Ce sera fini dans…

— Dans sept semaines et trois jours, monsieur. À moins qu'il ne se mette à pleuvoir le jour du départ. La baronne a prévenu qu'elle ne voyageait jamais par temps de pluie.

— Ah, bien… Je prierai pour que le soleil se montre.

— Nous le ferons tous, monsieur.

Robert s'avança dans le hall en dissimulant un sourire. D'ordinaire, il entrait directement dans la bibliothèque, mais aujourd'hui il se dirigea vers l'escalier. Il fallait absolument qu'il voie Helaine.

Il ne put atteindre la porte du salon. Trop de femmes entraient et sortaient. Des domestiques qu'il n'avait jamais vues. Au centre de toute cette agitation devaient se trouver sa sœur, sa belle-famille, et Helaine.

Par chance, étant le maître de maison, il eut droit à quelques égards. Les servantes s'écartèrent sur son passage, non sans lui lancer des regards lourds de reproche. Il parvint à franchir le seuil, mais Gwen poussa aussitôt un cri perçant.

— Robert ! Regarde où tu mets les pieds !

Il se figea. Il n'y avait pas un seul espace dans la pièce qui ne soit recouvert de tissu. Il demeura cloué sur place, un pied encore dans le couloir.

Il compta sept femmes en tout, plus une demi-douzaines de formes anonymes disparaissant sous des monceaux de tissus chatoyants. Au milieu de tout ce fatras se tenait la baronne douairière, future belle-mère de Gwen. Elle portait une robe rouge sombre, alourdie par trois énormes nœuds de velours noir. Ils étaient si grands qu'ils faisaient songer à des corbeaux. Le tout était surmonté d'un chapeau monstrueux.

— Monsieur le vicomte ! s'exclama-t-elle d'une voix stridente. Quel plaisir de vous voir ! Nous avons absolument besoin de l'avis d'un homme !

— Non, pas Robert, grommela Gwen. Il n'a…

— Je pense que c'est tout à fait ce qu'il nous faut. Un point de vue masculin, annonça une autre voix.

Une voix superbe et mélodieuse. Celle de Helaine.

Robert examina la pièce, cherchant désespérément la jeune femme dans cet amoncellement d'étoffes. Il repéra la tante, la jeune sœur d'Edward, quelques servantes, mais pas Helaine. Elle apparut finalement, derrière les bords de l'immense chapeau.

— Par là, monsieur.

Le cœur de Robert se gonfla de bonheur. Seigneur, comme elle était belle ! Mais elle était fatiguée, cela se voyait dans ses yeux. Rien d'étonnant, après la nuit qu'ils avaient passée.

— Madame Mortimer. Je ne vous avais pas vue, derrière ce… Je ne vous voyais pas.

— Je suis là, et nous avons désespérément besoin de vous. Que pensez-vous de cette robe, lord Redhill ? demanda-t-elle en faisant pivoter la baronne sur elle-même.

Robert haussa les sourcils. Était-il censé faire une réponse polie ? Son regard passa de la robe à Helaine, et il se rendit compte qu'elle faisait une petite grimace. Elle voulait lui dire quelque chose, mais quoi ? Oh… que la robe était hideuse, sans doute. Mais comment avouer une chose pareille ?

— Eh bien… disons que… ce n'est pas vraiment à mon goût.

— Ce sont les nœuds, n'est-ce pas ? dit la baronne.

Derrière elle, Helaine hocha la tête.

— Oui. Ils sont…

— Trop foncés. De l'orangé serait mieux, vous ne croyez pas ?

Helaine secoua négativement la tête.

— Non. Je crains que ce ne soit pas un problème de couleur.

— Leur dimension, peut-être ?

Helaine écarquilla les yeux, horrifiée.

— Non, non ! s'écria Robert. C'est… euh…

Helaine fit des gestes derrière la baronne, mimant quelque chose.

— Vous savez, je crois que cette robe serait parfaite sans ces nœuds, dit-il.

Helaine sourit, radieuse. Une des jeunes femmes ôta les nœuds de velours, révélant un volant de dentelle.

— Et la dentelle, monsieur ? demanda la baronne.

— Non… je crains que ce ne soit trop…

— Trop petit ?

Helaine secoua de nouveau la tête.

— Trop, tout simplement. Enlevez-la.

La baronne fit une moue boudeuse, mais laissa une femme de chambre ôter le volant de dentelle. La robe rouge était simple et parfaite.

— Splendide ! s'exclama-t-il.

Ce n'était pas l'avis de Helaine, qui lui désigna le chapeau.

— Oh, attendez ! Enlevez aussi ce chapeau, il est hideux.

Helaine se figea, consternée. Gwen poussa une exclamation horrifiée. Les autres femmes se remirent à parler toutes à la fois.

— Euh… dans le fond, il ne me déplaît pas, balbutia-t-il, égaré.

Cette fois, Helaine fit mine de s'évanouir.

— Non, non, ce n'est pas ce que je voulais dire ! En fait… je n'aime pas les chapeaux. Pas du tout !

Helaine le regarda comme s'il avait perdu l'esprit. Les autres femmes le dévisagèrent aussi, éberluées. Il demeura interdit, n'osant plus prononcer un mot. Enfin, Helaine lui vint en aide.

— Je pense que de façon générale, les messieurs n'aiment pas les chapeaux. Ils sont plus grands que nous, voyez-vous. Et ils passent leur temps à essayer d'éviter les plumes et les rubans…

— Oui ! C'est exactement cela ! s'écria-t-il avec un peu trop de véhémence.

— Oh, cela suffit, Robert, déclara Gwen, excédée. Tu en as assez dit, merci.

Robert se tourna vers sa sœur. Il n'était pas rare qu'elle se moque de lui, mais ses paroles avaient quelque chose de coupant.

— Gwen…

Elle le chassa d'un geste de la main.

— Va-t'en. Tu n'as rien à faire ici.

Il pouvait difficilement rétorquer qu'il voulait parler à Helaine, la voir en tête à tête. Il salua donc avec raideur.

— Mesdames, je constate que je suis *de trop*.

La baronne se tourna vers lui et demanda d'un air tragique :

— Vous n'aimez vraiment pas les chapeaux, monsieur ?

Helaine était en train de remballer des plumes d'autruche et ne pouvait le guider dans sa réponse. Il opta donc pour la franchise.

— Madame, votre teint est clair, vous avez de jolis yeux et une bouche expressive. Dites-moi pourquoi je voudrais regarder des plumes d'autruche, de la dentelle et des rubans, alors que je peux contempler votre beau visage ?

La baronne le considéra avec stupéfaction. Helaine se redressa et lui lança un regard de gratitude. Gwen elle-même laissa fuser une exclamation de stupeur. Ne sachant s'il avait dit ce qu'il fallait ou non, il prit congé.

Helaine le rappela sitôt qu'il eut franchi la porte.

— Monsieur !

Il jeta un coup d'œil derrière lui, depuis le seuil. Aucune force au monde n'aurait pu l'obliger à retourner dans cet antre de la mode féminine.

— Madame Mortimer ?

— Je n'étais pas là hier soir, et nous n'avons pas pu discuter comme vous le souhaitiez. Seriez-vous libre ce soir ? Je suis à votre service.

Robert réprima un sourire.

— Bien sûr. Merci de me le rappeler. Tout de suite après le dîner, ce sera parfait.

Il s'inclina de nouveau et s'échappa pour aller rejoindre les autres hommes de la maison. Ceux-ci étaient tous rassemblés au rez-de-chaussée avec Dribbs, discutant avec animation des dernières courses de chevaux.

Enfin une discussion rationnelle !

23

Helaine était exténuée. Après des heures de palabres interminables, de croquis et de modifications ridicules, toutes les femmes étaient finalement revenues au modèle initial, à l'exception d'une demi-douzaine de nœuds minuscules rajoutés aux robes et aux chaussures.

À présent les tissus étaient rangés, et le travail terminé. Elle songeait à sa prochaine discussion avec Robert quand elle se figea en traversant le couloir.

Elle se trouvait devant la porte fermée de Gwen, et elle entendit distinctement des sanglots dans la chambre. Gwen, toujours si enthousiaste, et tellement heureuse d'épouser son fiancé ! Elle pleurait comme si elle avait eu le cœur brisé.

Helaine eut une brève hésitation. Mais à qui d'autre la jeune fille pourrait-elle se confier ? Certainement pas à sa mère, qui était retombée dans sa morosité habituelle. Ni à sa belle-famille. Elle frappa à la porte.

Les sanglots cessèrent immédiatement. Il y eut une longue pause, puis Gwen lança :

— Je vais bien, Robert. J'ai besoin de me reposer.

C'était un mensonge. Le ton de la jeune fille sonnait horriblement faux. Helaine fit tourner la poignée. Par chance, la porte n'était pas fermée à clé.

— Pardonnez-moi, dit-elle en entrant. J'ai l'impression que vous ne vous sentez pas bien.

La chambre était plongée dans la pénombre, mais la lumière du couloir lui permit de voir que la jeune fille avait les yeux et le nez rouges. Ses cheveux étaient décoiffés.

— Helaine ! Fermez la porte, avant que Robert ne me voie.

Helaine obéit, repoussant le battant derrière elle. Gwen alluma une lampe, et une lueur jaune se répandit dans la pièce. La jeune fille avait piètre allure.

— Oh, ma chère, que se passe-t-il ? s'exclama Helaine. Robert s'est-il montré despotique, une fois de plus ?

Rien ne pouvait amener le sourire sur le visage de Gwen aussi bien qu'une allusion au caractère infernal de son frère. Elle fit entendre un ricanement bref.

— Non, ce n'est pas lui. Et je ne veux pas l'inquiéter avec mes larmes, car il ne peut rien pour moi.

— Qu'est-ce qui a causé votre chagrin ?

Visiblement, Gwen n'était pas prête à se confier. Elle détourna les yeux en se tordant les mains. Puis elle se mordit les lèvres, mais n'articula pas un mot. Finalement, Helaine l'entoura de ses bras et la serra contre elle. Gwen n'opposa aucune résistance. Ses larmes resurgirent.

— Je ne peux pas, bredouilla-t-elle, le cœur gros. Je ne… peux pas !

— Quoi donc, ma chère ?

— Je ne peux pas me marier.

Ses sanglots redoublèrent. Avec quelqu'un d'autre, Helaine aurait mis cela sur le compte de l'angoisse précédant la cérémonie. Mais Gwen était une des personnes les plus posées et réfléchies de sa connaissance. La voir dans cet état était très inquiétant.

Elle attendit que la crise soit passée. Quand Gwen se fut ressaisie, elle l'interrogea.

— Est-ce la faute d'Edward ?

— Non, non ! Il est parfait ! Mais il m'avait avertie. Il m'avait dit que sa femme devrait être forte. J'ai essayé, mais je n'y arrive pas !

— Que dites-vous ? Vous êtes une des femmes les plus fortes que je connaisse. Qu'est-ce qui est si difficile, pour vous ?

— Sa mère ! s'écria Gwen, en larmes. Et sa tante ! Elle est encore pire que la baronne !

— Oui, aujourd'hui elles ont été pénibles, mais vous ne pouvez pas…

— Elles se mêlent de tout ! Ce sont elles qui disent à Dribbs quel vin servir et quels repas préparer !

— Je suis sûre que Dribbs s'en sort très bien, remarqua Helaine en souriant.

— Bien sûr, mais c'est Dribbs ! Elles ont une opinion sur tout. Les fleurs, la tapisserie, la lecture, les enfants... Oh, mon Dieu, vous n'avez pas idée ! Elles disent que j'ai des seins trop petits, et que je devrais rembourrer mon corset parce que Edward aime les gros seins !

— C'est très impertinent.

— Le jour suivant, elles ont dit que j'étais trop grosse, et que je devais arrêter de manger ! Elles se sont querellées pendant une heure à propos des vertus des navets ! J'avais envie de leur lancer tous les navets de la cuisine à la tête ! Vous voyez bien que je ne peux pas me marier ! C'est impossible.

— Non, je ne comprends pas, ma chère. Qu'est-ce que cela vient faire dans votre mariage ?

— Elles vivront chez nous quand sa sœur fera son entrée dans le monde. Pas seulement sa mère. Sa tante aussi. Toutes les deux !

— Oh... fit Helaine, comprenant le problème.

— Je ne peux pas ! Je ne pourrai jamais leur échapper ! Et je n'aurai même plus Dribbs pour m'aider !

Gwen se jeta contre son oreiller, pleurant à chaudes larmes. Helaine lui posa une main sur l'épaule dans un élan de compassion.

— Avez-vous dit à Edward que vous préféreriez vivre seule avec lui ?

— Oui, bien sûr. Il m'a répondu que lui aussi, mais que pour l'instant il ne pouvait louer une maison supplémentaire. Il aime sa mère et veut la savoir heureuse. Jamais il ne la chassera de chez lui.

— Même s'il doit choisir entre elle et vous ?

— Demanderiez-vous une chose pareille à l'homme que vous aimez ?

Helaine secoua la tête.

— Il faut donc trouver une autre solution. Avez-vous parlé à sa mère ? Vous pourrez peut-être la persuader de...

— Elle ne pense qu'aux bébés qui vont naître et qu'elle m'aidera à élever !

— Il faut que vous en discutiez avec Edward. Vous savez, je vais vous confier quelque chose que j'ai compris ce matin. C'est que l'amour rend acceptables les choses les plus terribles.

Gwen hocha la tête. Puis elle fronça les sourcils.

— Vous êtes amoureuse de mon frère, n'est-ce pas ?

— Quoi ?

— Toutes mes amies sont passées par là, vous savez. Les unes après les autres.

— Eh bien... j'avoue qu'il est très beau.

— Je vois bien qu'il s'intéresse à vous. Vous êtes sa maîtresse ?

— Oui, avoua Helaine. Cela vous ennuie ?

— Oui ! Je pense que vous méritez mieux que lui !

— Il n'y a personne de mieux que Robert.

— Vous méritez mieux ! répéta Gwen. Il faut vous marier.

— Je ne suis qu'une couturière, Gwen. Aucun lord ne peut épouser une simple commerçante.

Gwen pinça les lèvres.

— J'ignore qui vous étiez avant, madame Mortimer. Mais je sais que vous n'êtes pas qu'une simple couturière. Vous avez du talent, vous êtes intelligente. Vous m'avez aidée, alors que ma mère en était incapable. Donc, je le répète : mon frère est un idiot, et vous méritez mieux que lui.

À cet instant, Helaine regretta de tout son cœur de ne pouvoir avoir la vie qu'elle méritait. Elle aurait tellement voulu redevenir lady Helaine, épouser l'homme qu'elle aimait. Des larmes lui montèrent aux yeux.

— Tout le monde ne peut pas avoir ce que vous avez avec Edward. Certaines doivent se contenter d'être des maîtresses. Ou des femmes abandonnées, comme ma mère. Donc, même si vous êtes obligée de vivre sous le même toit que votre belle-mère, vous trouverez le moyen d'être heureuse. Vous comprenez, lady Gwen ? Vous le ferez, pour toutes les autres qui n'ont pas votre chance.

— Vous avez raison, répondit Gwen d'un ton résolu. Je le ferai.

— Bien. Maintenant, venez vous asseoir. Je vais vous recoiffer, et vous allez parler à Edward.

Gwen obéit sans protester.

Tapi derrière la porte de Gwen, Robert écouta les deux jeunes femmes.

— *Mon frère est un idiot, et vous méritez mieux que lui.*

Gwen avait raison, bien sûr. Helaine méritait mieux que le statut de maîtresse. Mais pourrait-il renoncer à elle ? La laisser chercher une autre vie ?

Non. C'était hors de question.

Il s'éloigna de la porte en soupirant. Il fallait qu'il aille trouver Dribbs, pour lui demander d'envoyer chercher Edward. Il aurait une petite discussion avec lui au sujet de sa mère et de sa tante. D'après ses souvenirs, le domaine familial d'Edward se situait non loin du village où il possédait la mine. Il pourrait demander à sa mère et à sa tante de devenir maîtresses d'école pour les enfants du village. Cette activité les occuperait, et les empêcherait d'accabler Gwen de leurs conseils toute la journée.

C'était une idée à creuser. Quant à son propre problème, Edward aurait peut-être une solution.

24

Après leur nuit fabuleuse au *Chandler*, Helaine s'était attendue à voir Robert le plus souvent possible. Mais il dut partir d'urgence à la mine. Puis la saison commença. Grâce à la publicité que Gwen faisait à Helaine dans les salons huppés, une douzaine de nouvelles clientes vinrent à la boutique. Wendy dut engager une apprentie.

Dans l'ensemble, tout se passait donc très bien. La vie de Helaine était trépidante, mais elle souffrait de la solitude. Chaque fois qu'elle avait un moment de repos, elle pensait à Robert. Quand elle se couchait, épuisée, elle songeait à ses caresses. Parfois, elle rêvait qu'il était dans son lit. Mais lorsqu'elle ouvrait les yeux, elle ne rencontrait que le regard doré du chat de l'atelier, qui dormait sur son oreiller.

Par chance, elle avait son travail pour lui occuper l'esprit. Et comme le mariage de Gwen devait avoir lieu le lendemain, elle espérait voir la fin de sa période de solitude. Robert ne manquerait pour rien au monde le mariage de sa sœur.

Quand un valet frappa à la porte, elle se précipita pour ouvrir. L'homme lui tendit un message. Mais elle n'eut pas besoin de l'ouvrir pour comprendre qu'il ne venait pas de Robert. Elle reconnut l'écriture de Gwen.

La jeune fille était à la fois nerveuse et surexcitée, certaines de ses phrases n'étaient même pas complètes. Elle suppliait Helaine de venir à son mariage le lendemain. Elle craignait de ne pas savoir se préparer sans elle, et comme Helaine était son amie, elle tenait à ce qu'elle assiste à la cérémonie, et au déjeuner qui suivrait.

Helaine sentit ses yeux s'embuer. Gwen était plus qu'une cliente pour elle ! Elle était très émue de constater que le sentiment était réciproque.

Elle annonça au valet qu'elle serait là de bonne heure le lendemain pour aider lady Gwen. L'homme s'inclina et tourna les talons.

Pas de nouvelles de Robert. S'était-il déjà lassé d'elle ? Tant mieux pour lui. Elle était tellement en colère qu'elle l'aurait giflé si elle l'avait eu en face d'elle !

Mais il ne vint pas. Pour passer le temps, elle s'amusa à dessiner un portrait de lui, l'enlaidit à dessein, puis le refit en le rendant aussi beau qu'en réalité.

C'est alors qu'il frappa à la porte de l'atelier.

— Helaine ! Vous êtes là ?

Oubliant aussitôt sa colère, elle ouvrit la porte et se jeta dans ses bras.

— Robert. Je suis très fâchée.

— Je le comprends. Mais laisse-moi t'embrasser.

Elle lui offrit ses lèvres, et il s'empara de sa bouche avec passion, n'interrompant leur baiser que pour reprendre sa respiration.

— Où sont les autres ? demanda-t-il en refermant la porte derrière lui.

— Tout le monde dort. Wendy est chez elle, épuisée...

Il l'embrassa de nouveau, lui caressant les seins. Elle se cambra pour mieux s'offrir, et déboutonna sa robe. Elle ne s'était pas rendu compte qu'elle le désirait à ce point. Ses baisers l'enflammaient.

— Je voulais rentrer plus tôt, mais tu n'imagines pas ce qu'il faut faire pour ouvrir une école ! Une fois ici, j'ai été assailli par la famille. Ils étaient partout !

— Une école ? répéta-t-elle en se figeant. Tu vas ouvrir une école ?

Il hocha la tête, et finit de dégrafer les boutons de velours de sa robe.

— Pour que la mère et la tante d'Edward s'en occupent. Je leur donnerai plusieurs choses à faire...

— Et une maison, où elles vivront loin de Gwen ?

— Exactement.

— Oh, Robert, c'est une merveilleuse idée !

— C'est également l'avis d'Edward. Brave garçon. Il a la tête sur les épaules. Nous avons besoin de quelqu'un comme lui dans la famille.

— Prends-moi, murmura-t-elle soudain, les lèvres contre les siennes. Tout de suite.

— Dans l'atelier ?

— Il n'y a personne.

Il balaya la pièce du regard et désigna le miroir en pied.

— Tu as envie de regarder, Helaine ?

La jeune femme haussa les sourcils. Regarder pendant qu'ils... L'idée ne l'avait jamais effleurée.

Robert la souleva et alla la déposer sur le banc placé devant le miroir. Puis il se glissa derrière elle, en faisant descendre la robe sur ses épaules. La robe et la chemise tombèrent à ses pieds. Il la regarda, nue, dans le miroir. Sa silhouette entièrement vêtue formait un contraste saisissant avec sa peau laiteuse.

— Tu es encore plus belle que dans mon souvenir. Tes lèvres seules suffiraient à me rendre fou.

La jeune femme se retourna et tira sur sa cravate pour la dénouer. Il l'aida, et se débarrassa de tous ses vêtements en quelques secondes. Puis il s'assit sur le banc, face au miroir.

— Viens, dit-il.

Il la fit pivoter et s'asseoir sur ses genoux, lui écartant légèrement les jambes. Le visage de Helaine s'empourpra. La position était scandaleuse, mais elle était sa maîtresse à présent.

— Ce n'est pas très joli, dit-elle.

— C'est magnifique, protesta-t-il en souriant.

Il lui souleva les seins et en taquina les pointes. Elle poussa un petit cri et sentit son sexe se dresser contre ses reins.

Une de ses mains glissa lentement sur son ventre, puis entre ses jambes. Ses doigts s'introduisirent dans ses boucles sombres tandis qu'elle suivait leur mouvement dans le miroir.

— Voilà où je veux être, dit-il en insinuant un doigt dans sa chair moite. Mais ce que tu préfères, c'est cela.

Il retira son doigt et la caressa un peu plus haut, tout en maintenant ses jambes écartées, de part et d'autre de ses genoux.

Le plaisir était proche, si proche. Mais elle voulait davantage.

— Viens en moi, dit-elle en lui prenant la main pour l'immobiliser.

— Tu es sûre ?

— Oui.

Le regard sombre, il l'assit face à lui. Très lentement, il pénétra en elle. Puis il se retira complètement et repoussa ses jambes.

— Robert ?

Il se pencha et chercha quelque chose dans la poche de sa veste.

— Je ne veux pas prendre de risque, dit-il en lui montrant un préservatif. La dernière fois, j'ai oublié.

— Je sais. Mais je ne suis pas enceinte.

— Tant mieux. J'aurais fait ce qu'il fallait pour le bébé. Mais...

— Mais c'est mieux comme ça.

Il lui montra comment mettre le préservatif, et elle fut heureuse qu'il y ait pensé.

Il la pénétra de nouveau, d'un puissant coup de reins. Elle cria de plaisir tout en regardant leur reflet dans le miroir, puis s'abandonna totalement à la jouissance.

— C'était merveilleux, murmura-t-elle en l'embrassant.

— Hmm. J'allais dire la même chose... Helaine, j'ai quelque chose à te demander. Ce n'est pas ainsi que j'envisageais les choses, mais...

Un bruit dans l'escalier attira l'attention de la jeune femme. Elle lui plaqua une main sur la bouche.

— Helaine ? lança sa mère dans l'entrée. J'ai entendu quelque chose...

— N'entre pas ! s'écria Helaine. J'ai cassé un verre, et il y a des morceaux partout.

— Oh, je vais chercher le balai...

— Non, non ! Je l'ai !

Helaine se redressa et enfila sa robe à la hâte.

— Retourne te coucher, maman. Je suis désolée de t'avoir réveillée.

— Mais tu devrais aller dormir, ma chérie. Nous nous levons tôt demain pour aller au mariage.

— Je sais, je sais !

Robert l'aida à boutonner sa robe, mais il était toujours complètement nu !

Soudain, Helaine eut une idée pour éloigner sa mère.

— Maman, pourrais-tu rajouter du charbon dans le poêle de ma chambre ?

— D'accord, mais c'est du gaspillage, il ne fait pas si froid que cela. Monte vite.

— Tout de suite.

Helaine écouta sa mère remonter. Robert enfila son pantalon.

— J'aimerais te demander quelque chose, ma chérie. Comme je le disais, le moment est mal choisi...

— Absolument ! Cela devra attendre demain, répliqua-t-elle en lui lançant sa chemise.

— Vraiment, ma chérie, cela ne prendra qu'un moment...

— Non ! Je serai chez toi demain à la première heure pour aider Gwen à s'habiller. Elle m'a invitée au mariage. J'espère que cela ne te dérange pas.

— Me déranger ? C'est moi qui lui ai demandé de...

Elle se figea en écoutant sa mère aller et venir dans la chambre.

— Ma chérie...

— Cela attendra demain, répéta-t-elle en allant ouvrir la porte de l'atelier.

Robert se rembrunit, visiblement contrarié.

— Va-t'en, ordonna-t-elle en lui passant ses chaussures.

Il sortit, torse nu, ses chaussures à la main. Au même instant, elle entendit de nouveau le pas de sa mère dans l'escalier.

— Helaine ?

— Je viens, maman ! cria-t-elle en fermant la porte et en poussant le verrou.

25

Helaine dissimula un bâillement derrière sa main gantée au moment où Dribbs lui ouvrait la porte. L'homme la salua gravement et la fit entrer. Une minute plus tard, elle pénétra dans la chambre de Gwen. Celle-ci était en train de passer du rouge sur ses joues.

— Oh, non ! s'écria Helaine. Vous n'avez pas besoin de fard, vous êtes parfaite...

— Enfin, vous voilà !

Gwen abandonna le pot de maquillage pour prendre Helaine dans ses bras.

— Comme je suis contente !

— Moi aussi ! Allons, pourquoi ce fard à joues ?

— Je veux être parfaite, expliqua Gwen.

— Mais vous l'êtes !

Helaine recula pour observer la jeune femme. Elle ne portait encore que son corset et ses bas, sous une robe de chambre. Sa robe de mariée, toute blanche, était étalée sur le lit. Helaine trouvait que le tissu satiné mettait en valeur le teint éclatant de Gwen. Avec les perles cousues sur le corsage et la jupe, elle aurait d'air d'une Vénus sortant de l'onde. Penny avait confectionné des mules assorties, garnies d'un ruban doré.

— Allons, il faut enfiler votre robe.

Gwen acquiesça, mais avant qu'elle ait pu passer un pied à l'intérieur de la robe, quelqu'un frappa à la porte.

— Gwen ? J'ai entendu Helaine arriver. Gwen ? Elle est là ?

— Pour l'amour du Ciel, Robert, je suis en train de m'habiller !

— Mais je voudrais…

Helaine l'interrompit.

— Je pense que ce que vous avez à me dire peut attendre, monsieur le vicomte. Votre sœur va se marier tout à l'heure.

— Je sais, mais…

— Plus tard ! s'exclamèrent les deux femmes à l'unisson.

Elles l'entendirent descendre l'escalier en grommelant. Elles échangèrent un coup d'œil, étonnées par ce comportement étrange, et éclatèrent de rire. Ce n'était pas le moment d'essayer de comprendre les hommes !

Gwen était ravissante, éclatante de bonheur.

Helaine mit assez longtemps à la préparer. Elle ajouta des perles dans ses cheveux, de la crème sur ses lèvres pour les faire briller. Puis elle lui passa ses mules et ses gants. Helaine se chargea de porter le voile, qu'elle n'ajouterait à la toilette de la jeune femme qu'une fois arrivées à l'église.

Elles descendirent en riant dans le hall et retrouvèrent Robert, qui arpentait la vaste salle en compagnie de Dribbs. Suivant les conseils de Helaine, il avait revêtu un habit noir sur une chemise blanche. Sa cravate, blanche également, était soulignée d'un unique diamant rose. Helaine n'en avait jamais vu de pareil, mais Gwen lui expliqua qu'il s'agissait d'un bijou de famille, réservé aux grandes occasions.

— Helaine, vous voilà enfin ! Il faut que je vous demande...

— Robert ! s'exclama Gwen. Tu as vu tes cheveux ? Il faut te recoiffer !

— Je n'ai pas le temps.

— Il faut que tu sois parfait pour mon mariage !

Gwen envoya une femme de chambre chercher une brosse, malgré les protestations de son frère. Puis leur mère descendit, vêtue d'une robe bleu pâle, assortie à la couleur de ses yeux. Pendant que Gwen l'embrassait, Robert voulut attirer Helaine à l'écart.

— Je vous en prie, Helaine, je...

À cet instant, Dribbs signala que le carrosse était prêt. Les domestiques se mirent en rang de part et d'autre du perron afin de saluer Gwen et lui présenter leurs vœux de bonheur. Une minute plus tard, le comte de Willington descendit d'un fiacre immobilisé devant la maison. Son plus jeune fils, Jack, l'accompagnait.

Toute la famille s'engouffra dans le carrosse. Robert s'attarda sur le marchepied et voulut parler à Helaine, mais celle-ci secoua la tête.

— Partez vite ! Edward va arriver, il ne faut pas qu'il voie la mariée.

— Nous nous retrouverons à l'église, répondit-il.

Helaine suivit dans une autre voiture, avec Dribbs et deux servantes. La voiture venait à peine de s'arrêter devant la cathédrale quand la portière s'ouvrit, laissant apparaître Robert en personne.

— Robert ! Que faites-vous ?

— Il faut absolument…

— Entrez dans l'église et assurez-vous que tout se passe bien. Allez ! Le carrosse d'Edward arrive.

— Helaine…

— Allez-y !

Repoussant Robert, elle courut derrière la mariée pour lui mettre son voile. Les deux demoiselles d'honneur gloussaient, aux anges, et Connie, la sœur d'Edward, les rejoignit, enchantée.

Helaine s'effaça. Elle n'aurait pas dû se trouver là, mais elle était si heureuse d'être témoin du bonheur de Gwen. C'était une joie qu'elle-même ne connaîtrait jamais.

Elle s'assit à côté de sa mère et de ses amies au fond de la cathédrale, et elles regardèrent défiler les membres de l'aristocratie. Ce mariage lançait le début des festivités de la saison.

La cérémonie débuta. Robert, qui servait de témoin à Edward, était splendide. Les fiancés prononcèrent leurs vœux, et la musique emplit la cathédrale tandis que les nouveaux mariés s'embrassaient.

Puis les événements prirent un tour bizarre.

Le moment était venu pour les jeunes mariés de quitter la cathédrale. Mais, au lieu d'entraîner son épouse dans l'allée, Edward lui chuchota quelques mots à l'oreille. Gwen plaqua une main devant sa bouche et se tourna vers son frère, qui haussa les épaules d'un air penaud. Puis elle poussa un petit cri de joie.

Alors, Robert s'adressa à l'assemblée.

— Mes amis, la situation est un peu étrange. Du moins pour moi. Mais un homme fait parfois des choses étranges par amour.

Son regard survola l'assistance et se posa sur Helaine. Puis, sans cesser de parler, il se dirigea vers elle.

— Si vous voulez bien patienter un instant… Il y a quelque chose que j'essaye de demander à cette dame depuis un certain temps.

Il s'approcha et tendit la main à la jeune femme. Celle-ci demeura clouée sur place, incapable de réagir.

— Lève-toi ! chuchota sa mère en lui donnant un coup de coude.

Helaine obéit. Elle laissa fuser un petit cri de surprise en voyant Robert s'agenouiller devant elle.

— Je vous aime, ma chérie, dit-il en lui prenant la main. Voulez-vous faire de moi le plus heureux des hommes et accepter de m'épouser ?

Avant qu'elle ait pu articuler une parole, il prit un papier dans sa poche.

— J'ai une licence spéciale. Nous pouvons être unis sur-le-champ, ici même.

Elle déplia le feuillet. La licence autorisait Robert à épouser lady Helaine, fille du comte de Chelmorton.

— Mon Dieu, chuchota-t-elle. Mais… mais, Robert, ce n'est pas la peine de…

— Je veux épouser la femme que j'aime. Et je vous aime.

— Je vous aime aussi, avoua-t-elle.

— Alors dis oui, et laisse-le se relever ! souffla Wendy, assise à côté de sa mère.

— Oui. Oui, Robert, je veux vous épouser, dit-elle avec un petit rire.

Il y eut des cris de joie, des chuchotements, et une certaine confusion parmi l'assistance.

Mais Helaine n'entendit rien. Elle était trop occupée à embrasser son bien-aimé.

Ce dernier l'entraîna alors vers l'autel, où les attendait le prêtre, souriant.

— Quoi ? Vous voulez dire, tout de suite ?

— Oui, c'est la meilleure façon d'agir. Ensuite, quand vous serez lady Redhill, personne n'osera créer de scandale.

Elle le suivit jusqu'à l'autel. Ils s'agenouillèrent, prononcèrent leurs vœux, et Robert lui passa au doigt un anneau surmonté d'un diamant rose, identique à celui qu'il portait.

— Tu es à moi, maintenant, chuchota-t-il après l'avoir embrassée. Plus personne ne pourra nous séparer. Je t'aime.

Au fond de l'église, Wendy s'essuya les yeux, et sa mère ne put retenir ses larmes. Penny serra le petit Tommy contre elle.

— C'est l'amour, Tommy. Le vrai. Et si nous avons un peu de chance, un jour nous le trouverons aussi.

Tommy gazouilla et déposa sur la joue de la jeune fille un baiser.

AVENTURES & PASSIONS

7 janvier

Mary Balogh
La maîtresse cachée
Inédit

Comment un homme aussi sérieux que le comte de Heyward, qui ne croit pas à la passion, pourrait-il s'entendre avec Angeline, jeune fille exubérante qui affectionne les tenues extravagantes, fait peu cas des convenances et rêve du grand amour ?

✦

Sabrina Jeffries
Les hussards de Halstead Hall - 1 - Une Américaine à Londres
Inédit

Oliver, marquis de Stoneville, est consterné : sa grand-mère, lasse de ses frasques, lui annonce qu'elle le déshéritera s'il n'est pas marié avant la fin de l'année. Furieux, il décide de feindre de tomber amoureux de la jeune femme la plus inconvenante qui soit.

✦

Elizabeth Hoyt
Les trois princes - 2 - Liaison inconvenante

Harry Pye dégage une impression de force tranquille. Son seul défaut, c'est d'être l'intendant de Georgina Maitland. Et Georgina a beau jouer les effrontées, Harry s'obstine à ne voir en elle que sa patronne. Comment lui faire comprendre qu'ils sont faits l'un pour l'autre ?

21 janvier

Mary Balogh

La saga McJames - 1 - Dans le lit d'un inconnu

Inédit

Fille illégitime du comte de Warwickshire, Anne Cooper est considérée comme une servante par la famille de son père. Et lorsque Mary, sa demi-sœur et fille légitime, refuse d'épouser le chef de clan Brodick McJames, Anne est contrainte de prendre sa place. Rapidement, elle se rend compte que cette union pourrait être beaucoup plus qu'un simple mariage de convenance…

✦

Karen Hawkins

Journal intime d'une duchesse - 1 - Rose

Inédit

Lorsque sa grand-tante décide d'organiser une partie de campagne, lord Sinclair voit enfin un moyen de se venger de la terrible humiliation que lui a fait subir Rose Balfour six ans plus tôt. Mais Rose est devenue une belle et intelligente jeune femme. S'engage alors entre eux une bataille passionnée….

✦

Brenda Joyce

Une enquête de Francesca Cahill - 1 - Un odieux chantage

1900, Londres. Passionnée de politique, la jeune et ravissante Francesca Cahill refuse de se marier et prône des réformes sociales. Bientôt, l'enlèvement du jeune fils de son riche voisin attire son attention. Seul indice, un message sibyllin : « F comme fourmi… » Dès lors, Francesca mène l'enquête, au nez et à la barbe de Rick Bragg, le nouveau préfet de police, exaspéré par ce détective en jupons…

PROMESSES

7 janvier

Julie James
L'amour... non merci
Inédit

Le séduisant Cade Morgan, l'un des meilleurs avocats de Chicago, assistant du Procureur, a besoin de l'aide de Brooke Parker pour faire tomber un sénateur corrompu. Elle n'aura qu'à installer un micro à la table qu'a réservée le sénateur dans l'un de ses restaurants 5 étoiles.
La rencontre entre Brooke et Cade fait des étincelles ! Mais le deal est clair : il n'y a strictement rien de sérieux à attendre de cette relation. Car, comment une femme d'affaires dont les journées ne comptent pas assez d'heures et un homme émotionnellement inaccessible pourraient-ils construire quoi que ce soit de solide ?

Romantic Suspense

21 janvier

Lisa Renee Jones
Sombre, divin et mortel - 1 - Secrets dévoilés
Inédit

Lindsey était une avocate brillante jusqu'à ce que son dernier dossier ruine sa carrière. Des années plus tard, devenue membre du FBI, elle doit à nouveau abandonner son travail ; son père étant atteint d'un cancer, il lui faut reprendre l'entreprise paternelle. Et pour commencer, elle requiert l'aide de Mark Reece. Et même si elle ne l'apprécie guère, son soutien lui est bientôt crucial : des meurtres s'ensuivent, et toutes les victimes ressemblent étrangement à Lindsey...

Passion intense

7 janvier

Madeline Sheehan
Hell's Horsemen - 1 - Indéniable
Inédit

Une allure de bad boy, une démarche sexy, pas de doute, Deuce West est le beau gosse du Hell's Horsemen. Ce club de moto, il le connaît depuis toujours car il y a grandi, et les années ont nourri sa passion. Tout comme lui, Eva a passé son enfance au parmi les inconditionnels des deux-roues. S'ils se sont connus enfants, ils sont désormais des adultes. Des adultes qui réalisent à quel point l'attirance qu'ils éprouvent l'un pour l'autre est impérieuse et indéniable…

21 janvier

Abbi Glines
Désir fatal - 1 - De tout mon être
Inédit

À dix-neuf ans, suite au décès de sa mère, Blaire quitte son Alabama natale pour rejoindre la Floride, où s'est installé son père avec sa nouvelle femme. Une vie bien différente s'ouvre à elle désormais : luxe, opulence, mondanités en tout genre, et présence d'un demi-frère avec qui elle va devoir passer l'été, seule à seul. Mais comment résister à la tentation face à Rush, vingt-quatre ans et terriblement séduisant ?

CRÉPUSCULE

21 janvier

Jennifer Ashley
Les exilés d'Austin - 4 - Cœur farouche
Inédit

Mi-garou, mi-humaine, Iona vit parmi les humains sans porter le Collier obligatoire pour toute créature de son genre. Or, si elle s'obstine à refuser d'accepter sa véritable nature, elle en mourra tôt ou tard. Le ténébreux Eric, un garou à la tête de son propre clan, pourrait la ramener à la raison. Il hante ses rêves, attise son désir et l'appelle à lui. Saura-t-il apprivoiser son cœur farouche ?

Et toujours la reine du roman sentimental :

Barbara Cartland

« Les romans de Barbara Cartland nous transportent dans un monde passé, mais si proche de nous en ce qui concerne les sentiments. L'amour y est un protagoniste à part entière : un amour parfois contrarié, qui souvent arrive de façon imprévue. Grâce à son style, Barbara Cartland nous apprend que les rêves peuvent toujours se réaliser et qu'il ne faut jamais désespérer. »

Angela Fracchiolla, lectrice, Italie

Le 7 janvier
Les yeux du cœur

10916

Composition
FACOMPO

Achevé d'imprimer en Italie
par GRAFICA VENETA
le 3 novembre 2014.

Dépôt légal : novembre 2014.
EAN 9782290058435
OTP L21EPSN000995N001

ÉDITIONS J'AI LU
87, quai Panhard-et-Levassor, 75013 Paris

Diffusion France et étranger : Flammarion